라틴아메리카 문화기행

배를 타고
아바나를
떠날 때

이성형 지음

창비

배를 타고 아바나를 떠날 때 —— 라틴아메리카 문화기행

초판 1쇄 발행 2001년 10월 20일/**초판 10쇄 발행** 2017년 3월 1일/**지은이** 이성형/**펴낸이** 강일우/**편집** 유용민
염종선 박신규 신미희/**표지 및 본문 디자인** 이선희/**펴낸곳** (주)창비/**등록** 1986년 8월 5일 제85호/**주소** 10881
경기도 파주시 회동길 184/**전화** 031-955-3333/**팩시밀리** 영업 031-955-3399 · 편집 031-955-3400/**홈페이지**
www.changbi.com/**전자우편** nonfic@changbi.com

라 틴 아 메 리 카 문 화 기 행

배를 타고 아바나를 떠날 때

새로운 여행에의 초대

"너, 어떻게 갔다왔어?" "비행기 타고 갔다왔는데요." 약간 뜸을 들이다 능청스레 대답했다. 순간 주위에서 폭소가 터져나왔다. 몇몇 교수님들은 영 언짢은 표정이다. 아니, 정숙해야 할 박사논문 심사장에서 이 녀석이 선생님을 두고 농을 하다니. 정작 질문하신 분은 싱긋 웃으신다. 벌써 12년 전의 일이다.

선생님께서는 내가 자료 수집차 멕시코에 다녀온 이야기를 듣고 경비를 어떻게 조달했느냐는 질문을 하셨던 것이고, 조교시절 저축한 돈을 털어서 여행을 다녀온 나로선 마땅한 대답이 생각나지 않아서 너스레를 떠는 수밖에 없었던 것이다. 그후에도 필자에게 중남미 연구에 계속 매진하라고 격려해주셨던 구영록 선생님이셨다. 안타깝게도 얼마 전에 돌아가셔서 그 인자한 모습을 다시 뵙지 못하게 되었다.

10년이 지난 연구경력에 나는 저서도 세 권을 펴냈다. 하지만 주변의 여건은 처음 공부를 시작하던 시절과 별로 바뀐 것이 없다. 국내에는 여전히 잡지나 책을 제대로 구비한 도서관 하나 없으니 해외여행을 할 때마다 호주머니를 털어 책을 사야 한다. 세계화교육 운운하면서 1천억원이나 되는 정부지원금을 국제대학원에 퍼부었지만, 결국 남은 것은 시멘트 건물밖에 없다. 차라리 제대로 된 지역연구도서관이라도 하나 남았으면 좋을 것을……

지역연구에 한이 많은 나로선 여행기란 장르를 통해 여러가지를 발언하고 싶었다.

먼저, 정형화된 '동양'의 이미지인 오리엔탈리즘에 오염된 머릿속의 지식들을 정리하고 싶었다. 유학을 가지 않았기에 이 작업이 훨씬 쉬웠는지 모른다. '미국보다 더 미국적인' 우리 지식인세계에서 라틴아메리카 관련 지식에만은 교통순경 노릇을 하고 싶었다. 물론 부족한 능력이 나의 의욕을 감당하진 못했을 수도 있겠지만.

둘째, 다른 사람들의 얼굴을 그리면서, 우리들의 얼굴 모습을 가늠하고 싶었다. 서양이든 동양이든 여행기 장르는 꽤 오랜 전통을 갖는다. 여행기는 다른 문화를 엿보는 망원경 역할도 하지만, 궁극적으로 자신의 얼굴을 변별해내는 거울이 될 수 있기 때문이다. 아르뛰르 랭보가 그랬다던가. 나는 타자(Je est un autre)라고. 타자의 모습을 정확히 변별하지 않고 어떻게 우리를 알 수 있겠는가? 나는 여행기가 신변잡기나 인상기를 넘어야 하는 이유가 바로 여기에 있다고 생각한다.

셋째, 미국화를 세계화로 착각하는 사람들에게 한마디하고 싶었다. 세계화는 장사꾼들이 주장하는 글로벌 스탠더드가 아니라, 뒤섞임으로 이루어진 잡종화(hybridization)에 다름아니며, 그 역사는 적어도 오백년 이상의 연륜을 가진 것이라고! 음악의 역사가, 미술의 역사가, 음식의 역사가 그것을 증명해주지 않는가? 강원도 감자도, 맵다는 조선고추도, 기찻길 옆 옥수수밭도 모두 지구 반바퀴를 돌아서 우리네 삶의 일부가 되었던 것이다. 우리가 자랑하는 김치야말로 잡종화의 대표적인 예가 될 터이다. 남들에게 감동을 주는 문화나 상품도 대부분 바깥의 것들을 수용하여 창조적으로 변용한 것이지, 신토불이나 무차별 개방과 수입에서 나온 것이 아니라는 점을 이제 수긍해야 하지 않을까?

마지막으로, 머릿속의 지도가 한반도를 둘러싼 4강에 고착된 우리네 정치인, 언론인, 지식인들이 풍요로운 라틴아메리카의 역사와 문화유산을 한번 더듬어보는 데 일조하고 싶었다. 그 결과 아메리카 인디언문명을 언급도 하지 않는 세계사 교과서도 한번쯤 뒤져보고, 포스터의 가곡이나 서양 노래만 잔뜩 들어 있는 우리네 음악책도 다시 한번 펼쳐보는 기회가 되었으면 좋겠다. 그 지독한 사대주의의 몰골을 바라보며, 기형적으로 그려진 우리네 머릿속의 세계지도가 새롭게 그려지게 되길 기대한다.

구미사대주의인 유럽중심주의와 그것의 이면이라 할 수 있는 오리엔탈리즘이라는 유령은 비단 지식의 세계에만 배회하는 것은 아니다. 여행의 세계에도 꿈틀거린다. 해외여행이라면 으레 우리는 유럽이나 미국, 그리고 지리적으로 가까운 동남아 관광여행을 머리에 떠올린다. 길 가는 그 누구도 라틴아메리카에 오랜 문명이, 볼 만한 것들이 있다고 생각하진 않는다. 정복자들이 여기서 훔쳐 채워놓은 대영박물관, 루브르박물관에는 감탄하면서도, 정작 그 물건들의 원산지에는 소홀한 게 우리네 여행문화이다.

이제 편견에서 해방되어 라틴아메리카를 한번 쳐다보자. 이 땅은 원래 시베리아와 동남아에서 이주한 구릿빛 인종의 땅이었다. 따라서 황인종인 우리네와 전혀 관계가 없는 것도 아니다. 연계의 고리가 잘 밝혀져 있지는 않지만 원주민문명에는 놀랄 정도로 우리 조상들의 습속과 유사한 것들이 많다. 그렇지만 1492년 꼴롬보(콜럼버스)가 서인도제도를 조우함으로써 아메리카는 이베리아 반도인들의 무대가 되었다. 7세기 이상 아랍의 영향을 받은 스페인은 이 땅에다 언어와 문화의 뿌리를 심었다. 곧 노예로 실려온 아프리카 흑인들도 피부색과 그들의 다채로운 문화를 전역에 심었다. 사실 '라틴아메리카'를 '라틴-아프로-아메리카'라 불러야 한다는 주장이 나올 정도로 흑인들의 족적은 크다. 음악 분야만이라도 곁눈질해보면 쉽게 알 수 있으리라. 또 19세기에는 북유럽에서 이딸리아 남부에 이르는 다양한 유럽 민족들이 돈을 벌기 위해 대거 이곳을 찾았고, 청조말의 중국인들도, 구한말의 한인 1천명도 혼란스런 나라를 떠나 이곳에 왔다. 이것이 라틴아메리카를 세계사의 축도로 보는 까닭이다. 이 다양한 인종과 문화의 혼합으로 빚어진 다채롭고 화려한 색깔의 문화유산이 우리들을 매혹하는 것이다.

라틴아메리카는 우리의 인식과 관계 없이 오랜 연분을 지닌 곳이다. 앞서 말한 고추, 감자, 옥수수 같은 음식뿐만 아니라, 닐리리 '맘보'나 얼씨구 절씨구 '차차차' 같은 3박자 리듬에도 체화되어 있다. 요즘은 우리나라의 무역흑자에도 크게 기여하는 대륙이 되었고, 또 투자와 경제협력이 다각도로 모색되는 곳이기도 하다. 다만 우리의 의식 속에만 '미지의 땅'(terra incognita)으로 남아 있을 뿐이다. 이제 이 미지의 땅이 우리에게도 열린 땅으로, 알려지는 땅으로 변하길 기대해본다. 나는 이 여행기가 전주곡 1번의 역할을 할 수 있게 되길 바랄 뿐이다.

여행(기)은 서강대 손호철 교수의 권유로 시작되었다. 손교수와 쿠바, 페루, 칠레, 멕시코, 네 나라를 함께 다니면서 풍성했던 대화와 술잔치를 함께한 행운을 누렸다. 참으로 즐거웠던 일은 작년 여름 멕시코에 체류할 즈음에 은사 최명 선생님 부부를 모시고 이곳저곳을 함께 다닌 것이다. 선생님께서는 필자가 쓴 원고를 매번 읽고 격려해주셨고, 또 책이 빨리 마무리되길 학수고대하셨다. 깊은 관심에 감사드린다. 서성철, 송상기 두 분 선생님은 글에 대한 아낌없는 코멘트에다, 귀한 자료들을 성큼 빌려주셨다. 진심으로 감사드린다.

멕시코에 1년간 체류하면서 아버지의 역할에 소홀할 수밖에 없었던 것을 너그럽게 눈감아준 아들 재진이에게 이 책을 자그마한 선물로 선사한다.

2001년 10월 이성형

차 례

제 **3** 부
싼띠아고의 열기 칠레 기행

제 4 부
신들이 살아 있는 곳 멕시코 기행

라틴아메리카 지도

제 1 부 카리브해의 유혹

쿠바 기행

쿠바 지도

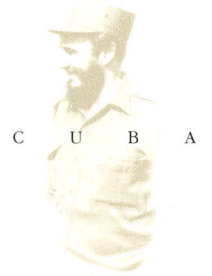

C U B A

1

아바나, 오리엔탈리즘의 유혹

베를린장벽이 무너진 뒤 벌써 10여년의 세월이 흘렀다. 멕시코씨티에서 비행기를 타고 잠깐 눈을 붙인 다음에 내린 아바나Habana 공항은 생각보다 현대적이었다. 난생 처음 가보는 사회주의 국가라 약간 긴장감도 느꼈다. 하지만 시내로 들어가면서 우리가 사는 세상과 별로 다를 게 없다고 느껴지자, 체제나 이데올로기 문제는 머릿속에서 사라졌다. 라디오에서 경쾌한 베니 모레의 음악이 흘러나온다. 궁기 가득한 얼굴은 찾아보기 힘들었다. 사람들의 몸놀림은 아열대 기후에 맞게 느릿느릿했지만 절도가 있었다. 아, 여행을 왔으니 아름다운 아바나나 실컷 즐기다 갈 일이지! 보들레르의 시구나 떠올리면서.

> 나의 아이여, 나의 누이여
> 그곳에 가서 함께 지내는
> 감미로움을 꿈꾸어보렴.
> 한가로이 사랑하고

사랑하다가 죽을진저.

그곳에는 일체의 질서정연함과, 아름다움과, 사치스러움과, 정적과 관능적 기쁨만이 있을지니.

—「여행에의 초대」 중에서

학생들에게 오리엔탈리즘을 강의할 때 꼭 한번쯤 (비판적으로) 읽게 하는 시 구절이다. 그렇지만 여행에서 바라는 이국풍물에 대한 호기심이야 우리 같은 동양인이라고 없을 순 없다. 게다가 기억의 창고에는 아바나에 대한 서구인들의 자료들(아름다운 여자들)만 잔뜩 들어 있지 않은가? 씨드니 폴락의 영화 「하바나」에서는 혁명 전야의 향수어린 시가지에서 연애놀음하는 여행객이 그려져 있고, 어릴 때부터 즐겨 듣고 불렀던 노래 「라 빨로마」에는 아바나 항구를 떠나는 뱃사람이 '사랑스런 치니따(중국인 혈통의 매소부賣笑婦)'와의 이별을 애타는 그리움으로 부르고 있지 않은가? "아! 치니따여, 사랑스러운 너 함께 가리니. 내게로 오라, 꿈꾸는 나라로."

혁명에 대한 기억

시내로 들어가는 승합차에 멕시코 사까떼까스에서 온 오십대 부부가 동승했다. 남자가 길가에 서 있는 입간판 "혁명이여 영원하라"Viva la Revolución를 보고 우스갯소리를 한마디 한다. 멕시코인 특유의 말장난이다. "도적질이여 영원하라" Viva la Robo-lución. 멕시코혁명은 제도혁명당의 70년이 넘는 장기집권을 낳았다. 일당 권위주의체제에서 그동안 소위 '혁명가문'들과 대통령들이 돌아가면서 국고를 거덜냈으니, 국민들이 못살 수밖에 없지 않느냐는 비판과 독설이 이 말장난 속에 담겨 있다. 이제 권력교체가 되었으니 좀 나아지지 않겠냐는 약간의 기대감도 섞여 있을 것이다. 그런데 까스뜨로Fidel Castro의 혁명은 쿠바 사람들에게 어떻게 받아들여지고 있을까?

일단 혁명의 흔적을 찾아보려 했다. 언뜻 머리에 떠오르는 장면이 중남미 다른 나라의 공항가도들이다. 칠레의 싼띠아고 공항에서 대통령 집무실 모네다궁까지 가는 길은 거대한 빈민가의 연속이다. 아르헨띠나 에세이싸 공항에서 부에노스 아이레스까지 가는 길목에도 여기저기 여러 빈민주거지를 만난다. 두 개로 쪼개진 도시! 부자들의 공간과 빈자들의 공간이 이처럼 첨예하게 분리된 공간구조에서 아바나는 예외였다.

호텔에 짐을 푼 다음 카메라만 들고 거리를 산책하기로 했다. 무엇보다 사람들을 보고 싶었다. 그 혹독한 시절을 견딘 사람들의 표정에서 나타나는 혁명의 빛과 그림자를 보고 싶었던 것이다. 식민시대의 아름다운 건물이 운집한 구아바나로 발길을 옮겼다. 말레꼰 해변도로를 따라가니 뒤를 향해 손을 들어 카리브해 쪽을 가리키며 서 있는 호세 마르띠José Martí의 동상이 눈에 들어온다.

쿠바 역사에 조금이라도 조예가 있는 사람이라면 까스뜨로의 혁명이 맑스-레닌주의 혁명이라기보다는 곧 마르띠의 혁명이라는 사실을 알 것이다. 쿠바는 대부분의 중남미 국가들이 독립하던 1810~20년대에 독립국가를 세우는 데 실패하고 1898년의 미서전쟁을 계기로 독립하지만, 플래트 수정법안으로 미국의 종속국으로 전락하고 만 비운의 역사를 가지고 있다. 그래서 대부분의 중남미 국가들이 경험하는 역사적 경로에서 한참 벗어난 예외사례에 속한다. 쿠바의 역사적 경로는 차라리 베트남과 유사하다. 마르띠

쿠바의 국부 호세 마르띠의 초상. 호르헤 아르체의 수채화.

도 호 치민胡志明처럼 비타협적 독립을 외쳤던 선각자이자 훌륭한 교육자였다. 또 훌륭한 문인으로 주옥 같은 시도 많이 남겼다. 까스뜨로와 '7·26운동'이 바띠스따 독재정권을 무너뜨린 1959년 혁명은 사회주의혁명이라기보다는 지체된 민족독립운동과 사회개혁운동의 정점이라고 해석하는 것이 옳다.

쿠바혁명이 사회주의혁명으로 자연스럽게 재명명된 것은 미국이 경제봉쇄정책으로 까스뜨로의 권력을 무너뜨리려 했을 때, 소련이 원조를 제공하며 후원자를 자처하고 나섰기 때문이다. 쿠바공산당이 몇년 전에 당대회를 통해 당이 맑스-레닌주의 정당이라는 사실을 지우고 다시 마르띠의 정당이라고 재규정한 것도 이런 저간의 사정을 잘 말해준다. 마치 이딸리아공산당이 공산당의 깃발을 내리고 프랑스혁명의 이념인 자유·평등·박애 같은 맑스 이전의 전통으로 회귀한 것과 같이, 쿠바공산당도 역시 맑스와 레닌보다는 조국의 국부 호세 마르띠의 품으로 돌아갔던 것이다. 우리의 귀에도 익은 「관따나메라」에 사람들은 그의 시를 붙여 노래부른다.

나는 성실한 사람
내게서는 종려나무가 자라고
나 죽기 전에 내 영혼의 노래를
부르고 싶다네.
(…)
나는 잘 안다네 세상이,
핏기를 잃고, 피곤함에 지칠 때도
깊은 침묵 위로
부드러운 시냇물이 중얼거리는 것을.
나를 망각 속에 묻지 말게나
배신자처럼 죽이면서

나는 성실한 사람, 성실하다네
태양을 바라보며 죽으리니.
나는 원한다네. 나 죽을 때엔
상전이 없는 나라에다
비석 위에 이걸 놓아두게나
꽃다발과 우리나라 깃발을.

포대를 지나면서

구아바나 초입의 아바나만으로 들어가는 입구에 포대가 여기저기 있다. 모두
16세기에 만들어진 유서깊은 역사의 현장이다. 이 만을 끼고 아름다운 도시가
보석을 흩어놓은 것처럼 펼쳐져 있다. 아! 헤밍웨이가, 그레이엄 그린이, 노먼
메일러가 미칠 만한 도시구나. 이 아바나만은 신대륙에서 구대륙으로 실어나르

는 은 선단이 지나는 곳이고, 또
구대륙에서 들어온 온갖 수입품
들이 신대륙 전역으로 흩어지는
길목이었기에 예로부터 번창했
다. 먹을 것도 많으니 자연히 파
리가 낄 수밖에 없다. 해적질을
최초의 국영사업으로 운영한 영
국인들부터, 프랑스인들에 이르
기까지 스페인 무역선이 무더기
로 들어오고 나가는 아바나는 정
말 물좋은 곳이었다. 그래서 아바
나만에는 육중한 요새와 포대가
곳곳에 박혀 있다.

엘 모로 요새의 육중한 포대.

사실 스페인이 300년간 아메리카를 지배했지만 중남미 전역에 육중한 요새 같은 유적은 보기 힘들다. 멕시코에 지어진 식민시대 초기 건물을 보더라도 성당과 관공서 건물이 광장을 둘러싸고 있는 평범한 모습이다. 정복전쟁이 끝난 직후부터 법과 제도를 통한 문민통치가 쉽게 안착했기 때문이다. 그래서 요충지 항구를 제외한다면 요새나 포대 같은 것은 거의 없다. 멕시코에서 내가 그 흔적을 찾아낸 곳은 식민시대 초기에 지었다는 꾸에르나바까에 있는 성당(요새형 성당의 흔적이 있는 드문 곳이다)과 뿌에블라 산꼭대기에 있는 요새 두 군데였다. 식민지의 재부가 가장 컸던 멕시코가 그러했을진대 다른 곳은 더할 나위가 없다. 그러나 아바나나 싼또 도밍고, 아까뿔꼬 같은 항구도시는 예외였다.

　영국의 프란씨스 드레이크는 해적질로 국가에 큰 공헌을 했다고 나중에 엘리자베스 여왕이 작위까지 주었다. 물론 스페인 무적함대를 무찌른 큰 공도 있었지만. 드레이크는 스페인 해안도 털었지만, 중남미 해변가 전역을 누비고 다녔다. 그래서 스페인 사람들에겐 공포의 대상이 되기도 했다. 그러나 아바나를 불태운 진짜 큰 해적은 프랑스인 자끄 드 쏘르였다. 1555년 그가 이끈 해적선은 아바나로 들어와 온갖 노략질을 끝내곤 시가지를 불질러버렸다. 해적들은 이후 백년 동안 카리브해 전역을 누비며 은 선단과 섬들을 유린하곤 했다.

　이 성벽과 포대들은 바로 그 외부세력의 침략에 대한 공포감의 산물이었다. 섬은 항상 바다로 열려 있어 개방적인 태도를 취하지만, 또 바다에서 불어오는 폭풍과 해적선들로부터 자신들이 유린당하지 않기 위해 이렇게 단단한 요새를 쌓고, 또 포대를 만든다. 섬나라 사람들의 방어적 민족주의 심리는 그렇게 탄생하는 것이다. 요새와 포대를 보고 쿠바사람들의 민족주의 심리까지 읽어내는 것은 비약이겠지만, 이곳 사람들의 심리적 기저의 한 단면을 읽을 수는 있겠다 싶었다.

혁명광장의 한 모퉁이 건물벽의 체 게바라 철골상.

멋진 사람, 체 게바라

혁명광장에서 출발하여 구아바나 여기저기를 쏘다녔지만 어디에도 맑스, 레닌, 까스뜨로의 흔적을 보기 힘들었다. 체 게바라도 혁명광장의 한쪽에 있는 관공서 벽면에 붙은 조각이 전부였다. 물론 기념관은 따로 있었지만, 공원이나 시가 중심지에 있는 동상이나 기념건조물은 대부분 독립전쟁의 영웅들인 호세 마르띠, 막시모 고메스, 안또니오 마세오의 것들이었다. 그러니 여러분들은 사회주의 쿠바에 대한 경직된 생각을 버리기 바란다. 쿠바를 여행하면서 어디서도 까스뜨로의 동상이나 개인숭배적인 전시물을 본 적도 없으니, 북한의 분위기와도 많이 다르지 않은가.

우리나라에도 장 꼬르미에가 쓴 체 게바라의 전기가 많이 팔렸다지만, 체에 대한 관심과 숭배열풍은 오히려 서방권이 더 심한 것 같았다. 사후 30주년인 1997년 전후에 출판된 전기 중 내가 아는 것만 해도 7종 정도가 있었다. 아바나에서 내가 본 체는 관광객들에게 파는 티셔츠, 온갖 사진류와 모자, 엽서에 있었다. 서점에서 본 체의 책은 '신인간'에 관해 쓴 소책자 하나가 전부였다. 물론 체는 여기서도 마르띠 다음으로 인기있는 인물이었다. 사람들에게 물어보았다. "체를 어떻게 생각하세요?" 엄지손가락을 내밀며 한마디를 던진다. "멋진 사람이었어요!" 그러나 그 이상의 대답을 들을 순 없었다. 사람들의 머릿속에 오버랩되어 떠오른 것은 한편으로는 순교한 카톨릭 성자의 이미지일 터이고, 다른 한편으로는 반항아 제임스 딘일 터이다. '미제국주의'와 싸우다 순교한 성인에 대해 사람들이 무얼 더 이야기하랴? 멋진 사람이란 대답 외에. 체는 읽히기보다는 그저 숭앙되고 있는 것이다. (반면에 마르띠는 쿠바를 포함하여 중남미 전역에서 하나의 고전으로 계속 읽히고 있고, 또 그의 문집과 선집도 여러 출판사에서 계속 찍어내고 있다.)

거리의 표정과 사람들의 모습

퇴근시간이 되어서 그런지 집으로 돌아가는 인파들이 거리 여기저기서 버스를 잡기에 여념이 없다. 요즈음은 휘발유 사정도 많이 호전되어 거리에 자동차들이 붐빈다. 병목현상이 있는 곳에서는 교통체증이 생기기도 한다. 최근에는 베네수엘라의 우고 차베스 대통령이 쿠바를 포함하여 중미 카리브 10개국에 대해 석유를 특혜적으로 공급하겠다고 해서 까스뜨로가 베네수엘라를 방문했는데, 그때 차베스는 "당신을 볼 때는 마치 역사를 보는 듯합니다"라고 말해 국내 비판자들의 눈총을 받았다. '볼리바르의 혁명'——중남미 전부를 한 국가로!——을 주장하는 차베스가 까스뜨로를 존경하는 것은 바로 반미라는 공통분모가 있기 때문이다. 차베스는 또 석유대금을 쿠바의 의료써비스로 탕감하면 어떻겠냐고 언론에 흘렸다가 베네수엘라 의사협회장으로부터 망언이라고 규탄받은 적도 있었다. 어쨌든 쿠바의 의료보건, 교육, 사회보장의 수준은 그 혹독한 조건속에서도 별 손상 없이 유지된 것으로 알려져 있다. 다만 미국의 경제봉쇄로 인

유장한 세월의 무게를 담고 있는 구아바나의 골목 모퉁이.

한 물자부족, 특히 의료품 부족 상태로 생긴 문제점은 어쩔 수 없는 것이리라.

구아바나 여기저기 낡은 건물도 기지개를 켜는 듯 여러 곳에서 보수공사가 한창이다. 행인을 붙잡고 물어보니, 구아바나 전체가 유엔에 의해 '인류의 유

구의사당 앞에서 즐거운 시간을 보내는 아이들. 우리 아이들이랑 무엇이 다르겠는가.

산'으로 지정받았고, 요즈음 스페인을 위시한 여러 정부나 단체에서 준 기부금
으로 부분적으로 복구공사가 진행되고 있다고 귀띔한다. 여기 오기 직전에 들
른 아바나만 입구의 부서진 요새 재건축비도 스페인 정부가 대고 있다는 말을
현장감독에게서 들었다. 하긴 4백년간이나 지배하면서 엄청난 재부를 약탈해
간 스페인에 건물수리비 정도야 '악어의 눈물'에 불과하겠지만.

　쿠바경제는 1993년 최악의 위기를 겪고 난 뒤 지난 7년 연속으로 비교적 높
은 성장률을 보이며 회복세를 띠고 있다. 바깥에서 들은 쿠바와 직접 가서 본
쿠바의 차이는 컸다. 먹을 것과 물자가 풍요롭지는 않았지만, 부족한 것은 없는
듯했다. 석양 무렵 거리에서 본 여인들의 옷차림은 밝은 편이었다. 몸매를 과시
하려는 듯 대담하게 노출한 여자들도 적지 않았다. 기사에게 저 여자들이 히네
떼라(창녀)들이냐고 물어보았다. 아니란다. 독자들이여, 여행안내서의 과장에
속지 말아야 한다.

　낮에는 어린이들이 깨끗한 교복에 즐거운 표정으로 삼삼오오 대열을 이루며
공원이나 박물관으로 이동하는 것을 자주 보았다. 가끔 짓궂은 아이들은 낯선

동양인들에게 손을 흔들며 인사하기도 했다. 점심을 먹고 나서는 구의사당(까삐 똘리오) 옆에서 한숨 돌리며 잠깐 쉬었다. 어린아이들이 롤러블레이드를 타며 정신없이 돌아다닌다. 아버지 세대의 고난과는 별 관계 없다는 듯. 가끔 귀고리에다 펑크스타일을 한 녀석들도 눈에 띈다. 하긴 이애들에게 혁명이란 역사책에 기록된 영웅담 아니면, 시험치기 위해 외워야 하는 이름이나 사건들일 터인데. 이 아이들이 살 세상은 또다른 세상이겠지.

몰아치는 달러 열풍

잠시 앉아서 쉬는 사이에 여기저기서 사람들이 우리를 에워싼다. 한사람은 꼬이바 시가를 하나 사라고 조르고, 다른 한사람은 값싸고 맛있는 식당을 소개하겠다고 줄기차게 조른다. 한 노파가 담배 한개비를 동냥하기에 일행 중 하나가 불을 붙여 건네주었다. 그래도 돈을 구걸하는 거지는 없군! 멕시코 거리를 지나면 부딪쳐야 하는 동냥꾼들, 그것도 조그만 아이에서부터 노인에 이르기까지 각양각색의 손들을 바라보던 장면이 생각났다.

아도니스란 녀석은 참 끈질기다. 처음에는 시가를 사길 권하더니, 이젠 좋은 개인식당(빨라다르)을 소개하겠다고 조른다. 바로 가까운 뒷골목에 있다는 것이다. 그것도 일행이 거절하니, 이번엔 훌륭한 숙소를 소개해주겠다고 나섰다. 25달러에 에어컨이 달린 쾌적한 가정집이라는 것이다. 당연히 예쁜 여자친구도 소개해줄 수 있다고 큰소릴 친다. 이 정도면 거의 종합무역회사형 관광가이드이다. 오, 제발 우릴 그냥 놓아주세요! 애원조로 달랬지만 막무가내다. 달러 열풍이 그만큼 무서운 것이다. 결국 스페인어를 한다는 죄로 내가 큰소리치며 꾸짖고 난 뒤에야 그는 떨어졌다. 속으론 미안했지만 어쩔 수 없었다.

그만큼 달러를 향한 사람들의 열정은 거세었다. 1993~94년 경제개혁 조치에서 정부가 달러를 전면 합법화하여 소유에서부터 은행계좌 개설까지 가능해졌다. 사람들은 달러만 있으면 국영 달러상점에서 무슨 물건이든 쉽게 구할 수 있게 되었다. 롤러블레이드에서 캠코더까지. 마이애미의 친척이나 친지가 보내준 달러(3개월당 3백달러까지 가능하다)가 있는 사람이나, 관광구역에서 달러소득을 올릴 수 있는 사람은 이제 결핍으로부터 해방이 가능해졌다. 이와 더불어 정부가 허용한 자영업 직종이나 민간 농산물시장에서 돈벌이를 할 수 있는 사람들에게도 새로운 기회가 도래했다. 이제 아바나도 달러권 아바나와 뻬소권 아바나 둘로 쪼개지게 되었다.

임박한 까스뜨로 최후의 날?

『까스뜨로 최후의 시간: 쿠바공산주의의 임박한 붕괴의 이면사』, 무슨 스릴러 영화나 소설의 제목처럼 보이지만 그렇지 않다. 퓰리처상을 받은 저명한 기자 안드레스 오펜하이머가 1992년에 쓴 생생한 쿠바르뽀집이다. 이미 영어권과 스페인어권에서 베스트셀러 반열에 오른 이 책의 말미에서 저자는 까스뜨로체제의 임박한 장례식을 자신있게 예견하곤 이를 '혁명을 위한 레퀴엠'이라 이름붙였다. 그의 묵시론적인 분석을 한번 음미해보자.

"까스뜨로는 진퇴양난에 빠져 있다. 만약 계획경제를 포기한다면 경제상황은 개선되겠지만, 체제는 노동자들에 대한 정치적 통제력을 상실할 것이다. 계획경제를 유지한다면 경제적 파국과 빈곤, 그리고 아마도 민중봉기가 그를 기다릴 것이다. 피델은 자신의 임종을 몇달, 아니면 겨우 몇년 정도 연장할 수 있을 것이다. 그러나 사회주의에 대한 그의 헛된 소망은 이미 선고가 내려진 상태이다. 까스뜨로는 혁명의 성과물(보건, 교육프로그램, 국민적 자존심)을 그대로 보존할 수 있었던 이행으로 향하는 모든 문을 닫았다. 대신 자신이 추진한 모든 것과 충돌하는 급진적 반동의 길을 열었다. 이미 시간이 흘렀기에 혁명을 구하고자 시도한 어떠한 개혁도 불충분하고 시기를 놓친 것일 수밖에 없다."

오펜하이머는 묵시록의 마지막 구절을 이렇게 남겼다. "가장 최근에 다녀온 쿠바 여행의 말미쯤, 거리에서 만난 어떤 사람이 말했다. '이미 이 체제는 끝났어요. 이제 서류에 도장찍는 일만 남았지요.'"

　오펜하이머만 탓할 일도 아니다. 당시 미국 신문들도 조지 부시 대통령이 임기중에 까스뜨로가 거세된 아바나 거리를 퍼레이드할 가능성도 있다고 했으니. 우리 언론에 소개된 르뽀나 분석기사도 대부분 그랬다. 사실 1989년 소련이 붕괴하고 고르바초프가 대쿠바 특혜무역을 중지하자, 쿠바경제는 그야말로 바닥을 헤매게 되었다. 사람들은 하루 한끼로 연명한다고 했고, 거리에서 개나 고양이가 사라진 지 오래라고 보도했다. 엄마와 딸이 나란히 거리에 나서 몸을 팔아야 겨우 먹을 것을 구할 수 있다는 이야기도 있었다. 그러니 까스뜨로체제가 민중봉기로 붕괴하는 것은 시간문제라는 것이다. 게다가 미국은 까스뜨로 최후의 시간을 앞당기기 위해 제3국의 거래조차 제한하는 완벽한 경제봉쇄정책을 구사한 바 있지 않은가?

쿠바, 카리브의 소국

카리브의 소국, 쿠바. 인구는 1100만 정도지만 땅 크기는 한반도만하니, 섬치곤 꽤 큰 나라이다. 그렇지만 아열대 기후가 준 선물은 사탕수수와 담배 농사뿐이다. 기후대가 단순하니 농작물의 종수

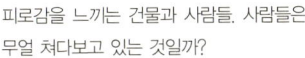
피로감을 느끼는 건물과 사람들. 사람들은 무얼 쳐다보고 있는 것일까?

도 다양하지 않거니와 식량도 많은 부분 수입해야 한다. 또 단작수출 모델이니 대부분의 공산품, 의약품, 원자재, 기계류 모두를 수입해야 한다. 최근 들어 원유시추와 정유산업이 조금씩 가동되고 있지만, 아직도 많은 양의 원유를 도입해야 자동차도 굴리고 공장도 가동시킬 수 있다. 그러니 달러는 필수불가결한 것이다. 소련이 붕괴되기 전에는 특혜가격으로 원유를 대량공급해주었고, 또 설탕을 국제시세의 다섯 배 가격으로 사주었기에 경제는 잘 굴러갔다. 매년 소련이 쿠바에 이런 식으로 제공한 보조금이 거의 20억달러에 달했다고 하니, 이 정도면 '사회주의 형제국가'가 아니라 '사회주의 형님국가'로 칭해도 무방할 것이다.

세계체제론을 주장하는 학자 가운데 이를 '사회주의적 종속'이라 칭하며, 쿠바가 미국경제와 연관관계가 끊어지면서 결국 종속의 연관고리가 소련으로 바뀌었다며 쿠바의 발전모델을 비웃는 논자도 있었다. 논리야 그럴 듯하지만 전제가 좀 이상하지 않은가? 카리브의 소국 하나가 어떻게 자립적 발전을 이룰

'자유 쿠바 만세!' 라다 승용차, 미모의 여인, 노쇠한 건물의 벽면 모두 쿠바의 대표선수들이다.

수 있다고 생각하는지…… 작은 나라가 할 수 있는 일은 여러 상대와 흥정하면서 몸값 내지 물건값을 올려받는 것이 아니겠는가? 매년 20억달러의 보조금을 주는 나라를 '제국주의 국가'라 불러야 하고, 20억달러를 받으면서도 별로 눈치보지 않고 독자적인 외교·군사정책을 편 나라를 '괴뢰국'으로 부른다는 것도 이치에 합당하지 않은 것이다.

자, 이제 하루 아침에 이 보조금이 끊어졌다고 생각해보라. 아마겟돈의 날이 도래한 것이다. 1989년에서 1993년 사이에 쿠바의 수출은 70퍼센트가 줄었고, 수입은 75퍼센트가 줄었다. 국민총생산은 3분의 1로 감소했다. 석유가 부족해 거리의 자동차 행렬은 중국에서 들여온 2백만대의 자전거, 우마차로 만든 간이버스, 자전거 인력거로 대체되었다. 노선버스조차 3분의 1이상 줄여서 제한운행을 했다. 당간부들이나 관리들은 솔선수범하여 자전거를 타고 출근했다. 아름다운 아바나의 밤거리는 캄캄한 어둠으로 뒤덮였다. 전기공급도 제한되어 거리의 네온싸인이 죽은 것은 말할 것도 없고, 공장에 일하러 간 사람들도 그냥 돌아오기 일쑤였다. 그러나 자동차나 전기 부족은 당장 생명에 지장을 주진 않는다. 배고픔만 면할 수 있다면 버틸 수 있는 것이다. 하지만 배도 너무 고팠다.

봉쇄기의 닭고기 요리법

아이들을 먹이기 위해 하루 한끼로 때우는 가장들이 수두룩했다. 식량사정은 가장 어려운 시기의 북한보다 더 힘들었다고 한다.

까스뜨로는 1991년 12월 29일 국회에서 이렇게 말했다. 지금은 "혁명 이래 제일 힘든 시기가 아니라 (…) 쿠바 역사에서 가장 힘든 시기"라고. 그는 모두가 허리띠를 졸라매야 하는 "평화시대의 특수시기"가 도래했으니, 모두 참고 견디자고 말했다.

계란도 고기도 부족했고, 빵도 쌀도 부족했다. 우유가 충분히 공급되지 않아 체중미달의 아동이 속출했다. 가장은 식량을 구해지 못해 집에 들어오지 못하고 공원을 배회해야 했고, 급기야 정신이상자가 되는 경우도 속출했다. 병원에는 페니실린, 인터페론이 부족해서 멀쩡하게 고칠 수 있는 사람까지 무덤으로 보내는 경우가 이어졌다. 배고픔을 견디기 위해 '봉쇄기의 닭고기 요리법'pollo al bloqueo이란 것도 등장했다. 닭 한마리로 한 가정이 나흘 동안 먹는 방법을 고안한 것이다.

첫날, 닭털을 벗겨 삶는다. 고기에다 비안다(감자, 토마토, 홍당무, 유까, 고구마, 따말, 그리고 빠스따, 옥수수 또는 쌀)를 넣어 수프를 만들어 먹는다. 둘쨋날, 고깃덩이와 각 부위를 살짝 구워 끄리오요 소스(양파, 토마토, 후추, 마늘, 소금, 식용유)에 발라먹는다. 셋쨋날, 나머지 고기를 기름이나 버터에 바짝 튀겨 쌀밥과 함께 먹는다. 넷쨋날, 닭뼈를 부수고 골수를 완전히 빨아먹는다.

그래도 닭고기라도 구할 수 있는 사람은 사정이 좋은 경우였다. 계란조차 구하기 힘들어져 인구 다수의 단백질 공급량은 급전직하로 떨어졌다. 어른들은 우울증에 시달렸고, 여기저기 비판의 목소리가 터져나왔다. 무엇이든지 특단의 조치가 필요했다.

봉쇄를 강화한 미국

그럼에도 불구하고 미국은 두 차례에 걸쳐 경제봉쇄를 더욱 강화했다. 이왕 내친 걸음에 까스뜨로체제를 붕괴시키고자 맘을 먹었다. 1992년 5월 19일 조지 부시 대통령은 "까스뜨로 독재는 세계를 뒤덮은 민주화 물결에 속에서 살아남을 수도 없고, 또 버티지도 못할 것"이라고 못박았다. 그러곤 이어 9월에는 소위 '토리첼리법'이라 불리는 쿠바민주주의법CDA이 하원을 통과했다. 미국 회사의 외국지사가 쿠바와 무역을 할 수 없도록 봉쇄를 강화한 것이 골자였다. 11월에 유엔총회가 강화된 경제봉쇄를 비난하는 결의안을 채택했지만 미국 행정부는 아랑곳하지 않았다.

마이애미에 있는 재미쿠바공동체는 들떠 있었다. 이제 곧 까스뜨로 독재가 물러날 것이고, 빼앗긴 집과 농장을 다시 찾을 수 있을 것이라는 기대에 부풀었다. 공산독재는 이제 사라졌고, 까스뜨로체제의 수명도 초읽기에 들어갔다고 판단했다. '재미쿠바인재단'CANF의 총재 마스 까노싸는 마치 임시정부 대통령처럼 행세했다. 그는 까스뜨로체제와 거래하는 모든 기업인들(주로 유럽기업인들)에게 자신이 집권하면 국물도 없을 것이라고 으름장을 놓았다. 재미쿠바인재단은 5만명의 회원과 20만명의 기부자를 거느리고 있는 반까스뜨로주의 단체로 이미 공화·민주 양당에 대규모의 정치자금을 대고 있는 돈줄이기도 했다. 하벨도, 옐찐도 미국을 방문했을 때 마스 까노싸를 만나러 마이애미까지 날아왔을 정도였다.

이제 신정부 대통령으로 스스로 착각하기 시작한 마스 까노싸는 토리첼리법으로 만족하지 않았다. 하루라도 빨리 까스뜨로 공산독재체제를 무너뜨리고 싶었다. 그렇게 하려면 쿠바와 제3국의 모든 무역을 금지시키는 좀더 발본적인 법안을 만들어야 했다. 아예 쿠바인들이 모두 굶어죽을 지경까지 가도록 해서 까스뜨로에 대한 봉기가 일어나도록! 1996년에 통과된 헬름스-버튼법이 바로 그것이다. 그러나 '불행히도' 마스 까노싸는 이 법이 만들어진 이듬해 죽고야 말았다.

'쿠바의 자유 및 민주연대법'이라 이름이 붙여진 이 법은 대쿠바 경제봉쇄를 모든 나라로 확산시키는 장치였다. 이제 쿠바와 무역을 하는 기업인은 미국 땅을 내디딜 수 없다. 또 1959년 이후 까스뜨로체제가 몰수한 재산을 이용하는 개인이나 기업에 대해 모든 미국인은 소송을 걸 수 있는 '사적 민법적 권리'를 부여하기로 했다(제3조). 이러한 미국의 조치에 유럽과 중남미 국가들이 강력하게 항의한 것은 당연한 일이다. 유럽연합 국가들은 이를 세계무역기구WTO에 제소하겠다고 위협하고, 유엔총회에서도 비난의 목소리가 들끓자 클린턴 당시 대통령은 제3조의 법적 효력 발생을 시한부로 유보했다.

쿠바의 개혁정책

까스뜨로는 '특수시기'에 적합한 개혁정책을 펴기 시작했다. 우선 당 정치국에 젊은 개혁파 인사들을 수혈했다. 1951년생 까를로스 라혜에게 경제개혁의 중책을 맡겼다. 그리고 56년생 로베르또 로바이나, 50년생 아벨 쁘리에또(작가예술가동맹 책임자)도 기용했다. 보수파는 호세 라몬 마차도만 명맥을 유지했다. 당의 원로인 까를로스 라파엘 로드리게스나 까스뜨로가 개혁파들을 적극적으로 지지해주었기 때문이다.

젊은 세대들은 구세대와 달리 쿠바의 현체제를 유지하면서 시장개혁을 접목하고자 했다. 이렇게 나온 조치가 1993년 8월에 공표한 달러 사용의 완전자유화, 외국투자 개방조치였다. 외국인 소유권도 100퍼센트 인정했고, 또 자유무역지구도 만들었다. 일단 물자부족 상태를 해소하려면 외화를 가능한 한 빨리 벌어들여야 했다.

이어 9월에는 자영업을 허용하는 법령을 공표했다. '임금소득자를 고용하지 않는 조건으로' '국가의 활동과 보완을 이루는' 업종 135개에 한해서 자영업을 허용하기로 한 것이다. 단 '국가기업 간부, 교사, 의사, 연구원'은 이 업종에 참여할 수 없었다. 이제 택시기사에서부터 개인식당에 이르기까지 135개의 업종(나중에는 160개 정도로 늘어난다)이 시장메커니즘 속에서 달러벌이에 나설 수 있게 되었다. 또 대규모 국영농장들을 농업협동조합으로 바꾸어 생산의 인센티브를 강화시켰다. 비국가 부문의 농지가 1992년에는 25퍼센트에 불과했지만 1994년에 이르러서는 거의 70퍼센트에 달하게 되었다. 자연히 농산물의 공급도 숨통이 트이게 되었다.

1994년 5월에 들어서 쿠바정부는 일련의 재정개혁 정책을 발표했다. 국유기업에 지불하던 보조금을 잘랐고, 필수품과 써비스 가격을 대거 올렸다. 혁명 이래 처음으로 징세체계도 제도화했다. 1993년 GDP의 30.5퍼센트이던 재정적자는 1997년 2퍼센트 수준으로 대거 감소했다. 적자에 허덕이던 국유기업들은 외국기업들을 끌어들여 합작회사로 탈바꿈했다. 덕분에 1997년 쿠바의 전화회사는 이딸리아 투자사와 함께 2억달러의 수익을 남길 수 있게 되었다. 또 군부도 요식업과 관광업의 재구조화에 적극 참여하여 경제개혁의 동반자 내지 지지자로 탈바꿈했다. 탈냉전시기 개혁정치에 완강한 저항세력으로 굳어질 수 있는 보수적인 군부를 개혁동반자로 이끌어낸 점은 매우 흥미롭다.

날로 나아지는 경제

개혁조치를 취한 후 쿠바경제는 7년 연속으로 비교적 빠른 회복세를 보이고 있다. 비공식 환율도 달러당 20뻬소로 안정되었고, 무엇보다 재정적자 폭이 월등히 줄었다. 1999~2000년에도 설탕 부문의 수확량이 4백만톤 이상으로 호조를 보인데다가, 관광수입도 크게 늘어 안정적인 성장패턴을 보이고 있다. 에너지 부문과 농축산업 부문도 이전에 비해 빠른 속도로 성장하고 있고, 국유부문의 개혁도 어느정도 성과를 보이면서 생산성을 높이고 있다. 원유생산량도 크게 증가하여 1999년에는 260만톤을 생산하였고, 천연가스도 2000년 말에는 전력 생산의 70퍼센트를 보장할 수 있게 되었다.

무역패턴은 바뀌어가고 있지만 과거의 관성은 남아 있다. 여전히 러시아가 수출의 26퍼센트를 흡수해주고 있기 때문이다. 그 뒤를 이어 네덜란드가 12퍼센트, 캐나다와 스페인이 각각 7퍼센트를 사준다. 수입품은 대부분 유럽연합 국가들로부터 온다. 스페인이 21퍼센트, 프랑스가 10퍼센트, 그리고 이딸리아가 8퍼센트를 차지한다(1998년 기준).

1999년의 수입은 49억달러였던 반면에 수출은 45억달러에 불과했다. 무역적자는 4억달러 정도이다. 게다가 130억달러의 외채(1998년)에 대한 15퍼센트 수준의 이자 부담도 만만치 않다. 그렇지만 관광부문 수입으로 그럭저럭 메울 수 있는 정도이다. 1998년 관광소득이 14억달러였으니, 대충 맞아떨어진다. 관광소득에 기여하는 국가 순위는 캐나다, 스페인, 이딸리아, 독일, 그리고 기타 유

40년에 이르는 미국의 봉쇄정책에도 불구하고 버티고 있는 까스뜨로. 인구 1100만의 운명은 이 노쇠한 거인의 어깨에 무겁게 걸려 있다. 사진 헤라르드 란시난.

럽연합 국가들이다. 쿠바의 사정이 호전되면서 관광부문에 대한 국내 물품 공급도 늘어나 내수부문에도 조금씩 좋은 영향을 주고 있다고 한다.

2000년 현단계의 경제수준은 1989년 수준에는 아직 못 미치지만, 그 누구도 '임박한 파국'을 이야기할 순 없게 되었다. 아니, 러시아나 동구의 개혁성과와 비교해보아도 쿠바의 개혁경험은 가히 성공사례라고 해도 지나치지 않을 정도로 내외에서 인정받게 되었다.

까스뜨로의 자신감

2000년 6월 주간지 『그란마 인터내셔날』에는 까스뜨로가 전임 유네스코 사무총장을 만나 인터뷰한 내용이 실렸다. 까스뜨로는 그 길고긴 터널을 빠져오면서 경험한 바를 자신있고 담담하게 풀어내고 있다.

"우리는 엄청나게 풀린 돈 사이로 헤엄치며 다녔지요. 뻬소화는 엄청나게 가치가 떨어졌어요. 예산적자는 GDP의 35퍼센트나 되었구요. 현명한 방문객들조차 쇼크를 받아서 기절할 정도였지요. 우리 뻬소화 가치는 1994년에 달러당 140까지 떨어졌어요. 그럼에도 불구하고 보건센터, 학교 또는 유아원, 대학, 스포츠센터 어느 하나 문을 닫지 않았지요. (…) 가진 것은 정말 변변찮았지만 가능한 한 최대로 공정하게 배분했습니다."

"이 어려운 시절에도 의사 숫자는 두 배로 늘었고, 교육의 질은 개선되었어요. 1994년과 1998년 사이에 뻬소 가치는 7배나 올랐고, 그뒤로는 완전히 안정을 되찾았지요. 단 일달러도 외국으로 빠져나가지 않았어요. 우리에게 직면한 엄청난 도전을 견디면서 경험과 효율성을 얻게 되었답니다. 유럽에서 사회주의권이 붕괴하기 전에 우리가 누렸던 생산과 소비 수준엔 아직 도달하지 못했지만, 꾸준히 눈에 띄게 점진적으로 회복하고 있지요. (…) 이러한 쾌거의 위대한 영웅은, 바로 엄청난 희생과 놀라운 신뢰감을 보여준 인민들입니다. 이는 지난 30여년의 혁명기 동안 뿌려진 정의와 이념의 과실이기도 했지요. 이 진정한 기적은 단합과 사회주의가 없이는 불가능했을 겁니다."

이런 이야기는 까스뜨로 개인의 자화자찬에 그치지 않는다. 급기야 미국의 한 쿠바전문가 애너 줄리아 자터-호스먼은 「러시아가 쿠바에서 배울 수 있는 교훈」What Cuba Can Teach Russia이란 다소 도발적인 논문으로 까스뜨로의 이야기를 다른 방식으로 표현하고 있다. 임박한 파국에서 성공사례로 둔갑한 쿠바 개혁에서 그가 이끌어낸 교훈은 무엇인가.

1 쿠바 기행

개혁경험의 교훈

고르바초프의 뻬레스뜨로이까는 제법 그럴듯한 구호를 내걸고 시장개혁 조치를 도입했지만, 시장이 만들어지기도 전에 낡은 체제만 붕괴시켜 경제를 아노미상태로 몰고갔다. 1990년 달러당 1.7루블이던 것이 1995년에는 4640루블, 급기야 1998년 10월에는 16000루블에 달했다. 국유기업의 소유권도 결국 몇몇 마피아들이 장악하여 '마피아자본주의'라고 불릴 만큼 씨스템은 왜곡되었다.

사실 구소련의 경우 시장경제에 대한 기억이 70년간 인민의 뇌리에서 사라졌다. 이 점에서 구소련은 망각의 역사가 짧은 중국이나 베트남, 그리고 쿠바보다는 불리한 출발점에 있었다. 자본주의의 시장은 사회적 형성물이며 제도의 덩어리이다. 동시에 사람들의 뇌리에 각인된 집단적 기억이기도 하다. 러시아 경제개혁가들의 최대 실책은 새로운 것이 등장하기 전에 낡은 것을 그냥 무너뜨린 것이다. 쿠바 개혁가들은 구소련의 붕괴를 면밀히 보고 많은 교훈을 얻었다. 자터-호스먼은 쿠바 개혁의 교훈을 다음 다섯 가지로 요약한다.

첫째, 물살이 센 곳에서 닻을 내리지 말라. 환율의 자유화가 이루어지기 전에 반드시 긴축을 통한 재정건전화가 선행되어야 한다. 재정적자가 큰 상태에서 환율을 자유화한 러시아는 결국 걷잡을 수 없는 인플레이션을 유발시켰던 반면, 쿠바는 먼저 1993년에 인기없는 재정긴축의 조정정책을 일관성있게 추진했다. 그 결과 부침을 거듭하던 달러 가격도 결국 1996년 이후 안정되었다.

둘째, 낡은 것을 파괴하기 전에 새 것을 만들어라. 쿠바사람들은 낡은 씨스템을 붕괴시키지 않은 상태에서 관광산업, 광산업, 써비스 부문에 투자와 성장의 기회를 만들어낼 수 있었다. 또 달러를 쉽게 소비할 수 있는 물품시장을 만들어 해외송금을 유인하는 전략도 개발했던 것이다. 원숭이는 다른 나무로 이동할 때 새 나무를 꽉 잡기 전에는 이전 나무에서 손을 떼지 않는다.

셋째, 마피아보다는 국가가 나은 법이다. 민영화가 만병통치는 아니다. 쿠바의 경험은 소유권 구조를 바꾸는 것보다는 인센티브 구조를 바꾸는 것이 훨씬 효과적이라는 점을 보여준다. 외국투자자와 국가의 합작투자로 쿠바사람들은 공적 인센티브와 사적 인센티브를 조화시킬 수 있었다. 러시아에서 보았듯이 고삐 풀린 망아지처럼 민영화를 추진한다면 기업 매니저들이 자산과 자원을 낭비하거나 자기 소유로 빼돌릴 가능성이 크다.

넷째, 군인들을 바쁘게 만들어라. 쿠바 군부는 가장 큰 관광회사 라 가비오따를 소유하면서 개혁의 수행자이자 지지자로 바뀌었다. 시장제도가 없는 상황에서 군부는 기업조직의 대안적 조정메커니즘으로 효율성을 발휘할 수도 있다. 그러나 나중에 군인들이 돈맛에 깊이 빠져든다면 또다른 문제를 야기할 수도 있을 것이다.

자터-호스먼의 분석은 이제껏 쿠바 경제개혁의 한계를 지적한, 판에 박인 글들과는 확연히 달랐다. 헝가리의 야노스 꼬르나이는 계획경제의 문제점을 연성의 예산통제soft budget constraint와 낮은 가격탄력성low elasticity of price로 요약한 바 있다. 물론 맞는 이야기이다. 그런데 이런 논리를 모든 상황에 그대로 대입하여 제한적 시장개혁이 실패할 수밖에 없다는 논리를 도출하는데, 쿠바 사례도 그렇게 분석한 것을 많이 보았다. 이런 분석이 놓친 것은 쿠바 같은 작은 경제의 특징이다. 나라와 인구가 작기에 경제적 계산이나 예산통제가 러시아나 폴란드처럼 어렵지 않다. 더구나 물품부족으로 충족되는 욕망의 가짓수가 제한되어 있다면 계획경제가 그렇게 난장판으로 귀결되진 않는다. 다만 계획경제는 공급부문을 자극할 인센티브를 제공하지 못하기에 부분적으로 시장을 도입할 수밖에 없다. 상당 기간 계획경제는 부분적 시장도입 조치와 결합하여 그냥 굴러갈 것이다. 물론 양자 사이에 긴장이 발생하겠지만, 현재까진 정부가 잘 조정하는 것 같다. 계속 늘어날 줄 알았던 자영업 종사인구는 최근 들어 줄었다고도 한다.

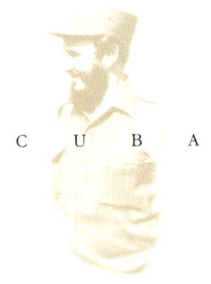

C U B A

2

성공의 이면, 두 개의 쿠바

개혁정책이 추진된 지 6,7년이 지나면서 쿠바사회는 확연히 달라졌다. 무엇보다 물자부족 상태는 많이 해소되었다. 하지만 전에 볼 수 없었던, 달러경제권과 뻬소경제권의 분열이 눈에 띄게 드러나기 시작했다. 심지어 '관광 아파르트헤이트apartheid'란 말이 생길 정도였다. 달러를 벌 기회가 있는 관광업 종사자들이나 창녀들, 그리고 개인식당을 하는 사람들. 수공예품이나 미술품을 팔 수 있는 사람들, 마이애미에서 보내주는 달러를 가진 사람들은 비교적 부유하게 살 수 있다. 한달에 100달러의 수입이면 쿠바에서 남부럽지 않게 산다고 한다. 개중에 '신흥부자'로 불릴 정도로 달러를 축적한 사람들은 관광객들이 드나드는 고급식당에서 거나하게 식사하고 고급 자동차를 타고 다니기도 한다.

이런 와중에 나타난 것 중 하나가 가치관의 혼란이다. 쿠바에 도착한 이튿날 저녁 맥주집에서 잠시 대화를 나눈 26세의 야니란 여성이 들려준 이야기이다. 그는 초등학교 영어선생이다. 월급은 200뻬소, 미화 10달러에 불과하다. 물론 배급도 타고, 또 국영시장에서 싸게 구할 수 있는 것이 많으니 먹고사는 데는 지장이 없다. 그런데 이 젊은 여자는 하고 싶은 것이 참 많다. 고급 화장품과 멋진 정장도 사고 싶고, 주말에는 친구들과 어울려 관광객들이 모여드는 근사한 바에 가서 술도 마시고 춤도 추고 싶다. 그러니 10달러로는 턱도 없다. 이런 여자들이 외국관광객들을 쫓아다니는 것이다. 그녀의 말로는 하루 저녁에 괜찮으면 40~50달러도 받고, '운수 터진 날'은 100달러도 번다고 한다. 한달 봉급의 5배 내지 10배를 버는 것이다. 그렇다고 직업적인 것은 아니라고 한다. 엄연히 초등학교 교사란 직업이 있으니 가끔 나와서 즐긴다는 것이다. 창녀는 창녀이되 노동강도는 별로 높지 않은 '사회주의 창녀'인 셈이다.

창녀들과의 전쟁

개혁기 쿠바에 다시 창녀들이 나타나자, 서방언론들은 모두 '그것 봐라'는 식으로 다루었다. 앞에서 말한 오펜하이머도 예외가 아니었다. 피델이 무너뜨린 바띠스따정권 시절, 아바나 전체가 미국인들의 휴양도시이자 창녀촌이었던 시절로 다시 돌아갈 수밖에 없다는 듯이. 연전에만 해도 '쿠바의 깐꾼'이라 불리는 휴양도시 바라데로에는 7천명 정도의 창녀들이 외국관광객을 쫓아다녔다고 한

바라데로 해변에 서 있는 뒤뽕 가의 별장. 혁명 이전에 이 일가는 바라데로를 통째로 소유했던 지주이기도 했다. 지금은 200달러만 내면 하룻밤 동안 호사를 즐길 수 있다.

1 쿠바 기행

다. 그러자 정부는 작년 여름에 모든 공권력을 동원하여 대대적으로 창녀소탕전에 나섰다. 바라데로에 쿠바인들의 출입을 공무 용도를 제외하고는 아예 금지해 창녀들을 모두 쫓아버렸다. 또 관광객들이 밀집하는 아바나 호텔 지역에도 의심스런 쿠바 여성들의 출입을 금지했다. 호텔 곳곳에, 엘리베이터 앞에는 항상 보안요원이 지키고 있어서 창녀들이 호텔 객실에 출입하는 것을 완전히 막아버렸다.

기껏해야 '반직업적' 창녀들이 해가 지면 관광객들의 차가 자주 지나다니는 말레꼰 해변도로나, 베다도 언저리의 도로변에 두세 명씩 서성거릴 뿐이다. 아니면 관광객들이 들끓는 바나 댄스홀 같은 곳을 두리번거리는 정도이다. 관광 가이드북에 나오는 이야기와도 많이 달랐다. "쿠바 여자(남자)들과는 오래 눈을 맞추지 마세요!" 이런 이야기는 쿠바인 전부를 마치 달러를 밝히는 창녀나 허슬러로 착각하게 만드는 좀 무책임한 말장난이다.

좀도둑질 증후군

이튿날 아바나 시내관광을 안내한 가이드는 아바나대학에서 기계공학을 전공한 호세 마누엘이었다. 그에게서도 개혁이 가져온 문제점에 대해 간단히 들을 수 있었다. 의사가 되려면 9년의 수련을 거쳐야 하는데 월급은 겨우 500뻬소를 넘지 않는다. 미화로 25달러 정도. 교수나 연구원, 정부관리가 되려면 어릴 때부터 성적도 우수해야 하고 봉사활동과 조직활동에서도 두각을 나타내야 한다. 그렇게 노력해서 얻은 자리에서 나오는 월급이 결국은 창녀의 하루 용돈밖에 되지 않으니…… 그래서 개혁조치에 대한 불만이 오히려 식자층에 많다고 말했다.

이러한 불만은 비단 식자층에만 존재하는 것은 아니다. 뻬소 월급으로 살아가는 임금소득자층 모두에게 공통된 것이다. 그래서 국영부문에 근무하는 사람들은 눈에 불을 켜고 직장에서 물자나 부품을 빼돌리는 데 혈안이 되어 있다.

미국인 기자의 경험담이 있다. 몇년 전에 아바나아우또^{Habanauto}에 차를 빌리러 갔다. 닛산 1989형 모델이 여덟 대나 있어 다행스럽게 생각했다. 관리인이 나선다. "상태가 좋은 차를 한대 골라드리지요. 그런데 시간이 좀 걸려요. 멕시코 관광객들이 차를 험하게 몰아서 다 망쳐놓았거든요." 그럴듯한 노란색 차를 한대 고르니, 앞바퀴가 빠져 있다. 스페어 타이어를 찾았지만 놀랍게도 여덟 대 모두 하나도 없다. 다른 차의 뒷바퀴를 하나 빼서 갈았다. 다른 차 뒷바퀴 자리는 벽돌로 받쳐놓고. 문제가 해결된 듯싶었다. 그런데 차에 앉으니 시동이 걸리지 않는다. 정비공이 오더니 여기저기 훑어보곤 이렇게 말한다. "아, 문제없어요." 급히 다른 차의 배터리를 뜯어 갈아끼운다. 계약서에 서명하기 위해 물품을 체크했다. 그런데 잭이 보이지 않는다. 옆차에도 없다. 겨우 멀리 떨어진 네번째 차에서 하나 구했다. 결국 제대로 굴러가는 차가 한대도 없는 것이다.

관리인과 정비공들이 야금야금 빼다가 암시장에 팔아먹은 부품들은 결국 멕시코 관광객들이 부숴놓고 간 걸로 보고서에는 기록될 것이고, 이들은 여기서 번 돈으로 부족한 월급을 보충할 것이다. 이 리포트는 좀 오래된 이야기이긴 하지만 비단 렌터카 회사에만 국한된 것은 아닐 것이다.

순응과 저항 사이에서

사회가 이런 식으로 굴러가면 자연히 정치체제에 대한 불만이 없을 리 없다. 배가 고프면 이념이고 체제고 소용없는 법이다. 그래서 1994년 8월에 9천명 정도가 뗏목을 타고 마이애미로 도망가지 않았던가? 그래서 나는 부지런히 피델의 인기도에 대해 질문을 해보았다.

쿠바 오기 일주일 전에 멕시코씨티에서 만났던 쿠바 지식인 두 명에게 들을 수 있었던 것은 간단했다. "모든 문제는 미국의 경제봉쇄에 기인한다." 이 두 사람은 미국 행정부가 취한 부분적 봉쇄해제 조치(곡물수출은 허용하되 미국내 금융은 불허한 것)조차 평가절하했다. 그리고 더이상 속깊은 이야기를 하지 않으려 했다. 하긴 외국여행 허가를 받기 위해선 문제가 될 발언은 하지 않아야 되겠지. 또 국가연구소에 소속된 공무원이기도 했으니. 그만큼 지식인들은 조심스러웠다.

그렇지만 쿠바 내에서 개혁을 둘러싼 지식인들의 토론을 소개한 글들을 살펴보면 적어도 뻬레스뜨로이까 국면의 소련 지식인들보다 더욱 솔직하고 개방적임을 알 수 있다. 시민사회론의 수용——여기서도 그람시가 인기를 누리고 있다——을 주장하는 글도 보았고, 급진적인 경제개혁을 내세운 논자도 있었다. 한때 급진개혁론자들의 아성이던 '미주연구소'는 보수파들의 공격으로 초토화되었지만, 개인이 쓴 글의 내용을 문제삼아 직장에서 쫓겨난 사람은 아무도 없다는 이야기도 읽었다. 의사표현의 자유를 누릴 수 있는 경계는 다소 모호하지만 생각보다는 훨씬 자유로웠다.

택시기사들, 술집에서 만난 사람들, 관광가이드들, 그리고 말레꼰 해변가에서 낚싯줄을 드리우고 있던 젊은이들 등 15명 내외와 이런저런 이야기를 나누어보았다. 내가 받은 느낌은 적어도 50세 전후의 사람들은 체제나 까스뜨로에 대한 존경심을 전혀 잃지 않았다. 모든 것은 미국 탓이라는 설명도 붙었다. 바라데로에서 만난 오십세 남짓한 여인은 자신의 불행한 결혼생활을 제외한다면 모든 것이 만족스럽다고 말했다. 물자의 결핍은 별로 문제가 되지 않는다는 것이다. 까스뜨로에 대해서는 거의 성인에 가까운 존경심을 나타냈다.

관광가이드로 나선 아바나대학 졸업생들도 체제 자체에 불만을 표시하진 않았다. 그들은 맡은 일에 감동적일 만큼 열성적이었다. 대학을 졸업하면 반드시 사회봉사를 2년간 하게 되어 있는데, 가이드 일은 자신들이 받은 공짜교육을 보상하는 일이기도 했다. 공학도 호세 마누엘은 전공을 살려 취직할 수 있을지 미래에 대한 일말의 불안감을 내비치긴 했지만 현재 생활에는 만족한다고 했다. 그는 3시간 30분 동안 가이드를 하기로 계약했지만, 우리 팀에겐 거의 6시간을 넘게 할애하여 아바나의 이곳저곳을 안내해주었다.

셋쨋날 가이드를 맡았던 에델리스도 자신의 처지를 만족스럽게 생각한다고 했다. 그는 쿠바의 의료·교육제도를 자세히 설명해주었고, 또 이에 대해 상당한 자부심을 표하기도 했다. 영어를 유창하게 구사하는 그녀는 사회봉사가 끝나도 관광업계에 계속 남아 일하고 싶기에 요즈음은 불어 공부를 열심히 한다고 했다. 지금은 스페인과 캐나다 관광객들이 제일 많이 오지만 프랑스 사람들도 빠른 속도로 늘어나고 있기 때문이란다.

그날 저녁 아바나 시내에서 돌아오다가 탄 택시의 기사에게선 꽤 재미있는 이야기를 들었다. 내가 앞자리에 앉아서 무심코 "피델을 어떻게 생각하세요?" 하고 물었다. 씩 쳐다본다. 한참 뜸들이다 이렇게 말한다. "5년 정도 지나면 모두 바뀔 거요. 피델이 죽는다면요. 이제 죽을 때도 되었지요." 내가 본 사람 중에서 피델과 체제에 대해 가장 노골적으로 불만을 표한 사람이었다. "아니, 피델이 이룩한 것도 많지 않아요?" 일부러 심기를 불편하게 만들었다. 기사는 갑자기 자기 손을 목에 갖다대고 베는 제스처를 하더니 갑자기 차를 급정거했다. 당장 내리라는 시늉이다. 뒤에 앉은 일행은 이유도 모르고 어리둥절했다. 난 이 사람의 장난기어린 유머를 간파했다. 어이쿠, 유머감각이 보통이 아니구먼.

자동차를 급정거해 당장 내리라고 한 것은 나의 피델 찬양 발언이 못마땅해서이기도 하고, 다른 의미로는 더이상 이야기하면 자신의 생계가 위협받기 때문에 장난을 그만 하라는 엄포이기도 했다. 난 한참 깔깔대고 웃었다. 나중에 호텔에 도착해서 다시 한번 그를 골려주었다. "비바 피델!" "비바 라 레볼루시온!" 외국인들에게 피델 비판을 스스럼없이 하며 유머를 즐기는 이 쿠바 기사를 보고 오히려 이 체제가 생각보다 유연하다는 느낌도 받았다. 뒤에 앉은 두 사람도 모두 내 분석에 동조해주었다.

'마초-레닌주의자' 까스뜨로의 외교력
우스갯소리로 까스뜨로를 맑스-레닌주의자가 아니라 '마초-레닌주의자'라 부른다. 털북숭이에다 항상 군복 차림으로 대중에 열변을 토하는 그는 남성적 권력의 화신으로 각인되기 때문이다. 73세의 노인임에도 마이크만 잡으면 시간 가는 줄 모르고 연설을 해서 가끔 맛이 갔다는 말도 듣는 모양이다. 이런 에피소드도 있다. 일찍이 1991년 말엽에 어린이봉사대 전국대회에서 마이크를 잡고선 세 시간 동안이나 어린이들이 전혀 이해할 수 없는, 전쟁의 위협이니 설탕 증산운동이니, 체를 본받아야 한다느니 열변을 토했다고 한다. 그는 이런 말도 했다고 한다. "그러나 체를 볼 때엔 변증법적으로 보아야만 합니다. 왜냐하면 그는 인간의 전형이기 때문이지요." 초등학교 꼬마들이 변증법 이야기를 들으면서 세 시간을 견뎠다니!

마이크 앞에선 가끔 도가 넘치게 흥분하는지 모르지만 1989년 사회주의권이 붕괴되고 난 뒤 10년 동안 국제적 고립 속에서, 그 엄한 경제봉쇄 속에서 강대국들의 틈을 비집고 자신의 생존공간을 찾아내는 능력을 보면 참으로 신통하다

쿠바혁명이 성공한 이후 까스뜨로와 악수하고 있는 헤밍웨이. 그는 쿠바혁명에 호의적인 미국 작가였다. 사진 알베르또 디아스.

는 생각이다. 무엇보다 구소련의 보호막이 사라진 다음 쿠바가 맞닥뜨린 문제는 국제적 고립과 전쟁의 위협이었다. 고르바초프가 그에게 다가와서 자신의 개혁모델처럼 쿠바도 뻬레스뜨로이까와 글라스노스뜨를 단행하라고 말했다. 겉으론 아무런 내색도 안했지만, 측근에겐 고르바초프는 곧 실패하고 무너질 것이라고 단언했다고 한다. 당시 레이건, 부시로 연결되는 공화당 정부는 쿠바에 경제봉쇄를 더욱 강화하며 압박했다.

고립무원의 처지에서 그는 경제개방

정책을 내걸며 스페인, 이딸리아, 프랑스 정계와 재계에 접근했고, 캐나다의 외무부와 수상을 끌어들이는 데 성공했다. 캐나다는 현재 스페인 다음으로 대쿠바 투자와 경제협력에 적극적인 나라로 변신했다. 또 유엔총회에서는 그간 미국이 40년 동안 벌인 대쿠바 경제봉쇄정책이 얼마나 반인륜적이며 약소국의 주권을 제한했는지 폭로했다. 덕분에 1992년 이래 9년 연속으로 미국의 경제봉쇄정책에 대한 비난성명이 채택되었다. 1999년에는 155개국이 비난성명서에 찬성했고, 오직 미국과 이스라엘 두 나라만이 반대했다. 기권국도 8개국에 불과했다. 이것보다 더욱 극적인 것은 로마교황 요한 바오로 2세의 입을 빌려 미국의 경제봉쇄정책이 인권에 어긋난다고 비판하도록 끌어들인 것이다.

교황의 역사적인 쿠바 방문

1990대 초에 멕시코에 들러 까스뜨로가 교회에 대해 쓴 책을 한권 산 적이 있었다. 나는 그때 종교사회학을 공부하던 선배로부터 꼭 읽어보란 권유를 받았지만 결국 읽진 못했다. 까스뜨로가 보통 맑스주의자들과는 달리 종교에 대해 대단히 유연한 태도를 가지고 있다는 게 핵심내용이었던 것 같다. 그리고 1998년 1월 교황이 쿠바를 방문했다는 소식을 듣고, 참으로 오랫동안 공들인 일이 이제야 성취되었구나 생각했다. 교황은 자신의 방문의 의미를 한마디로 요약했다. "쿠바는 세계를 향해 열고, 세계는 쿠바를 향해 엽시다." 또 그는 민주주의가 "가장 인성에 적합한 정치적 프로젝트"라며 까스뜨로를 간접적으로 비판했지만, 미국의 경제봉쇄 역시 "정의에 어긋날 뿐 아니라 (…) 도덕적으로도 용납할 수 없는" 조치라고 비난하였다.

　까스뜨로는 1979년부터 교황의 쿠바 방문을 요청했지만 냉전이 한창 진행중이었기에 그의 요청은 받아들여지지 않았다. 1989년 소련이 무너지면서 까스뜨로는 사태가 심각함을 절실히 깨달았다. 국민의 85퍼센트가 그래도 명목상 카톨릭 신자이니 교황의 방문은 적어도 경제적 어려움이 야기한 정치적 불만을 어느정도 해소시킬 수 있을 터이고, 사회주의권의 해체로 야기된 외교적 고립도 부분적으로 해결할 수 있을 것이다. 이것이 까스뜨로의 계산이었던 것이다.

까스뜨로는 재빨리 움직였다. 1992년 그는 쿠바가 '무신론적' 국가가 아니라 '세속적' 국가라고 밝혔고, 카톨릭 신자들에게도 공산당 입당을 허용했다. 그러자 다음해 쿠바주교단은 쿠바정부와 '형제애적 대화와 화해'를 요청했다. 사제들이 정치범과 일당독재를 거론했지만, 까스뜨로는 아무런 반응도 보이지 않았다. 1996년에 이르자 교회가 정치를 언급하지만 않는다면 국가는 신앙에 대한 모든 자유를 허용하겠다는 합의에 이르게 되었다. 이듬해 정부는 쿠바교회의 성직자 쿼터를 대폭 늘려주었고, 스페인 등지에서 온 외국 출신 사제들도 받아들였다. 오랜만에 아바나 대성당을 비롯하여 쿠바 전역의 성당에서는 주교들이 정부나 당의 눈치를 보지 않고 미사를 집전할 수 있었다. 이즈음 매주 열성적으로 미사에 참여하는 신도 수는 대체로 50만명에 달했다고 한다.

까스뜨로는 나날이 심각해져가는 식량문제 해결에 카톨릭교회를 동원하기로 했다. 교회 구호기관인 '까리따스 꾸바나'가 전국에 식량배급센터를 개설하여 쿠바로 들어오는 인도주의적 원조물자를 나누어주도록 한 것이다. 1996년 10월 까스뜨로는 바띠깐을 방문하여 면담했고, 교황은 그간 까스뜨로의 화해정책을 긍정적으로 평가하여 1998년 방문 요청을 수락했다. 또 이 시점에 교황청도 처음으로 미국의 헬름스-버튼법을 공개적으로 비난했다. 사회주의권의 붕괴, 쿠바교회와의 화해, 교황의 방문, 그리고 바띠깐을 통한 서방세계에의 재진입. 이 모든 시나리오는 까스뜨로 자신의 주도면밀한 계산과 실천의 산물이었던 것이다. 나는 이런 까스뜨로에게서 독일의 비스마르크나 프랑스의 딸레랑에 버금가는 현실주의자의 모습을 읽었다.

쿠바 정치체제의 미래

까스뜨로가 독재자란 사실은 누구도 부인할 수 없다. 40년간 권력의 정상에 있었기 때문이다. 그는 자신의 정통성을 혁명의 뿌리에 두고 그것을 방어하는 데 전생애를 바쳐왔기에, 결코 살아 있는 동안 자신의 권력을 인민투표에 부친다거나 다당제나 정치적 다원주의를 허용하지는 않을 것이다. 그가 젊은시절 듣고 본 것이라곤 마차도나 바띠스따의 독재였고, 이런 체제는 투표로써 결코 붕괴하지 않는다는 사실을 체험했기 때문이다. 일부 개혁파 논자들은 까스뜨로의 인기는 여전하니 공산당이 헤게모니 정당으로 위치를 잡고 정치적 반대세력들에게도 정당활동을 허용하자는 제법 그럴듯한 안을 낸 적도 있었다. 그러나 까스뜨로는 이를 거부했다. 대신에 그는 당을 대폭 정리하고 젊은층들을 수혈하여 체제를 쇄신하는 수준으로 정치개혁 논의를 봉합하였다.

정치개혁에 대한 까스뜨로의 소극적인 태도로 인해 젊은 지식인들 가운데는 인권 존중과 정치범 석방을 내세우면서 저항하는 그룹들도 생기고 있다. 이미 4 ~5백명에 가까운 정치범들이 감옥에 있는 형편이지만 까스뜨로는 요지부동이다. 1999년에만 해도 사회민주주의 이념을 지향하는 지식인 4인이 「우리 모두의 조국」이란 문건에 서명하여 공산당노선을 비판하자 기소당했고, 재판에서 3년 6개월 내지 6년형을 언도받았다. 죄명의 핵심은 미국을 끌어들이려 했다는 것이다. 바띠깐, 유럽 각국, 캐나다가 사면을 요청하는 항의서한을 보냈고 대쿠바 관계를 전면 검토하겠다는 협박성 발언도 했지만 소용없었다.

미국이 원죄?

까스뜨로는 모든 것을 미국 탓으로 돌린다. 다당제를 도입할 수 없는 것도 미국이 침투해올까봐 그렇고, 인권단체이나 비정부단체들에게 철퇴를 내릴 때도 이들은 곧 미국 첩자라는 등식을 이용한다. 거의 편집증 수준인 이런 사고방식은 나름대로 이유가 있다. 미국은 틈만 나면 까스뜨로체제를 무너뜨리려고 했다. 피그만 기습작전에서 수차례 실패한 CIA는 암살작전에 이르기까지 거의 150회에 가까운 전복기도를 했다. 토리첼리법, 헬름스-버튼법, 그리고 재미쿠바인재단의 '장거리 내전'Long Distance Civil-War에 이르는 최근의 흔들기 노력을 본다면 그의 편집증도 이해할 만하다.

결국 까스뜨로의 장기집권을 가능케 해준 것이 미국의 오도된 대외정책이란 생각이 든다. 40년간의 봉쇄정책은 까스뜨로정권을 무너뜨리기보다는 강화시켜왔고, 그 극심한 배고픔도 견디게 만들었다는 역설을 어떻게 받아들여야 할까? 요즈음 재미쿠바인들 사이에서도 소수 의견이지만 까스뜨로정부와 대화해야 한다는 그룹이 목소리를 높여간다는 소식이 들린다. 또 키신저를 위시한 현인그룹에서도 초당적 외교를 내세워 대쿠바정책이 전면 재검토되어야 한다는 주장을 제출했다고 한다. 대체로 초당적 외교란 쿠바의 개방정책에도 불구하고 찬밥 신세를 면치 못하고 있는 미국기업들(간단한 예를 하나 들자. 쿠바의 연간 곡물수입시장만 해도 10억불짜리이다. 미국이 굶고 있는 동안 유럽과 멕시코, 그리고 제3국 무역을 하는 아시아 몇나라도 알짜기업에 투자하거나 수출특수를 누리고 있다는 것은 이미 널리 알려진 사실이다)의 이익을 종합적으로 대변할 때 쓰는 말이란 걸 염두에 두자.

초당적인 '돈의 힘'으로 대쿠바정책이 바뀌든, 아니면 과거의 실패를 자인하면서 정책을 바꾸든(이럴 가능성은 거의 없지만) 쿠바의 대내정치 변화도 결국은 미국의 개방정책에 달려 있다는 생각이 든다.

'어린 모세' 엘리안 사건

이 미묘한 시점에 엘리안 사건이 발생했다. 1999년 11월 25일 플로리다 앞바다에서 고기를 잡던 어부 두 사람이 타이어 튜브를 탄 다섯살 어린이를 발견했다. 소년의 이름은 엘리안 곤살레스Elian González였다. 함께 왔던 엄마와 계부는 죽고, 아이만 이틀 동안 바다를 둥둥 떠다니다 어부들에게 발견된 것이다. 무너진다고 믿었던 까스뜨로정권이 안정을 찾자 힘을 잃어가던 마이애미의 재미쿠바 공동체는 드디어 호재를 만났다는 듯 들고 일어났다. 하느님께서 드디어 우리

마이애미에서 열린 쿠바송환 반대집회에서 양국의 국기를 나란히 들어 보이는 엘리안 소년. 사진 연합뉴스.

에게 희망의 메시지를 주셨구나! 갑자기 엘리안 소년은 리틀 하바나에서 '어린 모세'로 둔갑했다. 모세도 강에서 둥둥 떠내려오지 않았던가? 그가 이스라엘 민족을 이집트에서 구해 가나안으로 인도했듯이, 이 아이가 우리를 약속의 땅으로 인도하리니!

어린애가 48시간 동안 탈진하지도 않고 살아 있었던 것이 첫번째 기적이요, 자유의 땅 마이애미에 오게 된 것은 두번째 기적이라는 게 개신교 목사들과 성당 신부들의 해석이었다. 이 해석에 따르면 피델은 파라오였고, 재미쿠바인은 이집트 땅에 사는 이스라엘인들이었다. 드디어 우리가 가나안 땅——빼앗겼던 집과 농장——으로 돌아갈 시간이 임박했구나! 리틀 하바나는 연일 흥분과 감동의 도가니로 변했다. '기적의 아이' '하느님의 메신저' '천사' 엘리안 소년이

1 쿠바 기행

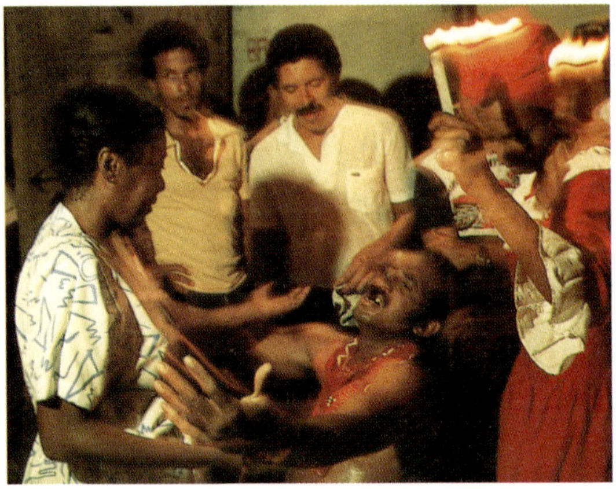

싼떼리아 의례의 한 장면. 엑스타시를 경험하는 신들린 박수무당.

머물고 있던 외가 친척집은 순례자들의 성지가 되었다. 집 주변은 꼬마 얼굴을 한번 보려고 꽃과 십자가나 묵주를 들고 찾아온 인파로 연일 만원이었다. 심지어 아이를 보기만 해도 병이 낫는다는 소문까지 돌았다.

AP통신은 "마이애미 쿠바공동체의 미확인 보도에 따르면 (…) 까스뜨로가 싼떼리아의 점쟁이에게 물으니 (…) 엘리안이 돌아오지 않으면 권력을 잃을 것"이라고 대답했다고 보도했다. 싼떼리아는 서부 아프리카의 토착신앙이 쿠바에서 카톨릭과 섞여 만들어진 쿠바 흑인들의 민간신앙이다. 여기도 우리처럼 점쟁이(겸 무당)에게 연초에 한해의 길흉사를 물어보고, 나쁘면 굿거리 비슷한 제의—주로 희생제의—를 하기도 한다. 런던에 사는 저명한 망명작가 까브레라 인판떼도 마드리드의 『엘 빠이스』지에 마이애미 카톨릭신자들에게 "엘리안은 엘레구아의 현현"으로 통한다고 말하고, 덧붙여 까스뜨로가 싼떼리아 중독자라고 했다.

엘레구아는 싼떼리아에서 믿는 영력(혹은 영매로 '오리샤'라 부른다) 중의 하나로, 과거와 현재 그리고 미래를 읽을 수 있다고 한다. 갑자기 마이애미 텔레비전에 싼떼리아 무당들이 등장하여 엘리안과 까스뜨로체제의 미래를 점치는 진풍경이 벌어졌다.

마술 같은 현실세계

가르시아 마르께스의 『백년의 고독』을 읽어본 독자라면 '마술적 리얼리즘'magic

realism이란 말을 들어보았을 것이다. 마술적 리얼리즘은, 바로 이렇게 마술magic이 현실reality이 되는 상황에서 나온 것이다. 가끔 마술적 리얼리즘을 포스트모더니즘과 연결시키는 문학평론가도 있는데, 이는 옳지 않다. 탈출구가 없는 열악한 현실 속에서 마술이 자연히 현실이 되고 또 그 현실이 또다른 신화를 만들어내는 중남미 사람들의 정서구조에서 나온 것이 바로 '마술=현실'주의이다. 엘리안 소동은 바로 재미쿠바인들의 무력감에서 나온 마술적 리얼리즘의 생생한 예가 되겠다.

마이애미 쿠바공동체의 엘리안 소동은 곧 미국정부의 쿠바 송환조치로 막을 내렸다. 선거의 부담을 느끼지 않은 클린턴 행정부는 '법대로' 조치하겠다고 했고, 미 법무장관은 공권력을 동원하여 아이를 데려와 쿠바의 생부에게 돌려주었다. 미국 보통사람들의 정서에는 가족이란 가치도 중요한 것이다. 리틀 하바나는 또한번 분노에 휩싸였지만, 미국정부와 대결할 순 없었다(불행히도 그 유탄은 고어 후보가 대신 맞게 되었지만).

아이가 쿠바로 돌아가기 전에 쿠바국민들도 분노했다. 어린아이를 바로 돌려보내지 않는다고 연일 말레꼰 해변에 있는 미국의 '특수이익대표부' 앞에서 시위를 했다. 관제시위도 아니었는데, 1월 15일에는 20만명의 여인들이 해변도로에 운집하여 쿠바인의 자존심과 주권을 외쳤다고 한다.

우연의 일치인지 모르지만 앞의 싼떼리아 무당의 말대로, 엘리안 소년의 송환은 까스뜨로정부의 안정을 더욱 굳혀주는 계기가 되었다. 체제를 방어하려는 아래로부터의 자발적인 동원이 이루어진데다, 혁명을 경험하지 못한 젊은세대에게 생생한 정치교육이 이루어졌으니까. 체제 내부에 불만세력도 많지만, 체제를 방어하려는 지지세력도 굳건하다는 점만 확인하고 가자. 40년 동안 쿠바인들은 정말 자존심을 지닌 쿠바 '국민'이 되었던 것이다.

C U B A

3

탈오리엔탈리즘의 세계

구아바나의 아르마스 광장 주변에 있는 책 노점상에게서 페르난도 오르띠스 Fernando Ortíz의 책 세 권을 45달러를 주고 구했다. 『담배와 설탕의 쿠바적 대위법』(1963년 증보판), 그리고 『쿠바의 악마퇴치사』(1975), 『쿠바 민속음악의 아프리카성』(1965년 개정판)이 바로 그것이다. 개인적으로 말하자면 이번 여행의 가장 값진 소득이기도 했다. 『담배와 설탕의 쿠바적 대위법』은 그의 앤솔로지에서 발췌된 일부는 접할 수 있었지만, 미국과 멕시코 도서관에서도 원본을 찾지 못해 이번에 오면 꼭 구하고 싶던 책이었다. 그런데 노점상에게서 구했으니 그 기쁨이 오죽했으랴!

사실 오르띠스는 우리 학계에선 거의 알려져 있지 않다. 인류학 그것도 중남미 쪽에 관심깊은 사람이라면 이름쯤은 들어보았을 터이고, 쿠바의 민속음악이나 종교에 관심이 있는 사람이라면 그의 논문 한두 편은 읽어 보았을 터이리라. 그러나 사실은 오늘날 흔히 사용하는 문화접변transculturation이란 말을 만든 사람이고, 1930년대부터 인류학자 말리노프스끼에게 지대한 영향을 준 쿠바의 대학자이다. 원래 형법학자였지만 그의 관심분야는 쿠바의 물질문화에서부터 종교와 음악에 이르기까지 광대했고, 남이 넘볼 수 없는 대작들을 여러권 남겼다. 문장 또한 중남미 수필문학의 백미 중 하나로 일컬어질 만큼 참으로 유려하다.

그의 『설탕과 담배의 쿠바적 대위법』이란 저작은 오늘날 탈오리엔탈리즘을 논의할 때 최초의 출발점으로 삼는 저술이다. 설탕이나 담배에 대한 좋은 인류학적 저술은 많이 나와 있다. 우리나라에도 씨드니 민츠의 주저『설탕과 권력』이 번역되어 널리 읽힌 적이 있다. 그러나 대부분의 문화인류학 저술들이 그러하지만 권력 또는 문화의 우열이 확연히 갈라져 있는 '우리와 그들'의 이분법적 시각에 사로잡혀 있다. 이런 시각을 극복하려는 역사인류학적 시각에 선 민츠조차도 설탕을 생산하는 카리브 사람들의 삶을 기록하기보다는 설탕을 소비하는 선진국 중심의 역사만 기술할 뿐이다. 생산자는 결국 '역사 없는 민족'으로 타자화된다.

오늘날 오리엔탈리즘적 시선을 극복하는 데 오르띠스의 저술이 던져주는 시사점은 다음과 같다. 그는 우선 문화의 접촉에는 낮은 문화가 우월한 문화에 적응한다는 서구적 시각을 단호히 거부한다. 쿠바의 예를 보면, 외부에서 들어온

사프라라 불리는 사탕수수 추수 장면. 장도 마체떼로 가지를 쳐내고 수숫대만 공장으로 운반한다(왼쪽). 쿠바의 명산품 꼬이바 시가(오른쪽).

설탕이나 토착민들로부터 유래한 담배란 두 개의 물질문화가 서로 혼효되어 새로운 쿠바문화를 만들어냈다는 것이다. 문화는 서로 '주고 받는 것'이다. 그곳에는 어떤 우월한 요소도 없다. 휘두르며 지배하려는 욕망에 가득 찬 권력자가 없는 공간, 그것이 바로 쿠바문화를 만들어낸 공간이다. 그런 점에서 쿠바는 항상 열려 있다. 그런 열린 태도를 가로막는 것이 바로 봉쇄이고, 종속이나 문화적응을 강요하는 지배자의 태도인 것이다. 쿠바는 대위법의 선율처럼 지배적인 리듬이 없이 서로 조금씩 거리와 음정의 차이를 두면서 조화롭게 진행될 세계를 꿈꾼다. 마치 바하의 토카타나 푸가 곡처럼. 그러니 독자들이여, 페르낭 브로델만 읽지 말지어다. 인도나 쿠바에서 나온 읽을 만한 역사책들도 많을지니.

열창하는 쌀사 가수 마치또.

쿠바음악에 대한 단상

사실 이번 쿠바여행은 로스앤젤레스로 날아오는 비행기에서 시작되었다. 비행기에서 본 한 일간지의 기사는 우리나라에도 드디어 라틴음악이 유행하고 있다고 보도하였다. 음반 제목으로 소개한 '라 돌체 비따'를 스페인어로 착각한 기사 내용은 거슬렸지만, '부에나비스따 소셜클럽'의 음반도 꽤 나간다니 기분이 괜찮았다. 아마 빔 벤더스의 기록영화 탓이겠지. 나로선 쿠바음악이 드디어 한국에서도 소비된다니 반가울 수밖에 없었다. 기내에서 얻은 『로스앤젤레스 타임즈』를 보니 부에나비스따 소셜클럽의 뽀르뚜온도가 UCLA에서 이틀 뒤에 공연을 한단다. 아직 영화도 그녀의 음악도 직접 접해본 적이 없었기에, 당대 최고의 볼레로 가수를 직접 볼 수 있는 기회를 놓칠 수 없다고 생각해서 공항에 내려 제일 먼저 표를 예매할 수 있는지 알아보았다. 표는 이틀 전에 완전히 매진되어서 구할 수가 없다고 했다. 대신 그녀의 음반을 구해 노래를 들었다. 그러나 10분 정도 듣곤 꺼버리고 말았다. 볼레로를 부르는 그녀의 목소리는 별로였다. 전성기가 지나도 한참 지난 목소리였다. 그러곤 생각에 잠겼다. 사람들은 무얼 들으려고 모여들까? 그렇지! 노-스-탤-지-어. 미국인들이나 유럽인들이 그리워하는 1940~50년대 쿠바에 대한 향수야! 그런데 우리에겐 그런 향수가 없잖아!

구아바나에서 틈만 나면 행인들에게 물어보았다. "글쎄요. 그 정도는 어디서나 들을 수 있어요. 우린 그 사람들 음악 별로 안 들어요." 사실 주교좌성당 광장 앞에서 매일 연주한다는 노인 네 분의 음악도 그에 못할 것도 없고, 또 여기저기 맥주집에서 흘러나오는 음악도 그 정도는 되었다. 개인적으론 주말에 틈나는 대로 찾았던 멕시코씨티의 쿠바음악 바 '마마 룸바'에서 들었던 연주도 그보다

까떼드랄 광장에서 연주하고 있는 노인들.
노래 솜씨가 보통이 아니다.

55

못할 게 없었다. 물론 대가급 음악인들이지만, 80세가 넘는 노인네들(꼼빠이 쎄군도는 93세나 된다)로 구성된 부에나비스따 소셜클럽의 폭발적인 음반판매 소동은 바로 그들이 40년 전의 음악을 변함없이 간직하고 있었기에, 나이든 미국인들이나 유럽인들, 정확히 이야기하자면 쿠바혁명 이전의 아바나에 향수를 느끼는 사람들에게 어필하면서 생긴 현상인 것이다.

누에바 뜨로바 운동의 기수 씰비오 로드리게스. 최근에 그의 음반은 미국시장에서도 선풍적인 인기를 누리고 있다.

빔 벤더스의 영화나, 뽀르뚜온도와 꼼빠이 쎄군도의 음반이 미국정부의 경제봉쇄와 여행금지 조치를 푸는 데 기여한다면 그것도 나쁘진 않지만, 우리의 쿠바음악 소비의 첫 창구가 된다면 나로선 내키지 않는 일이다. 노인네들의 한물간 목소리를 들으면서 우리에겐 기억도 없는 향수를 흉내낼 순 있겠지만, 쿠바음악의 진수를 맛보았다고 말하기는 힘들 터이다. 우리에겐 차라리 '리듬의 달인'으로 불렸고 지금도 쿠바사람들이 최고로 치는 베니 모레의 음악이 일순위일 터이고, 아니면 쿠바사람들이 요즘 즐기는 젊은 그룹 로스 반 반이나, 이라께레의 음반을 듣는 것이 순서가 아닐까? 나는 개인적으로 빠블로 밀라네스나 씰비오 로드리게스의 누에바 뜨로바 음악을 오랫동안 즐겨 들었기에 주변사람들에게 권하는 편이다. 아름다운 시와 카리브풍의 경쾌한 리듬이 그들의 목소리를 통해 흘러나올 동안은 온갖 시름을 잊고 황홀한 느낌에 빠져들기 때문이다.

세계음악으로서의 쿠바음악

쿠바음악에 대해 누군가 이렇게 말했다. '스페인 기타와 아프리카 타악기의 애

정행각'이라고. 스페인 기타음악에는 은은한 아랍
문화의 색조가 담겨 있으니 쿠바음악은 아프리카,
아랍, 유럽 세 가지 문화요소가 완전히 혼효되어 있
는 셈이다. 그렇지만 그 완벽한 하이브리드 음악 전
체를 압도하며 흐르는 것은 아프리카의 영혼이며
비트이다. 오늘날 전세계에 퍼진 타악기인 꽁가, 띰
발, 끌라베, 구이로, 그리고 봉고가 바로 여기서 나
온 것들이니, 아프로-쿠바인들에게 세계음악이 빚
진 것이 참으로 많다. 손이나 단손처럼 차분하고 로
맨틱한 분위기를 자아내는 음악에서, 맘보, 차차차,
룸바에 이르는 경쾌한 리듬에 이르기까지 아프로-
쿠바 음악은 '역사도 없고, 음악도 없는 야만인'들
인 미국인들에게 얼마나 많은 기쁨을 제공해주었던
가? 그런데 그 대답이 봉쇄라니!

아프로-쿠바 음악의 악기. 위에서
부터 마라까, 끌라베, 봉고, 구이로.

　사실 뉴올리언스(1803년까진 스페인의 것이었
다)의 흑인들 사이에서 시작된 재즈음악에도 아프
로-쿠바 음악의 영향이 크다. 초기 재즈에서 비밥
까지 가는 데에도 쿠바 음악인들의 기여가 결정적
이었다. 이 시기에 쿠바음악이 남긴 흔적은 디지 질
레스피의 음악에서 암스트롱의 음악을 뺀 나머지가
바로 그것이다. 1940년대 말 쿠바음악에 반한 질레

스피는 타악기 연주자와 꽁가 연주자를 쿠바에서 데려와 밥 이전의 재즈pre-bop-
jass와는 질적으로 다른 음악을 만들어냈다. 음반이 있는 사람은 쉽게 확인할 수
있으리라. 또 재즈를 클래식의 반열로 옮겨 정말 미국음악다운 그 무엇을 만들
어낸 조지 거슈인도 쿠바음악에 항상 감탄했고, 소품으로 「쿠바 서곡」을 쓰기

1 쿠바 기행

도 했다.

미국문화가 쿠바에 진 빚이 그만큼 컸기에 작가 노만 메일러는 케네디 행정부가 피그만 기습공격을 했을 때 대통령에게 이렇게 일갈했다고 한다. "당신한테 쿠바에 대해 강의해준 놈이 하나도 없었어? 그 나라 음악도 이해 못하면서 쿠바를 침공하다니!" 나도 노만 메일러의 분노에 백번 동의한다.

18세기 싼또 도밍고에서 흑인노예들은 선정적인 춤을 발명했고, 이는 카리브해 전역으로 확산됐다. 춤과 노래는 흑인들의 집단적 기억을 담아 지배문화에 은밀하게 저항하는 수단이 되기도 한다.

아바네라의 세계여행

비단 미국만이 아니다. 간단한 예를 하나 들어보자. 디세뽈로가 '춤추는 슬픈 생각'이라 불렀던, 아르헨띠나의 탱고가 만들어질 때도 바탕이 된 것은 바로 쿠바의 아바네라habanera란 춤곡이다. 호르헤 루이스 보르헤스같이 아르헨띠나의 토착정서를 강조하는 글쟁이들은 탱고의 아프로-쿠바적 뿌리를 우격다짐으로 부정한다. 그에 따르면 탱고가 부에노스 아이레스의 변두리 음악이지만 흑인들 것은 조금도 섞이지 않았으며, 아바네라가 아니라 아르헨띠나의 목동 가우초 (빠야도르)들이 즐겨 불렀던 밀롱가가 탱고의 뿌리라 주장한다.

그런데 음악학자들이 찾아낸 지울 수 없는 증거가 있다. 바로 4분의 4 박자로 씽코페이션(당김음)이 붙은 리듬이다. 탱고의 가장 가까운 친척이 바로 쿠바의 아바네라란 움직일 수 없는 증거이다. 이 위대한 보르헤스도 음악 이야기에선

프랑스 화가 에두아르 알루즈는 1919년에 빠리의 탱고 열풍을 그렸다. 부에노스 아이레스 변두리 슬럼의 거친 탱고의 춤사위는 빠리를 통해 세련화되었다. 빠리의 오리엔탈리즘적인 시선이 각인된 이 춤은 다시 아르헨띠나로 역수입되어 부자들에게도 받아들여졌다.

1 쿠바 기행

별로 설득력이 없는 이야기를 남발하고 있다. 좌우지간 신토불이란 신화일 따름이다. 세계는 원래부터 세계화의 공간이었으니.

아바나는 지난 500년간 아메리카의 이국정취를 발산하는 중심부이기도 했다. 스페인의 바로크 문학이나 예술도 따지고 보면 아바나에서 오는 배들——여기에 실린 모든 것——이 실어나르는 이국정취에 뿌리가 닿고 있으니, 아바나를 지운 유럽은 사실 존재하지 않는 셈이다. 아바나는 오랫동안 유럽인들의 향수 어린 고향이었고, 상상력을 자극하는 파라다이스였다. 가까운 시대에서 찾을 수 있는 그 확연한 증거가 비제의 「까르멘」이다. 까르멘은 정말 재미있는 오페라이다. 학생들에게 이 오페라에 담긴 오리엔탈리즘을 한번 해독해보라고 가끔 요구한다. 대부분 학생들은 어리둥절해한다.

메리메의 원작소설을 읽어보지 않았지만, 이 오페라만큼 뒤죽박죽인 것도 없다. 요부형으로 등장하는 쎄비야 담배공장의 여공 까르멘은 당시 보수적인 스페인에선 상상도 할 수 없는 인물이다. (최근에 스페인 어느 극단이 이를 프롤레타리아 여성의 당찬 모습이라고 해석해서 여러나라를 돌며 공연한다는 이야기를 신문에서 읽은 적이 있지만 이는 아주 현대적인 각색을 거친 것일 뿐이다.) 요부는 당시 전적으로 '프랑스적인' 현상이었다. 더우기 이 집시여인이 유럽에서 가장 보수적인 스페인에서 가장 보수적인 군대의 장교와 하룻밤의 사랑이 아닌, 연애를 한다는 것은 더욱 웃기는 설정이다. 그럼에도 불구하고 이 오페라가 공전의 히트를 기록한 것은 비극적인 사랑이야기에다 이국정취가 물씬 풍기는 아바네라와 쎄기디아(스페인 춤곡) 같은 음악을 집어넣었기 때문이다. 누구나 한번쯤은 들어 보았을 「사랑은 개망나니」L'amour est un oiseau rebelle란 아리아는 바로 아바네라 리듬에 실려 있다. 씽코페이션 리듬으로 시작하는 까르멘의 사랑이야긴 오늘날 들어보아도 정말 그럴듯하고, 그 멜로디는 요즈음 들어도 역시 이국정취를 물씬 풍긴다. 그 음악이 바로 아바나 태생이다. 덧붙이지만 19세기 유럽사람들은 '피레네산맥에서 아프리카가 시작된다'고 믿었다. 왜 스페인이 유럽의 문학과 음악의 소재로 즐겨 소비되었는지, 「까르멘」에 왜 투우사가 등장하는지 이제 독자는 눈치챘으리라 믿는다. 쿠바도 스페인도 북유럽에서 보면 모두 오리엔탈리즘적 시선의 대상일 뿐이었다.

쿠바문학, 그 경이로운 성취

이 조그만 나라가 세계문화에 기여한 바는 음악에 그치지 않는다. 윌프레도 람 Wilfredo Lam의 그림을 본 사람은 아프로-쿠바 미술이 이룬 성취의 수준을 알 것이다. 1995년 광주 비엔날레 대상작도 쿠바인 작품이었다는 사실을 기억해보라. 또 그 험난한 조건 속에서 만들어진 또마스 G. 알레아 감독의 「저개발의 기억」(1968), 움베르또 쏠라스의 「루시아」(1968), 싼띠아고 알바레스의 「지금!」(1965)은 영화팬이나 영화학도들에게 거의 고전으로 손꼽히고 있다. 우리나라에서도 이미 몇차례나 쿠바영화제가 열려서 그 수준에 대한 인지도는 높은 편이다. 알레아 감독은 1993년에 「딸기와 초콜릿」을 선보여 역시 대가의 작품답다는 평가를 받았다. 쿠바 국립발레단의 춤 역시 세계 정상급 수준이라 한다. 1100만명이 사는 이 작은 나라에 왜 이다지도 수준높은 예술적 성과물이 많은지 정말 궁금하지 않은가? 놀라움은 여기에만 그치지 않는다.

구아바나 거리를 거닐며 우연히 마주친 것이 알레호 까르뺀띠에르 재단이었다. 까르뺀띠에르의 소설은 별로 접해보지 못했지만 이 대가의 여행기Visión de América는 오래 전에 읽은 터라, 대단히 반가웠다. 그때 난 그의 해박함, 번뜩이는 해석, 유려한 문체를 보며 꽤 행복하게 책을 읽었다. 음악에도 일가견이 있는 작가이기도 하다.

쿠바인들이 세계문단에서 이룬 문학적 성취는 경이적이다. 문학도가 아닌 내가 언급하는 것도 다소 어쭙잖지만, 앞의 까르뺀띠에르, 레이날도 아레나스, 호세 레사마 리마, 세베로 싸르두이 등의 단편을 가끔 접해보면서 어떻게 이런 이야기들이 이런 곳에 숨어 있었나 하는 생각이 들었기 때문이다. 쿠바라는 뒤섞

아프로-쿠바 미술의 대가 윌프레도 람의 1945년 작품 「정글」. 아프리카의 토속적인 문양과 카리브의 색감이 잘 어우러져 있다. 뉴욕 현대미술관 소장.

임의 공간——현란함의 공간이자 바로크적 공간——속에서 형성되었을 이들의 글쓰기 방식은 좀 독특하다. 이들이 다루는 주제나 글쓰는 방식에는 사회주의도 리얼리즘도 별로 없다. 까스뜨로도 소련사람들이 '사회주의 리얼리즘' 운운하니 코웃음쳤다는 에피소드가 있다. 쿠바에서는 적어도 혁명에 대항하지만 않으면, 모든 기법이나 실험이 다 용납된다. 오히려 꽉 짜인 틀을 해체하고, 명확한 주인공의 설정이나 기승전결과는 거리가 먼, 밖을 향해 열려 있는 글들이다. 그들의 글에는 서구적 '정전正典의 죽음'을 이야기하는 이 시대를 선도하는 그 무엇이 있기에 온세계 독자들이 감탄하는 것이다(쿠바문학에 관심이 있는 사람이라면 『외국문학』 1996년 봄호를 보는 것도 괜찮겠다).

쿠바 속의 한국

택시를 잡았다. 앞좌석에 한글로 된 금연마크가 붙어 있다. 어! 우리 차네. 현대자동차의 쏘나타였다. "요즈음 한국 차가 꽤 들어와요." 운전기사의 말이다. 정부가 운영하는 공식택시는 현대, 메르세데스, 아니면 소련제 라다라고 한다. 라다는 들어오지 않게 된 지 오래니 우리나라 차를 탈 확률이 매우 높은 것이다. 나중에 확인해보니 수입차의 25퍼센트가 한국 제품이라고 한다. 눈여겨 살펴보니 티코에서 그랜저에 이르기까지 정말 다양하다. 국영여행사 꾸바나깐의 승합버스도 그러고 보니 우리 차종이었다. 구소련이 물러가고 나서부터 들어온 차들은 유럽, 한국 그리고 일본 차들이다. 그리고 보니 쿠바는 정말 주인이 없다. 누구에게나 들어오고 싶은 사람에겐 개방되어 있는 것이다.

정말 쿠바는 자동차박물관이다. 클래식 자동차를 즐기는 사람은 40년 이상 굴러다닌 1950년대의 온갖 미국 차들을 보고 황홀해할 것이다. 소련제 라다도 꽤 많이 보인다. 렌터카로 이용되는 차들은 혼다에서 푸조까지 다양하다. 다만 요즈음 나오는 미국 차종만 보이지 않을 뿐이다. 거리의 자동차를 보면서도 밖을 향해 열려 있는 쿠바의 역사를 해독할 수 있다. 이미 이를 눈치챈 우리 기업인들도 이 열린 나라 쿠바에 깊숙이 발을 담고 있다.

휴양도시 바라데로로 가는 도로변에서는 LG의 대형 입간판을 보았다. 다음날에는 구아바나의 고급 상가지대인 오비스뽀 거리에서 삼성 로고가 붙은 전자상가를 지났다. 한국상품에 대한 쿠바인들의 인지도는 놀랄 정도로 높았다. 텔레비전, 비디오, 세탁기, 냉장고 같은 가전제품은 한국제가 최고라는 것이다.

퇴근길의 아바나 거리. 형형색색의 피부색과 올리브색의 군복, 다양한 국적의 자동차들이 오늘날 쿠바가 처한 현실을 말해준다.

나중에 주멕시코 대사관에 확인해보니 이미 가전제품 시장의 70퍼센트를 한국 기업들이 장악했다고 한다. 근년에 들어 늘고 있는 제3국을 통한 우회수출로 대쿠바 수출액이 연 7~8천만달러 가량된다고 한다. 파나마와 캐나다를 통해 우리 물건들이 들어가는 것이다. 달러 수입이 별로 신통치 않은 데도 이렇게 물건을 팔 수 있으니, 미국이 봉쇄를 풀어 쿠바의 수출량과 관광소득이 늘어나면 이 시장도 결코 작은 규모는 아닐 것이다.

더욱 적극적인 외교를

여행을 다녀와서 신문을 보니, 유엔총회가 167개국의 찬성으로 미국의 대쿠바 경제봉쇄정책을 비난하는 결의안을 채택했다고 한다. 벌써 연속 아홉번째이다. 참으로 뿌듯한 소식은 한국도 작년부터 여기에 찬성표를 던졌다는 것이다. 한국이 기권에서 찬성으로 움직이는 바람에 기권표도 2000년에는 네 표로 줄었다. 만시지탄이 있지만 미국 눈치만 보는 노예근성에서 벗어난 듯해서 참 기분 좋았다. 미국의 경제봉쇄조치는 국제법에도 어긋날 뿐 아니라 반인륜적인 것이다. 헬름스-버튼법은 쿠바에 제3국이 투자하는 것을 가로막고 있는데, 미국의 국내법으로 타국의 정당한 권리행사를 제한하는 것은 정말 언어도단이다.

이왕 내친 걸음에 외교당국이 쿠바와 하루빨리 수교하길 바란다. 이미 경제협력은 정부의 방관 아래 깊숙이 진행되고 있는데, 공식채널이 없다는 것은 말이 안된다. 투자보장협정도 이중과세방지협정도 없는데 어느 기업인이 안심하고 투자를 하겠는가?

이미 미국 내부에서도 경제봉쇄를 해제하려는 움직임이 강하게 일고 있다. 기업인들의 강력한 요구에다 초당적 외교로 대쿠바 유화정책을 건의하는 지식인 포럼, 심지어 마이애미 쿠바공동체 내부에서조차 까스뜨로정부와의 대화를 요구하는 정도이다. 대세는 정해졌으되, 그동안 재미쿠바인재단이 뿌린 정치자금의 힘으로 봉쇄해제조치가 더뎌지는 것일 뿐이다. 얼마전에 미국 행정부가 식량과 의약품 수출을 조건부로 허용한 것은 의미심장하다. 비록 쿠바에선 아무것도 아니라고 폄하하지만, 이후에 움직일 수 있는 여지를 크게 만든 것이기도 하다. 이젠 미국 정부와 은행의 금융불허 조치만 풀면 되기 때문이다. 로빈 블랙번의 최근 분석을 보니 미국상공회의소와 전국제조업자협회에선 여러차례 대표단을 보내 쿠바 경제환경을 검토하고 있다고 한다. 특히 연 10억달러 규모의 곡물시장을 풀기 위해 중서부 농산물 수출업자들이 로비에 가장 열성적인 모양이다. 그 결과가 조건부 봉쇄해제 조치이다.

우리가 시일을 다투어야 하는 이유는 미국의 봉쇄조치가 해제되고 나면 너무 늦기 때문이다. 게다가 쿠바는 이미 173개국과 외교관계를 수립하고 있다. 아마 외교관계가 없는 나라는 미국 외에 이스라엘이나 한국 정도가 아닐까 한다. 우리가 쿠바와 국교를 수립하고 투자보장협정을 맺는다고 인상을 찌푸릴 사람도 없는데, 공연히 미적거리고 있는 것이다. 우리의 외교적 입지를 위축시키고, 우리의 밥그릇만 줄이는 눈치보기는 이제 그만둘 때가 되지 않았나 싶다. 지금 국교를 수립해도 쿠바에선 174번째, 거의 꼴지 대열이라는 것을 명심하자.

열린 쿠바를 향해

바람이 몰아치는 말레꼰 해변을 떠올리며 생각한다. 카리브해는 19세기 말에 이미 중국인들도, 필리핀인들도, 말레이인들도 품을 팔러 들어왔던 곳이다. 우리나라 사람들도 20세기 초엽에 멕시코를 거쳐 이곳에 왔다. 지금은 대만, 일본, 한국인들이 물건과 돈을 가지고 들어오고 있고, 이곳 사람들은 두 손으로 환영하고 있다. 쿠바는 아시아인들에게도 항상 열려 있었고 또 오라고 손짓하고 있다. 냉전기에 서방권이 쿠바에 대한 문을 닫은 적이 있었고 쿠바도 이곳저곳으로 혁명을 수출하려 노력한 적이 있었지만, 그것은 5백년의 역사에 비추어 보면 짧은 막간극에 불과하다. 쿠바는 결코 봉쇄된 상황에선 살아갈 수 없다. 쿠바의 역사나 문화, 그리고 음악 그 무엇을 보더라도 쿠바는 열려 있다.

쿠바는 뒤섞임이다. 뒤섞임의 역사에서 하나의 경이로운 기록이다. 유럽은 쿠바로 가서 아메리카로 퍼졌고, 아메리카는 쿠바를 통해 유럽으로 갔다. 아시아도 태평양을 지나서 쿠바로 왔고, 또 쿠바의 것과 쿠바를 통해 뒤섞인 것들이 아시아로 왔다. 아프리카의 서부는 쿠바를 통해 미국으로 남미로, 그리고 다시 유럽으로 흩어졌다. 그렇게 뒤섞여 만들어진 아름다운 피부와 화음이, 무늬와 색깔들이, 그리고 끝없는 이야기들이 우릴 황홀하게 만드는 것이다. 한반도 남단에 있는 우리는 너무 오랫동안 그 황홀함에서 소외되어왔다. 그 경이롭고 사랑스런 사람들이 사는 아바나를 다녀오면서 줄곧 머리에 떠오르는 느낌이 있다. 내가 그곳에 갔다왔다는 우쭐함 같은 것은 결코 아니다. 자꾸 그곳 사람들이 이렇게 물을 것만 같다. 왜 당신네들은 오랫동안 보이지 않았느냐고!

제 2 부 엘 꼰도르 빠사

페루 기행

페루 지도

P E R U

1

안데스를 향하여

「철새는 날아가고」El condor pasa. 아마도 내가 최초로 안데스와 조우한 기억의 침전물이리라. 중학생 시절 유행했던 싸이먼과 가펑클의 노래를 듣고는 창공을 가르며 나는 꼰도르를 상상하기도 했지만, 그땐 이 노래의 리듬이 안데스에서 왔다는 것도 몰랐다. 한참 뒤에 께나(안데스지방의 피리 일종), 차랑고(소형 기타), 삼뽀냐(팬파이프)가 어우러진 연주로 이 노래를 다시 듣고, 그 묘한 안데스 특유의 우수를 느낄 수 있었지만 그건 한참 뒤의 일이었다. 그 어릴 때의 향수가 자극했을까? 중남미 연구를 본업으로 삼고 나면서부터 왠지 안데스를 한번 가봐야지 하는 조바심까지 갖게 되었다. 부지런히 드나들었던 멕시코에서도 돈 아끼지 않고 사모은 음반들 중의 한 무더기가 안데스 음악에 관한 것이었고, 덕분에 3년 전에 안데스 칠레의 민속음악운동에 대한 글도 한편 쓴 적이 있다.

멕시코에서 떠난 비행기가 페루 북부지방에 다가오니 하얀빛의 사막과 연두색 바닷빛이 대조를 이루며 탄성을 자아낸다. 바로 옆에는 안데스산맥이 우람하게 서 있다. 태평양과 인접한 페루의 해안변은 동쪽으로는 안데스산맥에 맞

죽은이의 영혼을 하늘로 올려보낸다는 꼰도르의 비상.

닿은 가파른 회랑의 연속이다. 물론 아열대기후의 사막으로 뒤덮여 있지만 강
이나 수원이 있어서 농사를 지을 수 있는 곳에서는 예로부터 사탕수수나 환금
작물 플랜테이션이 발달하기도 했다. 리마는 바로 이 벌거벗은 사막 한가운데
아쁘리막 강을 끼고 거대한 도시를 이루고 있었다. 오후 다섯시가 다가오자 비
행기는 리마의 외항인 까야오 상공을 선회하며 착륙 준비를 한다.

후지모리가 떠난 페루
공항에 내리니 약간 후텁지근하다. 숙소가 있는 미라마르 지구로 달리는 동안

차창에 비치는 바깥 풍경은 다소 산만하게 느껴진다. 곳곳에 페인트가 벗겨진 낡은 건물들에다. 얼마전에 있었던 선거철에 나뒹굴었던 플래카드니 벽보들이 눈에 들어온다. '우리는 페루다'Somos Peru '페루의 가능성'Peru Posible '페루 2000'Peru 2000…… 도저히 정당 이름 같지 않은 이름들이 여기저기 얼굴을 내밀고 있다. 정당의 이름에서 그들의 이념이나 특징을 전혀 읽을 수 없다. '우리는 페루'라니? 이들 이름표에서 페루 정치의 위기를 읽는다. 대표적인 정당의 이름이 이 정도면 페루 정치에 사실상 근대적인 정당 개념은 없다고 해도 크게 틀린 말은 아닐 것이다. 모두 선거에 표를 동원하려는 동원주의 운동체의 이름이지 권력을 교대하는 다원주의 정치체의 일부로서의 정당은 아닌 것이다.

사실 후지모리가 남긴 10년 통치의 유산 가운데 가장 반민주적인 것이 있다면 그것은 바로 정당정치의 파괴였다. 이는 그리 심각하게 보이지 않을지 모르지만, 한번 파괴된 이후에는 제도의 원상회복이 어렵기 때문에 다시 수많은 시행착오를 거듭해야만 한다. 후지모리, 그리고 정보정치의 총수 몬떼시노스가 사라진 뒤에도 페루 민주주의의 앞날에는 참으로 고단한 긴 여로가 놓여 있는 것이다.

숙소에 도착하니 멀끔하게 차려입은 흑인 벨보이가 반긴다. 참으로 역사는 오래 지속되는구나! 해안가의 포도밭과 사탕수수 농장에서 일했던 노예들의 후손이겠지. 스페인어를 하는 흑인. 노예제가 폐지된 지 근 150년이 지난 이 페루에서 그 모습을 보리라곤 상상도 하지 않았다.

페루와 멕시코의 차이

짐을 던져놓고 호텔 근처를 산책하기로 했다. 미라마르 지역은 리마에서 중산층 주택가와 상가가 밀집한 공간이니 위험할 것은 전혀 없었다. 이 지역은 까야오 공항에서 오면서 보았던 거리나 주거지역과는 판이하게 달랐다. 사회경제적·지리적 공간의 특성을 보면 그 사회의 얼개를 대강 파악할 수 있는데, 이

사회의 공간적 분열은 멕시코사회보다 더 심하다는 느낌을 받았다. 단순히 빈부의 차이만으로 설명할 수 없는 묘한 느낌까지도.

숙소로 오면서 계속 보았지만 리마 사람들은 멕시코 사람보다는 혼혈의 정도가 낮았다. 백인들도 훨씬 많이 눈에 띄었고, 따라서 메스띠소의 비중도 낮은 것 같았다. 여기에는 충분한 이유가 있다. 500년 전으로 거슬러 올라가는 역사적 유산이 있기 때문이다.

스페인의 삐사로가 잉까제국을 정복했을 때 그는 안데스산맥의 한가운데 있는 제국의 수도인 꾸스꼬에 스페인 사람들이 둥지를 틀기가 어렵다는 사실을 어렴풋이 알아챘다. 숫적으로 열세에다가 보급선인 해안과 너무 멀리 떨어져 있기에 조금만 방심하면 원주민에게 당하리라는 우려감마저 느꼈다. 그래서 그는 해안가에 리마시를 세우고, 여기에 스페인 사람들의 거주지와 통치의 중심을 만들어냈다. 해안가costa엔 백인, 안데스sierra엔 인디오가 사는 주거패턴도 바로 이런 유산 때문에 만들어진 것이다. 갯가 사람costeños과 산골 촌놈serranos의 분열과 대립으로, 스페인 사람들과 인디오 사이의 혼혈은 제한적일 수밖에 없었다.

그러나 멕시코는 이와는 달랐다. 꼬르떼스는 왕국의 중심인 떼노치띠뜰란(현재의 멕시코씨티 중심부)을 정복하면서, 바로 이곳을 부왕령의 중심으로 삼았다. 당연히 제국의 중심부에서부터 인디오사회는 해체되었고, 메스띠소화의 길을 걷게 되었다. 반면 인디오사회는 멕시코의 북부나 서부, 그리고 남부의 변두리로 밀려났고, 그들의 정체성도 제한된 지리적 공간에 국한되었다. 남부의 치아빠스 주에 인디오 농민반란이 일어났지만, 그것이 멕시코 국가 전체를 흔들기에는 불충분했던 이유가 바로 이 때문이다.

물론 페루사회에도 지난 500년간 메스띠소화가 지속되었다. 그렇지만 멕시코에 비해서 혼합의 정도와 폭도 제한되었다. 스페인 사람들은 잉까의 유산과 기억을 깡그리 파괴하려 했지만, 안데스의 인디오들은 고집불통의 황소처럼 이전 잉까시대의 문화적 정체성을 그대로, 때때로는 변형된 형태로 간직하려 노력했던 것이다.

누구를 지지하나요

호텔의 바에서 삐스꼬 싸우어(포도를 증류한 독주인 삐스꼬에 레몬즙, 계란 흰자위, 백설탕을 섞어서 만든 칵테일)를 시켜 마셨다. 마침 옆에서 혼자 술을 마시던 피부색 희멀건한 사람이 같이 한잔하자고 청한다. 사설 보안회사의 직원이란다. 심심해서 페루 정치 이야기를 꺼냈다.

"후지모리가 가고 없는 정치판에서 당신은 누굴 지지하시나요?" "루르데스 플로레스지요." "알레한드로 똘레도는 어떻나요? 지난번 대선에서 후지모리와 붙어서 접전을 벌였던 아레끼빠 출신 '쫄로'(촌놈) 말이에요." "그 친군 별로 신뢰감을 주지 못해요. 말도 잘 바꾸고요." 아하! 루르데스 플로레스가 백인이구나. 짐짓 눈치를 챘다. 역시 피부색과 출신이 문제였다. 그뒤에도 여성정치인 루르데스 플로레스를 입에 올리는 사람들은 많이 만날 수 있었다. 대체로 중산층에다 피부가 희멀건한 사람들이었고, 무질서한 페루에는 강권통치가 필요하다고 믿는 '질서당' 추종자들이었다. 그러나 이제 '삐뚜꼬'(백인으로 해안가의 좋은 환경에서 자란 사람. 속물이란 뜻이 담겨 있다)는 인디오가 다수인 이 나라에서 대통령이 되긴 힘들게 되었다. 1990년 후지모리가 바르가스 요사를 이겼던 선거전 이래 피부색과 출신성분은 이념이나 정강정책보다 더욱 중요한 변수가 되었기 때문이다.

꾸스꼬, 황토빛 정경

이튿날 아침 다시 비행기를 타고 1시간 정도 졸다보니 꾸스꼬 상공이다. 해발 3326미터의 고도에 자리잡은 도시. '세계의 배꼽'을 의미하는 꾸스꼬Cuzco 또는 꼬스꼬Qoosco이다. 착륙 직전에 위에서 내려다보니 도시 전체가 황토색 기와로

황토빛 꾸스꼬. 중앙에 보이는 것이 아르마스 광장이다.

뒤덮인 토담집들과 식민지시대 건축물들로 아름답게 어우러져 있다. 불그스레한 도시의 빛깔과 나지막한 건물들이 여행객의 마음을 푸근하게 만든다. 지진대라 그런지 3층 이상의 건물을 보기가 쉽지 않다. 빌딩의 고도제한 때문에 스카이라인, 주변 산, 그리고 도시의 선들이 잘 어우러져 고즈넉한 느낌마저 준다. 공항도 꼭 우리네 시골 역사 같은 분위기를 자아낸다.

쌘또 도밍고 수도원과 마주보고 있는 리베르따도르 호텔에 여장을 풀었다. 호텔 시설도 무척 고풍스럽게 잘 꾸며놓았다. 기다리던 여행가이드가 찾아와서 내일 오전까지는 고산지대에 적응해야 하니 코카엽차나 마시면서 푹 쉬라고 타이른다. 사실 나는 해발 2500미터 가량의 멕시코씨티에서 오래 단련된 몸이어서 고산적응 같은 것에 별로 신경을 쓰지 않았다.

잉까제국의 흥망사를 그린 벽화. 멕시코의 벽화운동은 꾸스꼬에도 그 흔적을 남겼다.

　쌴또 도밍고 수도원 아랫길을 따라 내려가다보니 대로변 벽면에 거대한 벽화가 그려져 있다. 후안 로사노가 1992년에 페루의 역사를 한폭에 담아놓았던 것이다. 이 그림은 잉까의 황금시대에서 삐사로의 정복, 식민시대의 압박에서의 해방, 그리고 유토피아를 희구하는 페루민족의 미래를 무지개 그림으로 수놓은 서사적 드라마를 좌에서 우로 그린 것이다. 멕시코 벽화운동은 이렇게 안데스 골짜기까지 흘러들어와서 그 위력을 드러낸다. 여기서도 멕시코혁명 벽화들과 마찬가지로 인디오세계는 유토피아로 묘사되어 있다. 중앙에는 태양신을 나타내는 황금원판 아래 잉까 황제가 백성들이 나아가야 할 길을 가리키며 서 있다. 벽화를 그린 로사노는 잃어버린 안데스 유토피아를 갈망하는 인디오주의 시각에서 페루 역사를 형상화하고 있다. 현대 페루 국민들의 피부색 역시 인디오 피가 많이 섞인 메스띠소로 묘사되어 있다. 인종적 분열은 적어도 벽화에서는 생략되어 있는 것이다. 나는 이 그림에서 모더니티에 저항하는 이 나라 지식인층의 인디헤니스모의 한가닥을 보았던 것이다.

남근숭배의 토우들

카메라만 들고 싼 블라스에 있는 민예품 가게로 향했다. 다음날부터는 여기저기 다니느라 바쁠 테니 필요한 물건을 보려면 지금 보는 게 좋을 듯했다. 민예품 가게에 도착하니 여기저기서 우루루 쏟아져나와서 자기 공방의 물건을 사달라고 난리법석을 떤다. 한바탕 홍역을 치르곤 잠시 음료수를 한잔 마시려고 노천주점에 앉았다. 끊임없이 장사치들이 모여든다. 낡은 운동화에 남루한 옷을 입었지만 눈매는 초롱초롱한 어린아이들도 제각기 카드와 사진을 들고선 우리를 에워싼다. 사진과 카드를 몇장 샀지만, 왠지 씁쓸하다. 이 아이들에겐 어떤 미래가 준비되어 있을까? 평생 빵 걱정을 하면서, 고단한 삶을 살 터인데……아이들이 지나가고 나니 이번에는 호리병박을 말려 그 위에다 조각칼로 세밀화를 새긴 물건을 든 인디오 여자가 다가선다. 어휴, 끝이 없구나! 나는 전형적인 안데스 여인의 풍모를 지닌 그녀에게서, 우리식으로 말하면 삼신 할머니, 할아버지에 해당하는 빠차마마와 빠차까막 한 세트를 샀다.

조금 떨어진 공방에 들어서니 온갖 유형의 성적인 표현을 한 토기를 만들어 판다. 주로 재떨이나 장식용 토기들이다. 대뜸 물어보았다. 아니 이게 실제로 있었던 것을 카피한 거요 아니면 당신의 창작품이요? 주인이 배시시 웃으면서 책자를 건넨다. 모두 잉까 이전 문명들에서 나온 것을 모사한 것이란다. 특히 링감(남근) 숭배가 심했던 모치까문명에서 나온 것들을 보니 다양한 체위의 성행위에다 그룹섹스까지 하는 장면을 담은 토기도 있다. 아마도 이들의 성적 행위는 현대인의 그것과 달리 자연의 생산력과 풍요를 희구하는 축제였으리라.

잉까제국이 영토를 확장하면서 피정복 종족에게 제일 먼저 요구한 것은 난잡한 성관습과 남색을 버리라는 것이었다. 『잉까왕조실록』을 쓴 잉까 가르실라소는 이 점을 자신의 기록에서 누차 강조한다. 잉까제국은 엄격한 가부장제 사회였으니 그들의 예술품에서 남근숭배 같은 것은 전혀 찾을 수 없다. 게다가 불륜의 관계를 엄격하게 징벌하는 그림들은 또다른 기록서를 남긴 구아만 뽀마의 판화에 잘 남아 있다. 이러한 점은 아스떼까문명에도 마찬가지로 적용된다. 비교적 남녀관계가 덜 엄격했던 마야문명에서조차도 이혼은 비교적 자유로웠지만, 남근숭배를 노골적으로 표현한 예술품은 찾기 힘들다. 페루의 잉까 이전 문명들은 메소아메리카(중앙아메리카 일대의 고대문명 지역) 분위기와는 전혀 달랐던 것이다. 뜻밖의 구경을 한 셈이었다.

잉까제국의 수도?

꾸스꼬는 10~11세기경에 띠띠까까 호수가 있는 남쪽에서 올라온 잉까족이 세운 도시였다. 왕조의 시조격인 망꼬 까빡이 이 도시를 세웠지만 15세기경 왕조를 부흥시킨 사람은 잉까 빠차꾸띠였다. 이 시절에 이르러 꾸스꼬는 제국의 중심으로서 면모를 일신하고 계획도시로 재건되었다. 꾸스꼬는 이 시절에 '4방위 제국'을 의미하는 따완띤수유의 수도였다. 전성기 시절, 이 제국의 영토는 위로부터는 에꽈도르와 꼴롬비아에 이르렀고, 남으로는 칠레의 중부 지역에 이를 정도로 방대했다. 꾸스

구아만 데 뽀마의 판화. "잉까는 처녀의 타락, 강간, 성추행을 엄격하게 다스렸다. 남녀가 상호합의 아래 죄를 지었으면 벌거벗긴 채로 머리를 묶어 매달았다. 여기서 그들은 천천히 죽어갔다. 잉까의 집행관은 판결이 잘 이행되었는지 감찰했다."

꼬는 이 방대한 제국의 종교·행정·통치의 중심으로 온갖 종류의 풍요로움을 누리고 있었다. 당시 도시의 형체는 퓨마의 모습을 띠고 있었다고 하는데, 싹사우아만 요새가 퓨마의 머리라면 두 강을 끼고 있는 시가지가 몸체와 꼬리의 형상을 띠었다고 한다. 물론 지금은 식민화 이래 크게 변형되어 퓨마의 모습은 찾을 수 없다.

꾸스꼬를 페루 사람들은 잉까시대와 식민시대의 유산이 조화를 이룬 도시라고 추겨세우지만, 사실상 꾸스꼬시에서 돌덩이 몇 개 외에는 잉까의 유산과 흔적을 찾기는 쉽지 않았다. 1533년 이곳을 정복한 프란시스꼬 삐사로는 2년 뒤에 이 도시를 깡그리 불태우고 파괴했다. 웅장하고 아름다웠을 석조건물들은 새 건물을 짓느라 다 뜯어냈고, 신전들은 모두 파괴해버렸던 것이다. 당시 정복자들은 아름다웠던 이 도시에 대해 부분적으로 기록을 남기고 있지만, 지금 우리가 보고 있는 것은 그 파괴의 잔해 위에 새로 건축된 식민도시이다. 식민시대에도 꾸스꼬는 '알또 페루'(오늘날의 볼리비아)와 리마를 매개하는 중계지였기에 여전히 은을 내보내고 수입품을 받아들이는 상업도시로 번성을 누렸다. 오늘날 우리는 여기서 잉까의 도시보다는 전형적인 스페인 식민도시를 볼 수 있을 뿐이다. 다만 잉까시대에 건축한 석조건물들의 잔해를 보면서 그 당시 영화를 상상할 뿐이다.

제국 잉까

우리는 제법 학술적인 저술에서도 아스떼까제국, 잉까제국이라 씌어진 것을 쉽게 접한다. 그러나 '아스떼까제국'이란 명명법은 별로 정확하지 않다. 왜냐하면 우리 머릿속에 들어 있는 로마제국 같은 거대한 영토를 직접 통치한 제국의 이미지와는 어울리지 않기 때문이다. 속칭 아스떼까 '제국'은 이웃에 있는 떽스꼬꼬와 따꾸바 같은 왕국과 연대한 삼국연합이었고, 주변국들에게는 정복과 주기적인 침공으로 강제되는 공납관계만 있을 뿐이었다. 정복한 영토에 군대를 상주시켜 제국의 직할지로 만든 적은 한 번도 없었던 것이다. 그런 점에서 아메리카에서 제국이라 칭할 수 있는 것은 잉까제국밖에 없다.

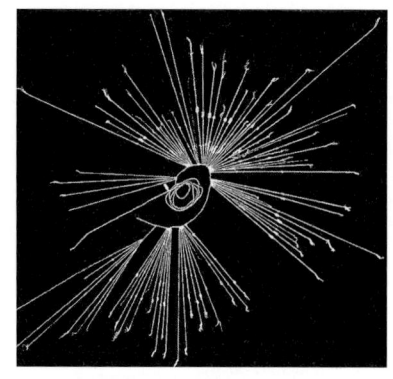

숫자를 기록하는 데 이용되었던 줄, 끼뿌.

정복자들이 페루를 침공하기 전에 잉까제국은 위로는 에꽈도르의 끼또에서, 아래쪽으로는 칠레의 중부지대까지 영토를 통일했고, 종교와 행정을 일원화했다. 물론 일원화가 완벽하지는 않았

겠지만, 적어도 태양신을 숭배하는 종교제의라든가 행정과 회계는 제국의 중심에서 파견된 사제와 관리들에 의해 대부분 통제되었다. 회계장부의 기능을 하던 끼뿌quipu(매듭과 색깔을 이용하여 인구, 가금류, 감자 같은 식량 등의 숫자를 기록하는 데 이용했던 길다란 줄)는 있었지만, 문자가 없었는데 어떻게 그 광활한 지역을 통제할 수 있었을까? 이 거대한 제국을 유지한 것은 불과 100년 정도밖에 되지 않으나, 나로선 적지 않은 의문이었다. 여행 전에 잉까제국의 역사에 관한 책을 서너권 뒤졌지만, 확실치 않았다. 그러나 꾸스꼬에서 구한 잉까 가르실라소Inca Garcilaso의 『잉까왕조실록』 영어판을 듬성듬성 읽으면서 잠정적으로 하나의 완결된 설명체계에 접할 수 있었다.

잉까왕조실록

『잉까왕조실록』은 모계로 잉까왕족과 뿌리가 닿고, 부계로는 정복자 가문이었던 저자가 갈등하는 두 개의 문명을 혼합하여 자신의 정체성을 찾고자 하는 노력의 일환으로 쓴 책이다. 이 책은 역사서 같은 구조를 가지고 있지만 사실은 혼혈인인 자신의 모계혈통이 얼마나 훌륭한가를 증명하고, 그런 자신이 결코 시시한 대접을 받아서는 안된다는 일종의 법률적 변론을 위한 것이다.

잉까시대의 남성용 튜닉으로 화려한 색감과 정교한 디자인이 돋보인다. 덤바턴 오크스 박물관 소장.

원래 16세기 기록문학이나 역사가 모두 이런 법률 송사에서 출발했다는 것은 서양문화사를 조금만 들추어보면 잘 알 수 있다. 『돈 끼호떼』에 버금가는 작품인 희곡 『셀레스띠나』를 쓴 작자 페르난도 로하스가 변호사였고, 황금세기 스페인 문학에서 변호사들이 큰 역할을 했다는 것은 잘 알려진 사실이다. 근대소설은 바로 여기서 탄생했다. 가르실라소도 오늘날 중요한 의의를 지닌 이 역사

서를 역사기록으로 남기려 한 것이 아니라. 신분을 유지하고 재산을 증식하기
위한 장기적 포석으로 자신의 족보를 기술한 것이다. 정복자인 아버지가 당한
불운을 보상받고 나아가 왕가혈통인 모계의 우수함을 증명하여 스페인 국왕으
로부터 재산이나 신분상의 특혜를 얻어내려 했던 것이다. 물론 매우 긴 족보 이
야기가 되어버렸지만.

잉까 가르실라소의 이야기를 따라가보자. 잉까족은 통치술이 뛰어난 종족이
었다. 태양의 아들이니 신이 보낸 대리인이니 하는 우월의식이 무척 강했다. 따
라서 정복전쟁도 태양신이 지시한 대로 이 세상에 빛을 널리 퍼뜨리기 위한 성
전으로 합리화했다. 누구든지 새로운 잉까로 등극
하면 곧바로 정복전쟁에 나선다. 땅을 넓히기 위해
서가 아니라 빛을 더욱 널리 비추기 위해서이다. 전
쟁도 주로 외교나 무력시위를 통해 유혈충돌을 피
했고, 정복 후에도 교화 위주의 행정을 통해 잉까문
명의 우수성을 각인시키려 노력했다. 다신적인 신
앙보다는 태양신 숭배를 문명인의 도리라고 인지시
켰고, 이를 통해 종교의 통일을 이루고자 했다. 또
주변에 쉽게 볼 수 있었던 난혼과 동성애를 엄격하
게 금지하고 일부일처제를 하나의 규범으로 만들어
풍속을 순화했다고도 한다(이 부분은 잉까의 태양
신 숭배가 기독교 풍속과도 유사함을 은연중에 과
시하고 있다). 잉까 가르실라소는 힘보다는 교화로
통치한 잉까들의 높은 덕성을 서양문명에 버금가는
것이라고 은연중에 강조한다. 안데스 잉까를 하나
의 유토피아처럼 묘사하는 것이다. 그런 점에서 잉
까들은 안데스의 요순 임금들이라는 것이다.

잉까시대의 은제 공예품 알빠까
(위)와 야마(아래). 뉴욕 미국자연
사박물관 소장.

만약 정복당한 종족이 심하게 저항하면 잉까는 대규모의 사민정책을 추진하여 주민을 모두 바꾸거나 흩어버렸다. 그러고 나서 중앙교육기관에서 잘 훈련받은 관리들을 파견해 통치하게 했다. 물론 중앙과 지방을 연결하는 거대한 잉까 도로망과 통신루트가 없었다면 제국의 관리가 불가능했을 것이다. 거의 초고속통신망 기능을 했을 잉까의 도로는 사통팔달로 뻗어 있었고, 여기를 다니는 파발꾼들에 의해 잉까제국의 황제는 제국 곳곳에서 일어나는 모든 변화를 파악할 수 있었다. 도로는 권력이 걸어다니는 루트였던 것이다.

요컨대 제국은 잉까의 선정으로 유지되었고, 모두가 행복한 삶을 영위할 수 있었다고 한다. 잉까의 선정은 하나의 신앙과 정교한 행정, 그것을 받쳐주는 커뮤니케이션망으로 관리될 수 있었던 것이다.

양피지 덧칠하기

잉까 가르실라소의 설명은 그럴듯하다. 그러나 그의 설명에는 헛점이 많다. 무엇보다 그가 기록한 글은 모계에서 내려오는 구전전승을 기록한 것이다. 따라서 왕가의 계보조차 전반부 8대 임금까지의 설명은 그리 믿음직하지가 않다. 이 책에는 신화와 사실이 뒤섞여 있고, 자신들의 과거를 스페인의 궁정인사들이 수용할 수 있도록 기독교적인 틀에다 재해석하기도 한다. 어떻게 보면 대단히 복잡하고 중층적인 텍스트인 셈이다. 그렇지만 이전에 남겨진 기록이 없으니 그의 기록이 가지는 의미는 엄청나다. 다만 이 기록들은 고고학적인 자료들로 뒷받침되어야만 역사적 사실로서 받아들여질 것이다.

오늘날 우리가 잉까문명이라 부르는 것은 사실 안데스산맥을 둘러싸고 존재했던 수많은 문명들의 총화일 뿐이다. 잉까제국이 지배했던 기간은 고작 100년 남짓했으니, 제국이 남긴 문화유산은 주변의 명멸했던 왕국들의 유산을 차용하여 종합한 것이다. 따라서 이들의 건축술이나 천문학은 물론 종교나 행정제도도 안데스 주변의 집합적인 유산이지 딱히 잉까의 유산이라 말하기 힘들다. 잉까 이전에 있었던 북쪽의 치무 문명이나 남쪽의 띠아우아나꼬 문명의 영향이 압도적이다. 잉까 가르실라소는 문명의 계보에서 다른 종족에서 온 전승과 유산들을 마치 모두 자신들의 발명품인 양 기록한다. 하긴 족보를 변조하는 '양피지 덧칠하기'는 어느 민족, 어느 대륙 할 것 없이 유행한 방식이기는 하다.

제국의 팽창과 쇠망

그럼에도 불구하고 100년 만에 4300킬로미터 길이의 제국을 건설했다고 하는 것은 사실이다. 그 동력은 대체 어디에서 나왔을까? 여행이 끝난 후 G. 콘라드와 A. 디마리스트의 공저 『종교와 제국: 아스떼까와 잉까 팽창주의의 동학』 Religion and Empire을 펼쳐들고 나서야 명쾌한 대답이 나왔다. 아! 바로 이것이구나. 두 저자는 잉까의 종교제도와 상속관행에서 급속한 팽창과 쇠망의 이유를 찾는다.

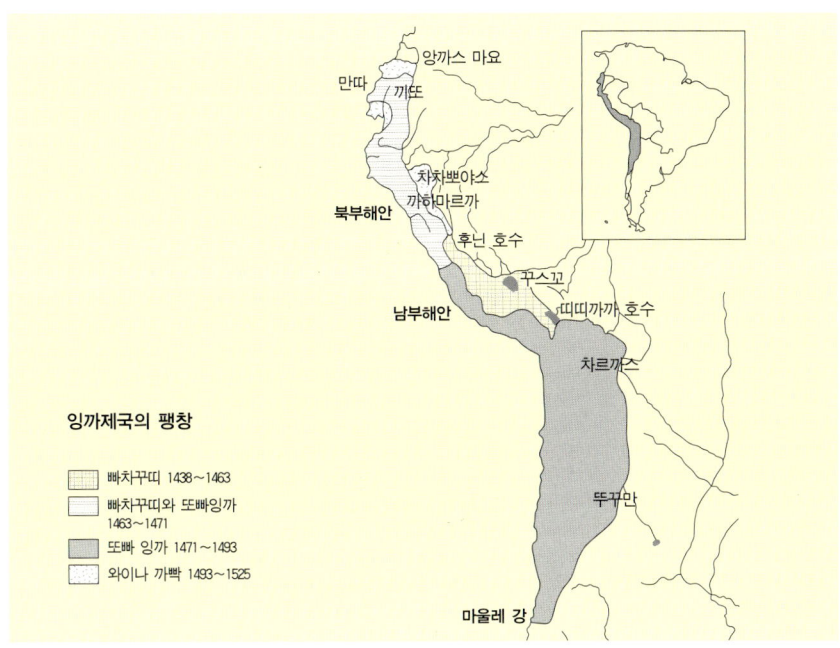

안데스에서 명멸했던 수많은 문명이 공통적으로 가진 관습 중의 하나는 조상 숭배이다. 조상들은 죽어서도 후손들을 보살펴주는 영적인 힘을 가지고 있기에 귀족이나 왕족은 죽은 조상을 미라로 만들어 보존했다. 특히 태양신 인띠의 아들이라 믿는 왕들의 미라는 대단히 영험한 성물(우아까)로 여겼다. 태양신숭배와 조상숭배는 바로 왕의 미라숭배에서 만나서 제국팽창의 동력이 된다. 가뭄이 심할 때나 재난을 당했을 때, 또는 축제가 있으면 사람들은 왕의 미라를 봉행하고 행렬을 벌이기도 했다. 이 신앙은 잉까족에게는 자신들의 국민적 정체성을 만들어냈고, 또 정복전쟁을 신의 뜻에 따르는 성전으로 합리화하는 기제가 되기도 했다. 꼬리깐차 신전의 벽감에는 금 장식품으로 치장한 죽은 잉까들의 우아까들이 화려하게 전시되었고, 사제와 귀족들은 성물 앞에 제삿상을 차리고 마치 산 사람을 받들듯이 이들을 모셨다.

8대 임금 비라꼬차의 만년에 이웃한 창까족이 대대적으로 침공해서 한때 꾸스꼬가 흔들리는 위기를 맞이했다. 그의 아들로 왕세자로 책봉되지 못한 빠차꾸띠가 부하군인들을 규합하여 국난을 이겨냈고, 왕성 꾸스꼬를 떠난 비라꼬차와 왕세자를 제치고 9대 임금으로 등극했다. 그는 꾸스꼬 주변을 정복하여 왕국의 영토를 넓혔고, 왕도의 면모를 일신했다. 수많은 개혁조치 중에서 제국의 팽창에 힘을 불어넣었던 것은 잉까숭배를 강화한 독특한 상속제도의 확립이었다. 분할상속제가 바로 그것이다.

분할상속제의 공과

분할상속제는 전임 왕이 서거하면 후계자에게 왕의 신분과 특권은 물려주되, 재산은 이전의 문중 소속으로 남기는 제도이다. 이전 왕이 일군 재산(주로 토지)은 빠나까라 불리는 가계문중(신임 왕은 빠진다)에 넘어가고, 문중의 귀족들이 죽은 잉까의 궁전에 성물인 왕의 미라를 모시며 재산을 관리한다. 빈털터리인 새 임금은 등극하자마자 새 궁전을 지어야 하고, 자신의 현재와 미래를 위해서 새

로운 땅과 인민을 얻지 않으면 안
된다. 왕이 바뀔 때마다 대대적으
로 일어난 정복전쟁은 바로 이 독
특한 상속제도의 영향인 것이다.

빠차꾸띠와 또빠 잉까는 1463~
71년 사이에 대대적으로 북쪽으로
뻗어 끼또까지 정복했고, 빠차꾸띠
가 죽고난 뒤 재위에 오른 또빠 잉
까는 그뒤 남부 해안에서 멀리 아
르헨띠나 북부와 칠레 중부에 이르
는 광범한 지역에 대한 정복전쟁에
나서게 된다. 불과 100년이 못되어
꾸스꼬 주변의 조그만 왕국이 거대
한 제국으로 변신하였던 것이다.

이 분할상속제는 누구도 예견할

구아만 데 뽀마의 판화. 정복전쟁에 나선 와이나 까빡.
황금으로 만든 투석기를 날리고 있다.

수 없었던 속도로 제국의 영토를 넓혔다. 그러나 제국이 넓어질수록 알짜배기
땅은 죽은 잉까를 모시는 귀족들의 손으로 들어갔다. 비옥한 꾸스꼬 주변의 땅
은 미라를 모시는 왕족 일원과 귀족들의 손아귀에 들어갔고, 살아 있는 사람들
은 점점 더 초라해졌다. 꾸스꼬 내에는 독자적으로 움직이는 수많은 궁전과 왕
국들이 존재했다. 말하자면 하나의 왕국 속에 수많은 왕국들이 병존했던 것이
다. 산 자들은 갈수록 초라해지는 삶을 물리치기 위해 수많은 노력을 경주했다.
농작물의 소출을 늘리기 위한 계단식 개간이 이루어졌다. 새 임금은 수도에서
멀리 떨어진 곳에서 정복전쟁을 치러야만 했다. 제국이 팽창할수록, 그것을 관
리하는 일은 어려워만 갔다. 거대한 제국은 곧 최적 성장의 균형점을 잃어버리
고, 잠재적인 승계자들 사이의 암투로 분열되기 시작한다. 발전의 동력은 100

년을 버티지 못하고 곧 쇠망의 동력으로 피드백하게 되었던 것이다. 스페인 정복대가 이 나라를 침공했을 때에는 제국은 관리위기에다 승계자들의 갈등으로 분열되어 있었다. 168명의 정복자들이 이 거대한 제국을 의외로 쉽게 무너뜨린 것은 바로 이러한 이유 때문이었다.

P E R U

2

꼬리깐차, 태양의 신전

도착한 다음날 오후 코카엽차를 두어잔 마시고 호텔을 나섰다. 본격적인 시내
관광이 시작된 것이다. 꼬리깐차Coricancha는 '태양의 신전'이다. 정복 이후 곧장
파괴되고 도미니끄회의 싼또 도밍고 수도원 건물로 개조되었지만, 아직도 건물
의 아랫 바탕이나 벽면은 검은색의 칼사이트 석으로 된 당시 신전의 흔적을 볼
수 있다. 역시 정복의 아픈 상처이지만, 어느 정복자가 이교도의 신전을 그냥
내버려두겠는가?

정말 면도날도 들어가지 못하도록 정교하게 바윗돌을 깎아 쌓은 잉까 석공들
의 놀라운 솜씨에 찬탄을 금치 못한다. 가이드는 이 아랫벽은 수차례 지진에도
끄떡없이 견딘 내진공법으로 건축되었지만, 그위에 쌓은 수도원 건물은 지진에
맥없이 무너졌다고 열심히 침을 튀기며 설명한다. 정말 그렇게 자랑할 만한 유
산이리라.

잉까제국은 태양신을 숭배했다. 끊임없이 움직이지만 늘 동일한 모습으로 우
리에게 비치는 태양은 고대 이집트나 헬레니즘의 오리엔트, 그리고 아메리카

87

싼또 도밍고 수도원의 전경. 아래의 검은색 돌덩이는 꼬리깐차 신전의 모습을 부분적으로 보여준다. 여러차례 지진으로 건물의 윗부분은 무너진 적이 있지만 아래쪽은 견고하게 이전 모습을 유지하고 있다.

대륙에선 멕시코와 잉까제국에서 숭앙되었다. 종교학자 엘리아데에 따르면 태양의 성현은 자율성과 힘, 왕권, 지혜의 종교적 가치를 표상한다고 한다. 잉까 족도 조그만 부족집단에서 성장하여 제국의 형태를 띠면서 자연스레 태양신을 중심에 놓게 되었다. 물론 나중에 '창조주' 비라꼬차 신을 중심으로 종교를 개혁하려 한 왕도 있었지만, 제국의 전성기 백년 동안 태양신은 잉까의 판테온에서 중심의 자리를 지켰다.

이렇듯 꼬리깐차는 파괴되기 전에 화려함의 극치를 누렸다. 뻬드로 삐사로와 시에사 데 레온이 잉까제국의 황제 아따우알빠의 몸값을 받으러 꾸스꼬에 왔을 때 이 신전의 내벽이 금으로 도배되어 있는 것을 보고 놀랐고, 신전 안의 정원에도 금으로 만든 옥수수들이 널려 있다고 보고했다 한다. 신전의 방도 여러개였다(기록자에 따라 네 개였다는 사람도 있고 여덟 개였다는 사람도 있다).

그중에 필자의 흥미를 끈 것은 '번개와 천둥의 신' 야빠Illappa를 모셨다는 방이었다. 안데스 사람들은 야빠 신이 큰 물독을 깨어 던져 천둥과 번개를 일으킬 때 비가 내린다고 믿었기에, 가뭄이 들면 야빠 신에게 희생제의를 올리곤 했다고 한다. 메소아메리카로 따지자면 수신水神 뜰랄록에 대한 숭배와 비견될 수 있겠다. 물론 희생에 주로 이용된 것은 흰색의 야마나 알빠까였지만 긴급사태나 재앙이 클 경우에는 인신공희도 있었다고 한다. 그러나 멕시코의 아스떼까나 마야와는 달리 인신공희가 대량으로 행해진 적은 없었던 것 같고, 이를 동물로 대체한 것을 보면 당시 안데스 사람들의 몸값이 메소아메리카보다는 비쌌던 모양이다.

신화와 주술을 믿는 안데스인들

꾸스꼬에 와서 보니 이상하게도 이곳 사람들이 이방인들에 대해 별로 친절하지 않음을 알 수 있다. 인디오들이나 피부색이 짙은 메스띠소일수록 더욱 그렇다는 느낌을 받았다. 관광객들에게 물건을 팔거나 팁을 받으려고 열심히 노력해야 할 터인데, 왜 그럴까? 바르가스 요사Mario Vargas Llosa가 안데스 사람들의 삶과 죽음을 기록한 베스트셀러 소설『안데스에서의 죽음』(영어판)이 자연스레 머리에 떠오른다. 게릴라가 창궐하던 1980년대 말 내지 1990년대 초기의 안데스에서 힘겹게 살아가는 사람들의 군상을 박진감있게 그린 소설이다. 아마도 그가 1990년 대선에서 후지모리에게 패배하고 난 뒤 마음을 다잡고 쓴 첫번째 소설이리라. 나는 이 소설에서 뒤엉켜 있는 귀신과 신화 이야기에 매료되어 기회가 되면 사람들에게 물어보았다.

"삐쉬따꼬를 믿으세요?" 가이드는 피식 웃는다. "믿지 않아요. 그렇지만 아뿌(산신령)는 믿는답니다." "꾸스꼬 사람들은 잉까시대의 민간신앙을 그대로 가지고 있지요. 그렇지만 또 모두 카톨릭을 믿기도 하지요." 카톨릭이면서 산신령에 해당하는 아뿌를 믿는다. 하긴 우리나라에서도 교회나 성당에 나가는 기독교인

중에서도 사주팔자를 보는 사람이 많지 않은가.

삐쉬따꼬는 간단히 말하면 혼자 여행하는 길손을 잡아다 기름을 짜내 먹는 괴물이다. 바르가스 요사 소설에 등장하는 삐쉬따꼬 이야기는 쎈데로 루미노소 게릴라들로부터 변방수비대를 힘겹게 지키는 수비대장과 한 대원이 안데스의 길고긴 밤을 이기려 나누는 모험담의 한단락에 삽입되어 있다. 마을의 여러 사람이 실종되어 생사를 알 수 없고, 게릴라들에 의해 프랑스 여행객과 산림녹화를 추진하던 연구진들이 잔인하게 죽임을 당한다. 작가는 삐쉬따꼬 이야기를 게릴라들의 폭력과 병치시켜 놓았다. 이 부분을 읽어내곤 난 참으로 이 소설가가 탁월한 인류학자이자, 사회학자의 냄새까지 나는 뛰어난 작가란 생각을 지울 수 없었다. 물론 그가 묘사하는 안데스의 인디오사회는 인디오주의자들이나 좌파지식인들이 묘사하는 유토피아적 시각과는 거리가 한참 멀다.

이 괴물에 대한 이야기의 출처는 정복 이후이리라. 그전에 삐쉬따꼬는 주로 백정을 은유하는 말이었다 한다. 그러나 스페인 사람들이 출현하고 나서 삐쉬따꼬는 인간의 기름을 짜서 먹는 괴물의 이미지로 고착되기 시작했다. 정복은 곧 안데스인들에게 악몽이었다. 그것은 곧 극심한 강제노역과 전염병, 그리고 잔혹한 수탈과 착취에 노출됨을 의미했다. 데이비드 쿡의 연구에 의하면 1530년에 9백만명 정도였던 인구가 90년 뒤인 1620년에는 불과 60만명으로 줄었다니, 재난이 얼마나 극심했는지 알 수 있으리라. 안데스인들에겐 바깥세계와의 접촉 자체가 재앙이었던 것이다. 삐쉬따꼬 이야기는 외부세계, 즉 백인세계에 대한 극단적인 불신감을 반영한 유언비어 통신으로 출발했을 것이다. 여기서 삐쉬따꼬는 식민시대의 정부나 도시에서 온 지주나 성직자였을 것이고, 독립한 이후에는 과두제 세력을 옹호하는 정부나 광산을 장악한 외국인(그링고)들일 수도 있다. 간단히 말하자면 안데스 산골사람들이 외부세계에 대해 가지고 있는 극단적인 피해의식의 산물인 것이다.

몇년 전에는 리마에도 이 삐쉬따꼬가 출현했다는 소문들이 기사화되기도 했는데, 이번에는 눈알을 빼먹는 신종 삐쉬따꼬였다고 한다. 물론 이 이야기는 어린이들의 장기를 밀매하는 마피아들을 은유한 민중들의 창작품이겠지만.

또다른 신화, 잉까리의 부활

삶이 괴로우면 사람들은 유토피아를 꿈꾼다. 그런 점에서 유토피아는 지독한 현실에 대한 비판이자 탈출구가 된다. 잉까리Inkarrí에 대한 신화도 마찬가지이다. 잉까리는 스페인 사람들에 의해 사지를 절단당해 죽은 잉까제국의 왕을 일컫는다. 스페인 사람들이 이 왕의 시신을 비밀리에 묻었지만, 조각난 시신은 땅속에서 점점 자라 언젠가는 머리와 몸체가 만나서——로봇에 폭 빠진 꼬마들 이야기를 빌리면 '합체'해서——이 괴로운 세상을 뒤집는다는 것이다. 그러면 정의로운 새시대가 열리고 고난을 받던 사람들도 해방되리라는, 페루판 미륵신앙인 셈이다.

   잉까리 부활에 대한 민중전승은 인류학자 플로레스 갈린도Flores Galindo에 의하면, 반란지도자 뚜빡 아마루 1세의 사지절단 처형 장면과 예수 부활의 기독교 이야기가 뒤섞여 만들어진 것이란다. 사람들은 자비로운 성왕인 잉까가 통치했던 그 시절을 머릿속에서 재구성한다. 상상이 아니라 잉까제국, 즉 4방위제국인 따완띤수유는 존재했었다. 그땐 궁핍도 착취도 없었고, 억울한 일도 당하지 않았지! 사람들은 과거를 재구성하면서 현재에 대한 비판과 대안을 모색한다. 그래 예수가 부활했듯이 잉까도 부활할 거야! 지배자의 신학체계를 교묘히 원용하여 약자들의 무기인 기억과 전승에다 옮겨담는다.

안데스를 보는 두 개의 시각

사실 바르가스 요사는 앞의 소설에서 안데스를 귀신들이 날뛰는 그로테스크한 공간으로 그리고 있다. 플로레스 갈린도 같은 인디오주의자가 그리는 유토피아적 이미지와는 정반대이다. 소설에 등장하는 쎈데로 루미노소 세력에 의한 애

꽃은 죽음들은 작가의 손에 의해 멀리 잉까시대의 인신공양이란 제의와 연결된다. 1980년대의 혁명적 폭력이란 과거 잉까사회에 제의화된 폭력이 다시 살아난 것에 다름아니다. 바르가스 요사는 자본주의적 근대화만이 문명화 작용을 통해 안데스의 미신과 폭력숭배를 물리칠 수 있다고 믿는다. 안데스 농민들의 세계를 목가적으로 그리는 인디오주의자들은 이 소설가에겐 정신나간 이데올로그들일 뿐이다.

이런 거물작가 바르가스 요사가 대통령후보로 나올 1989년 당시 플로레스 갈린도는 페루의 한 대학에서 역사를 가르치고 있었다. 당시 그는 『잉까를 찾아서』란 기념비적 저작을 막 출판해 학계와 지식인사회에 잔잔한 파문을 일으켰다. 안데스의 역사에서 유토피아의 이미지가 어떻게 형성되고 어떻게 진화해왔는지 탐구한 저서였다. 그는 안데스의 민중전승이 억압적인 역사적 현재에 대한 비판과 저항의 메시지를 담고 있음을 포착했다. 정복과 대재난, 수차례의 반란, 독립 이후에도 지속되는 억압에도 안데스 농민들은 굴하지 않고 자신들의 신화를 지켜왔다. 신화는 대안적 사회를 꿈꾸고 있음에 다름아니다.

그런 점에서 플로레스 갈린도는 안데스의 농민공동체가 지닌 협동정신, 상호부조, 가족노동, 집단적 결정은 자본주의 근대화에 의해 해체될 운명의 잔여물이 아니다. 이런 것들이야말로 대안적 사회체제인 사회주의, 그리고 부패한 민중주의와 과두제 정치를 대체할 민중적 민주주의의 거름이 된다고 주장한다. 바르가스 요사와는 정반대의 해법을 내놓은 것이다.

이렇게 안데스를 하나의 유토피아로 보는 발상은 이미 16세기에 잉까 가르실라소가 쓴 『잉까왕조실록』, 기독교 수사들의 잉까 역사서, 그리고 20세기 상반기에 활동했던 뛰어난 맑스주의자 호세 까를로스 마리아떼기의 저서에서도 엿볼 수 있다. 두 사람의 논쟁은 불행히도 플로레스 갈린도가 젊은 나이에 병사함으로써 이루어지진 않았다. 그러나 두 저작에서 우리는 안데스를 바라보는 페루사회 지식인들의 시각이 얼마나 분열되어 있는지 확인할 수 있다.

아르마스 광장의 주교좌성당

아르마스 광장으로 향했다. 잉까시대에는 아우까이빠따 광장으로 불렸지만, 스
페인 사람들이 도래한 이래 아르마스 광장으로 개칭되었다. 이곳에 오면 이상
하게도 마음이 푸근해진다. 그야말로 마음조차 넓고 넉넉하게 만드는 장소로서
의 광장廣場인 셈이다. 역시 꾸스꼬의 중심답게 주교좌성당이 버티고 있고, 좌
측 아래편에도 아름다운 예수회성당이 우뚝 솟아 있다. 광장은 식민지풍의 낮
은 건물들로 고즈넉하게 둘러싸여 있어 유난히도 아름답게 보인다. 아마도 지
진 때문에 고층건물을 짓지 못해서 그런지 시야가 툭 트였고, 광장을 둘러싼 선
과 황토빛 색조가 조화를 이룬 탓이리라. 아마도 내가 본 중남미의 광장 중에선
가장 기억에 남을 것 같다.

주교좌성당은 이전에 비라꼬차 신전이 있는 자리에 세워졌다. 과거 신전의

아르마스 광장의 주교좌성당

아르마스 광장의 예수회성당

흔적은 하나도 남아 있지 않다. 안데스 사람들의 기억을 확실히 지우고자 했지만, 돌멩이를 제거한다고 기억이 지워질 리 없다. 역시 이 주교좌성당에도 꾸스꼬 사람들은 자신의 기억과 생각들을 예술품 속에 차곡차곡 집어넣었던 것이다. 성당의 전면은 르네상스 스타일에다 부분적으로 바로크와 추리게레스꼬 양식이 가미되어 단아한 느낌을 준다. 반면 바로 좌측 아래의 예수회성당은 역시 전형적인 바로크 스타일로 화려한 느낌을 준다.

주교좌성당 내부는 역시 꾸스꼬의 번영을 보여주듯 화려한 예배당과 예술품들이 즐비하다. 바로 여기에 꾸스꼬 장인들은 자신들의 독특한 기법과 색깔, 심지어 고유신앙의 흔적까지 담아냈던 것이다. 식민지 바로크 예술은 그 형태미의 틀만 준수한다면 인디오 장인들이 여러가지 변형을 가하는 것을 막지 않았다. 이 바로크의 틈새에서 꾸스꼬 사람들은 글로칼리제이션glocalization(세계화와 지역화의 결합)의 비법을 터득했던 것이다. 이들은 제단의 중심부에 태양을 집어넣어 정복자들이 오기 이전에 자신들이 믿었던 우주관을 기독교적 세계관 옆에다 나란히 병치해놓았다. 화려한 바로크가 허용한 일종의 눈속임이라고나 할까.

꾸스꼬 바로크

온통 은으로 도배한 예배당에는 알론소 꼬르떼스의 그림 한점이 눈길을 끈다. 1650년의 대지진을 그렸는데, 하늘에는 태양이 슬픈 표정을 짓고 있다. 태양을 의인화하여 그린 것은 전형적인 안데스적인 표현방식이리라. 꾸스꼬 화가들이 즐겨 사용한 색감은 붉은색, 검은색, 황금색 세 가지라고 했는데, 그렇다면 유럽적 성화를 꾸스꼬적 색조로 표현한 셈이다. 바로 이게 '꾸스꼬 바로크'이다. 틀은 당신이 정하되 채우는 것은 우리니라! 십자가에 달린 예수를 그린 그림에도 토착예술가들의 고집이 담겨 있다. 예수를 백인 예수가 아니라 검은 옷으로 아래를 가린 모레노 예수로 그린 것이다. 가이드가 이 그림은 영험하다고 소문

나서, 꾸스꼬에 지진이 나려 하면 이 성화를 어깨에 메고 가두행진을 벌인다고 귀띔한다.

그밖에도 작은 거울들에다 금장식을 섞어 제단을 꾸민 것도 꾸스꼬 성당에서 볼 수 있는 독특한 꾸밈 방식이었다. 멕시코 성당 어디에서도 이런 장식을 보지 못했다. 스페인 사람들이 들고온 거울에다 현지의 금을 섞어 특유의 장식기법을 개발했던 것이다. 그렇지! 세계화란 바로 하이브리드가 탄생하는 과정이고, 피를 섞는 메스띠소화이지. 그 이상도 그 이하도 아니야. 세계경영을 떠드는 사람들이 툭하면 내세우는 글로칼리제이션도 20세기 말에 발명된 게 아니라 이미 5백년 전 이곳 안데스 사람들도 스페인 사람들도 모두 터득했던 거라구.

싹사우아만으로

잉까제국의 요새 터가 남아 있는 싹사우아만Sacsahuaman으로 향했다. 언덕을 한참 올라가니 잉까제국의 시조왕에 해당하는 망꼬 까빡 신전터가 눈에 들어온다. 그는 부인 마마오끄요와 함께 띠띠까까 호수에서 동족을 이끌고 북쪽으로 이주한 제국의 시조라 한다(물론 고고학적인 근거는 전혀 없다). 구전으로 전해내려와서 16세기에 기록된 역사서에 의하면 부부는 태양신의 자식들로 이 꾸스꼬 지역에 처음 올라와 제국의 기틀을 잡았다고 한다. 스페인 사람들은 당연히 이 시조왕의 궁전터에다 수도원과 성당건물을 올렸고, 거대한 십자가를 세워 이교도들의 성소를 정복한 기념비를 세웠다.

버스가 산허리의 커브를 도니 유칼리나무들이 길가에서 뽐을 내며 서 있다. 중남미에서 흔히 볼 수 있는 수종이다. 이곳 사람들이 쓴 소설을 읽으면 가장 많이 등장하는 나무이기도 하다. 이것도 원래는 캐나다에서 들여온 것인데, 이곳 토양에 잘 맞아서 대단히 빨리 번식했다고 한다. 나는 유칼리나무의 원산지가 남미인 줄 알았는데…… 역시 나무의 세계에도 신토불이는 없다.

이윽고 거대한 요새의 입구에 도착했다. 80톤에서 100톤에 이르는 큰 돌에서

싹사우아만의 폐허. 요새의 상단부는 스페인 사람들이 뜯어가서 성당과 집을 지었다.

몇톤에 해당하는 규모의 것들까지 잘 깎여 다듬어진 채 정교하게 맞물려 담벽을 이루고 있다. 잉까의 장인들이 돌을 다듬는 솜씨가 얼마나 빼어났는지 절로 감탄이 흘러나온다. 모르타르를 쓰지 않고 돌을 깎아 다듬어서 엮어 놓았지만, 빈틈 하나 없을 정도로 정교하다. 물론 지진의 영향으로 약간 벌어진 부분도 군데군데 보인다. 원래는 4층 내지 5층에 이르는 거대한 원형탑 모양의 요새였다. 스페인 사람들이 꾸스꼬를 정복을 한 이후에 새 도시를 꾸미느라 윗부분 돌을 가져갔기에 지금은 1층과 2층의 돌무더기밖에 남아 있지 않다.

 꾸스꼬의 북쪽에 위치한 싹사우아만의 기능을 둘러싸고 논란이 분분하다. 분명히 요새처럼 보이지만, 1533년 스페인 사람들에게 저항한 망꼬 잉까가 꾸스꼬를 포위했을 때를 제외하곤 요새 역할을 한 적이 없다고 한다. 그래서 어떤 학자는 요새가 아니라 잉까들이 외지에서 전투를 마치고 돌아와 퍼레이드를 벌이던 승리의 기념탑이라고 주장하기도 한다. 또 여기에 있던 수많은 창고에는 무기를 위시하여 금은제품, 망토, 피복류 등을 쌓아두기도 했다는데, 비상시에 이용하는 국가창고(꼴까)의 기능도 했을 것이란다. 이 엄청난 돌요새를 쌓는 데는 제국 전역에서 징발된 장정 2만명 정도가 동원되었다고 한다. 솜씨좋은 장인들은 돌을 깎고 다듬었을 터이고, 다른 사람들은 이를 나르고 올리는 데 피땀을 흘렸으리라. 축력으로 이용할 동물도 없었고 이동도구도 변변찮았을 그 당시에 100톤짜리 돌을 오로지 인력에만 의지하여 옮겼던 것이다.

껜꼬, 동혈신앙의 흔적

껜꼬Kenko는 싹사우아만 바로 옆에 있다. 께추아어로 지그재그란 뜻이다. 거대한 돌덩이들이 퓨마 모습을 하고 있다. 잉까인들의 거석신앙과 동굴숭배를 잘 보여주는 대표적인 기념물이다. 지그재그로 난 길로 몸을 움츠리며 안으로 들어가니 동굴 속에 잘 깎은 제단이 나타난다. 여기서 옛날 사람들은 성물인 우아

껜꼬. 잉까인들은 커다란 돌이나 산꼭대기에 영험스런 신령이 깃들어 있다고 숭배했는데, 이를 우아까라고 불렀다.

97

까를 전시하고 야마를 잡아 제사를 올렸다고 한다. 바로 옆에는 지하세계로 향하는 구멍이 입을 벌리고 있다. 메소아메리카에도 이런 동혈을 숭배하는 신앙이 보편적으로 발견된다. 이전 사람들에게 동굴은 지하세계로 향하는 입구이고, 사람이 죽으면 이 길을 따라 사후세계로 들어간다고 믿었기에 여기에다 미라를 넣어두곤 했던 것이다. 껜꼬 옆에는 원형으로 된 공터도 있다. 아마도 제사를 지낸 후 사람들은 이곳에 모여 노래와 춤을 즐기며 축제를 벌였으리라. 옥수수로 담은 막걸리 치차에 취한, 얼큰히 달아오른 그네들은 와이노 가락에 맞추어 씨 뿌리고 거두는 절기들을 기념했으리라.

안데스의 음악

처음 안데스 음악을 들었을 때 난 참 놀랐다. 오음계로 흘러나오는 우수어린 선율이 우리 전통음악과 너무도 비슷했던 것이다. 이곳 사람들도 음주가무에 능했고, 음악은 일상생활의 일부가 될 정도로 친숙했다고 기록이 전한다.

사실 스페인 사람들이 오기 전에 이곳의 음악이 어땠는지는 기록이 거의 없는 까닭에 알 수 없지만, 안데스 사람들은 외부에서 들어온 음악과 악기조차 자

안데스의 전통악기 께나를 부는 연주자.

기 것들로 토착화했다. 기타는 개조해서 차랑고로 만들어서 높은 음색의 와이노 가락에 맞추었고, 하프도 자기 고유의 우수가 깃들인 음색을 표현하게끔 아르빠(하프)로 개조했다. 반면 멜로디, 노래 형식과 내용은 거의 그대로 보존되어 있다. 그래서 안데스 음악은 부분적으로 메스띠소화를 거친 부분도 있지만 여전히 안데스 음악으로 살아 있는 것이

다. 안데스 음악의 대표적인 형식이라 할 수 있는 와이노와 야라비를 간단히 살펴보자. 독자들이 안데스 음악을 듣는다면 이 악곡양식은 반드시 접하게 될 터이니 말이다.

와이노wayno, huayno는 안데스 사람들이 즐기는 가장 대중적인 음악이다. 보통 차랑고, 바이올린, 아르빠가 가미된 경쾌한 오음계의 곡으로 정복 이전 시대부터 오늘날까지 사랑을 받는 음악이다. 와이노 음악이 도시이주민을 통해 리마로 흘러들어가면서 수많은 하이브리드 음악이 탄생한다. 특히 요즈음 유행하는 전자악기와 결합하여 이주민의 애수, 노동의 고통 등을 노래하는 치차 음악도 와이노를 뿌리로 하고 있다. 치차 음악은 근대화된 와이노라 생각하면 틀림이 없다.

야라비yaravi는 와이노보다 훨씬 느리며 장중하게 연주되는 슬픈 가락의 노래이다. 잉까시대에는 아라위라 불리는 가락에다 궁정시인들이 만든 서사시를 붙여 연주했다고 한다. 엄격한 자연환경과 싸우면서 당한 재난을 기념하거나 장례식에서 주로 불렸기에 장중한 애상조의 노래였을 것이다. 식민시대에 아레끼빠 지역에서 이를 모방한 야라비가 발달했다. 궁정음악이 밖으로 나와 안데스의 '고전음악'(훌리오 베나벤떼)으로 자리를 잡게 된 것이다. 요즈음 많이 불리는 야라비는 주로 이별이나 이룰 수 없는 사랑 같은 주제를 주로 다룬다. 그러나 매번 슬프게 음악을 끝내진 않는다. 야라비에는 항상 부드럽고 경쾌한 와이노 가락이 뒤에 푸가 형식으로 따라다닌다. 살아 있는 사람들은 슬픈 얼굴을 버리고 밝은 새날을 맞이해야 하기 때문이다.

엘 꼰도르 빠사

「엘 꼰도르 빠사」 연주도 안데스 음악그룹들은 원래 야라비로 시작해서 와이노로 끝낸다. 싸이먼과 가펑클의 노래 분위기나, '망치보다는 못이 되겠다'는 가사 내용과는 사뭇 다르다. 잉까의 전승에 따르면 꼰도르는 죽은 영혼을 하늘로 올려보내는 매개자 기능을 했다. 요즈음도 사람들은 이 새가 사람들과 산꼭대기에 사는 산신령을 연결하는 영매라고 한다. 그래서 나는 이것이 장송곡이 아닐까 생각했는데, 께추아어로 된 가사를 번역한 것을 찾아보니 그런 심정이 더욱 굳어진다.

> 오 위대한 꼰도르여, 하늘의 주재자여,
> 나를 집으로 보내주게나, 안데스산 높은 곳으로,
> 오 위대한 꼰도르여, 내 고향으로 가고 싶다네,
> 나의 잉까 형제들과 함께하려고,
> 그들은 내가 가장 그리워하는 사람들이라네,
> 오 위대한 꼰도르여.
> (푸가)
> 꾸스꼬에서 날 기다리게나, 대광장에서 말일세,
> 마추삐추 산정에서, 와이나삐추 산정에서
> 우리 함께 산보를 할 수 있을 테지.

흑인영가 「내가 탄 마차는」Swing low, sweet chariot의 노랫말 "coming for to carry me home"과도 비슷하고, 노래 분위기도 영판 닮았다. 자고로 피부와 장소를 불문하고 장송곡은 비슷한 분위기를 자아내는 모양이다.

잉까의 왕도와 역참

다시 버스를 타고 서쪽으로 향했다. 아마존 지역으로 가는 왕도에서 첫번째로 마주치는 역참(땀보)을 보러 가는 길이었다. 뿌까뿌까라Pucapucara 라 불리는 땀보(땀뿌스)였다. 안데스에는 땀보라는 이름이 붙은 마을이 유난히도 많다. 모두 '잉까의 길'에 붙어 있는 호텔 시설과 창고 기능을 한 커뮤니케이션 통로로 자연히 중심지 마을로 발전하게 된 것이다.

잉까시대에 제국은 '4방위 제국' 즉 따완띤수유로 불렸다. 꾸스꼬를 중심으로 동서남북으로 길을 쪼개고 각각 제국의 이름을 안띠수유, 꼰데수유, 꼴라수유, 친차수유로 불렀다. 사방으로 난 왕도는 커뮤니케이션의 통로에 그치지 않고 제국을 나누는 구분선이기도 했고, 또 행정구역의 경계선이기도 했다. '잉까의 길'은 북으로는 에꽈도르의 끼또에 이르고 남쪽으로는 칠레의 중부까지 이르며, 동쪽으로는 아마존 열대우림 입구까지 뻗어갔다. 히슬롭의 연구에 의하면 이 도로의 길이가 23000킬로미터에 이른다고 하니, 유럽문명이 내세우는 '로마의 길'도 여기에 비하면 조족지혈이다.

이 방대한 도로망에서 우리는 잉까인들이 제국을 경영한 솜씨의 일단도 엿볼 수 있다. 도로는 제국 각지방의 인구변동, 가축수, 각종 곡물의 수확량 같은 정보를 끌어모으고, 또 꾸스꼬의 지시사항을 전달하는 온갖 종류의 파발꾼으로 넘쳤으리라. 이들 도보파발꾼들은 10킬로미터마다 있는 땀보에서 식사도 하고 동료들끼리 정보도 나누며, 휴식을 취하기도 했을 테다. 땀보에는 식품저장고도 있어 손쉽게 음식을 조리할 수도 있었다. 또 커다란 땀보에는 주변에서 옮겨온 공물이 쌓여 있어, 중앙에서 보급한 물자와 교환되는 물품교환소의 구실도 했을 것이다. 뿌까뿌까라는 아마존 지역으로 뻗어 있는 안띠수유로 향하는 파발꾼들이 제일 처음 쉬어가는 역참이니, 파발꾼들은 여기서 앞으로 남은 길을 생각하곤 한숨을 쉬었을지도 모르겠다.

차는 계속 달려 서쪽으로 간다. 지하수를 숭배하는 제단이 있는 땀보 마차이에 도착했다. 농사를 짓는 잉까인들에게 물은 무엇보다 귀중했다. 그래서 비를 내리는 야빠에게도 제물을 바쳤고, 또 이렇게 일정하게 흐르는 지하수가 있는 곳에도 제단을 꾸미고, 주기적으로 제물을 바쳤다고 한다. 땀보 마차이는 또 잉까의 귀족들이 휴식을 취하러 오는 곳이기도 했단다. 땀보였으니 숙박시설에 먹을 것도 있었을 터이니 요즘 말로 호텔에 가까운 휴식처였으리라. 나지막한 산세에 맑은 지하수가 항상 일정하게 흐르니, 꾸스꼬에서 소풍을 올 만하다.

꾸이, 안데스의 칠면조

저녁에 우리는 꾸스꼬식으로 식사하기로 작정하고 가이드북의 안내로 적당한 식당을 찾아갔다. 다행히 사람들이 북적이지 않고 값도 비싸지 않은지라 자리에 앉았다. 종업원에게 가장 꾸스꼬적인 식사로 무얼 추천하겠냐고 물었더니, 꾸이cuy를 들라고 한다. 이 집은 꾸이 요리로 주변에서 알아주는 곳이라는 말도 덧붙이면서. 꾸이는 기니피그라고 하던데…… 나는 고개를 설레설레 흔들었다. 어떻게 실험용으로 쓰는 모르모트를 먹을 수 있담? 제법 먹거리를 가리지 않는 나도 이번에는 슬슬 뒷꽁무니를 뺐다. 결국 이곳에서도 연어를 마늘 양념으로 구운 요리를 시켜 먹었다.

꾸이는 이곳 사람들이 즐거운 일이 있으면 식단에 올리는 기니피그 구이이다. 집에서 식용으로 키우는데, 추운 농촌에서는 부뚜막 옆에 두며 기른다고 한다.

안데스의 칠면조 격인 꾸이 요리.

원산지도 이름과는 달리 아프리카 기니가 아니라 아메리카란다. 이놈들은 주로 식물이나 나무 이파리를 먹고 사는데, 집에서 키우면서부터 잡식성으로 변했다고 한다. 마침 용감한 미국인 아가씨가 이걸 시켜서 먹는데, 주변의 남자 관광객들이 탄성을 지른다. 모두 서로 사진을 찍어주겠다고 다가간다. 크기도 작은 토끼만하고, 먹을 것도 풍성해 보인다. 아가씨 말로는 고기가 무척 부드럽단다. 결국 그날 머쓱해져서 삐스꼬 싸우어만 줄기차게 들이켰다.

잉까의 젖줄, 성스러운 계곡을 향하여

다음날 아침 일찌감치 식사를 끝내고 '성스러운 계곡' Valle Sagrada 으로 향했다. 꾸스꼬가 잉까의 수도로 자리잡은 것은 두 가지 이유 때문이다. 하나는 방어가 용이한 지형이고, 다른 하나는 바로 성스러운 계곡이란 곡창지대가 바로 옆에 붙어 있기 때문이다. 잉까시대에도 꾸스꼬에는 큰 곡식창고가 없었다고 한다. 일년 내내 봄날씨를 유지하는 기후조건을 지닌 우루밤바 강가의 비옥한 땅에서 하루 정도면 옥수수와 감자를 쉽게 날라올 수 있었으니, 큰 창고는 전혀 쓸모가 없었을 것이다. 차창으로 눈길을 옮겨보니 우리 키보다 훨씬 큰 옥수숫대들이 쑥쑥 올라와 뽐낸다. 가이드 말로는 큰놈 중에는 3미터짜리도 있다고 한다.

옥수수의 원조가 어디냐를 둘러싸고 페루 사람들과 멕시코 사람들은 한치의 양보도 없다. 서로 자기가 먼저란다. 그러나 현재까지 밝혀진 바로는 가장 오래된 옥수수 알갱이는 중미 쪽에서 발견되었다. 메소아메리카가 일단 유리한 고지를 점하고 있고 페루 사람들이 일단 판정패를 한 셈이지만, 가이드는 이를 쉽게 수용하려 하지 않는다. 그러나 안데스에는 메소아메리카와 달리 다양한 종

잉까제국의 젖줄이었던 성스러운 계곡.

아메리카 인디언 문명의 주식인 옥수수.

류의 감자와, 야마나 알빠까, 그리고 비꾸냐 같은 동물들이 있었기에 16세기 이전 시기에 단백질 섭취는 물론 전반적인 영양상태도 메소아메리카 인디오들보다 훨씬 나았으리라 짐작할 수 있다.

감자가 빚어낸 세계사적 사건들

메소아메리카가 옥수수문명이라면 이곳은 감자문명이라고 이름붙일 만하다. 식사 때마다 주먹덩이만한 감자를 보았다. 종업원 이야기로는 어린아이 머리통

만한 것도 있단다. 색깔도 다양하고, 종수도 600여종이 남아 있단다. 모두들 이렇게 맛있는 감자를 먹어본 적이 없다고 이구동성으로 말한다. 찐감자는 물론, 감자수프도 감자튀김도 모두 맛있었다. 역시 감자의 고향이로구나!

안데스 사람들은 각 위도에 알맞는 다양한 종자의 감자를 개발했고, 또 이것을 저장하는 뛰어난 보존방법도 알고 있었다. 이들은 감자의 수분을 빼고 말려 추뇨라는 저장식품을 만들어 식량난을 이길 수 있었고, 또 재난시에 긴급 구휼이나 원조를 할 수 있었다. 그런 점에서 안데스 사람들에게 감자는 효자식품이었던 셈이다. 이 안데스의 감자가 세계문명에 미친 영향도 지대하다.

16세기 정복 이후 유럽에 전해진 감자는 국제정치에 큰 영향을 미친다. 위도가 높은 곳에 있어서 항상 식량 걱정을 해야만 했던 러시아와 독일이 거대한 육군을 유지할 수 있게 된 것도 감자 덕분이다. 추운 지대에 감자를 심어 농민들의 밀 소비량을 줄일 수 있었기에 군량미를 비축할 수 있었고, 대규모의 보병부대를 유지할 수 있었던 것이다.

물론 감자가 아일랜드 농민들에겐 대재난을 가져다주기도 했다. 감저병이 생겨서 대기근의 파국을 불러일으켰던 것이다. 100만명이 기아로 죽었다. 대기근의 재난은 왜 생겼을까? 그 이유는 유럽인들이 다양한 감자의 종자를 수입하여 적재적소에 심은 것이 아니라, 굵고 벌레에 잘 이기는 종자만 대량으로 심었기 때문이다. 대기근은 오늘날의 표현대로라면, 종의 다양성을 파괴한 결과가 아닐까? 여하튼 아일랜드의 150만 농민들은 기근을 피해 미국으로 대규모 이민을 떠나기도 했다. 봅 호프와 오 헨리, 그리고 케네디 가문의 선조도 아마도 이때 미국행 배를 탔을 것이다. 모두 감자가 빚어낸 복잡한 인연들이다.

강원도나 북한의 산촌에서 감자농사를 중시하는 것을 보면 우리나라에 미친 영향도 간접적으로 알 수 있다. 이웃 중국에서도 감자나 옥수수 같은 구황작물이 들어오면서 농촌인구가 불어나고 결국 청조 말에 새로운 인구압의 사이클에 의해 빈번한 농민반란이 일어났다는 연구도 중국음식사를 다룬 책에서 읽은 적이 있다. 독자들이여! 감자요리를 먹을 때에 한번쯤은 안데스 인디오문명에 대한 감사의 마음을 가지시기를. 이 인디오들은 5백년 동안 감자와 은을 유럽과 아시아에 아낌없이 주었지만 한번도 고맙다는 인사를 받아보지 못했을 것이니 얼마나 섭섭하랴!

야뿌의 안데스 음악

차는 어느새 수공예품을 파는 풍물시장이 있는 삐삭에 닿았다. 한시간 동안 돌아보고 물건을 사든지 아니면 까페에서 차를 마시며 쉬라고 한다. 어휴, 또 지겨운 쇼핑이라니! 난 일행들과 헤어져 음반과 책을 파는 조그만 가게에 들어갔다. 툭 눈에 들어오는 것이 칠레의 유명한 그룹 야뿌Illapu의 음반이다. 어! 칠레의 것이 왜 이 촌골짜기까지 들어와 있나? 가격표를 보니 멕시코 가격의 삼분의 일 정도이다. 불법복제본이 아니냐고 시큰둥해서 물어보니 아니란다. 하나를 집어들어 값을 치르고 뜯어보니 페루에서 만든 정품임에 틀림없다. 가게 청년이 말하길 야뿌 음반은 여기서도 인기라서 페루에서도 찍어낸단다.

아! 그렇지. 안데스 음악의 지도는 사실 페루에만 국한되지 않는다. 이 음악지도는 페루를 위시하여 에꽈도르, 볼리비아, 칠레 북부, 아르헨띠나 동북부도 들어가는 안데스산맥의 지도이기 때문이다. 그러고 보니 아르헨띠나의 유명한 민중가수 아따우알파 유빵기도 이 안데스 음악을 바탕에 깔고 특유의 음유시풍 노래를 읊지 않았던가? 문화를 기준으로 한다면 오늘날 남미의 국경이란 게 얼마나 자의적으로 그어졌는지 알 수 있다.

야뿌는 칠레 북부에 있는 황량한 광산도시 안또파가스따 출신들이 1960년대 말에 만든 보컬그룹으로 안데스 음악을 세계에 널리 알리는 데 가장 큰 기여를 한 그룹이다. 나는 1997년에 칠레의 싼띠아고에 들렀다가 이들의 음반을 몇개 구해 듣고는 단번에 반해서, 나중에 이들의 음반을 모조리 다 샀다. 그리고 바로, 여행 직전에 멕시코씨티의 메트로폴리탄 극장에서 열린 공연에도 가서 이

삐삭의 수공예품 시장.

들의 신들린 음악을 두시간 정도 만끽한 적이 있다. 가히 천재적이라 할 로베르또 마르께스의 리드 아래 이제 30년을 넘긴 연륜으로 안데스의 우수와 사회비판을 결합시킨 이들의 음악은 언제 들어도 질리지 않는다. 이들의 삼뽀냐 연주는 마치 안데스 산록에 뭉게뭉게 피어오르는 구름처럼 듣는 사람을 부드럽게 감싸고 지친 영혼에 평온을 안겨준다. 안데스의 오음계에 담긴 우수어린 멜로디에다 일하며 살아가는 사람들의 애환을, 굽이굽이 흘러온 역사와 민초들의 저항을 정감있게 담은 이들의 노래는 안데스의 거대한 뿌리에 대한 경외감을 자아낼 정도라고 한다면 지나친 과찬일까?

안데스 막걸리, 치차의 맛

잠깐 일행이 모여 찻집에서 쉬기로 했다. 여기까지 왔는데 옥수수로 담근 술 치차chicha를 한잔 해야지. 한병 가득 담긴 치차를 컵에 부어 주욱 들이키니, 우리나라의 농익은 막걸리랑 진배없다. "야! 참 술맛 좋구나! 감자전만 있으면 제격인데." 술맛이 좋다고 이구동성이다. 치차는 안데스의 전통주이다. 술의 농도는 발효시킨 뒤에 조절하기에 달렸다고 한다. 우리가 마신 것은 제법 진했는데, 나중에 다른 곳에서 마신 것은 달기만 하고 너무 묽어서 맛이 없었다. 그래도 삐삭에서 제대로 된 치차를 맛보았던 것이다.

잉까제국 시절에 인띠라이미 축제날이면 잉까는 황금잔에다 이 술을 따라 축배를 들었고, 귀족들에게도 나누어주었다고 한다. 물론 희생을 바칠 때 이 술을 뿌렸고, 또 영험한 우아까 앞에다 이 술을 바치기도 했단다. 오늘날에도 안데스 사람들은 치차를 애용한다. 그러나 꾸스꼬처럼 관광객이 많은 도시에서는 맥주가 주로 소비되고 시골에나 가야지 치차 마시는 풍경을 볼 수 있다. 사실 꾸스꼬 음식점에서 치차를 시킨 적이 있지만 없다는 말만 들었다. 냄새가 나기 때문에 취급하지 않는다는 것이다. 아마도 값이 너무 싸니 매상에도 지장을 줄 것이다. 그러나 시골에서는 어디든지 쉽게 구할 수 있는 술이다.

오얀따이땀보

우루밤바 강가의 호텔 식당에서 점심식사를 들고는 오얀따이땀보^{Ollantaytambo}
로 갔다. 삐삭에서 강을 둘러 건너가니 거대한 층계의 성벽이 나타난다. 여기가
바로 안띠수유, 즉 아마존 지역으로 뻗은 잉까의 동쪽 제국으로 들어가는 입구
의 거점이다. 행정의 거점이었으니 당연히 이전에는 꽤 컸으리라. 지금 이곳에
는 옛 요새의 흔적이 비교적 잘 남아 있고, 파괴는 되었지만 웅장했던 옛자취를
엿보게 하는 태양의 신전과 달의 신전, 그리고 꼰도르의 신전 흔적이 남아 있
다. 당시 아열대와 열대지방의 산물을 비축하여 꾸스꼬로 운반했을 거대한 국
가창고는 파괴된 것을 복원해놓았다. 그러나 지금 모습이 원형에 가까우리란
보장은 없을 것이다. 여기 창고에는 아마도 코카 이파리나 마꼬 앵무새 깃털 같
은 아마존의 고가품이 보관되어 있다가 꾸스꼬로 보내졌을 터이고, 다른 고산
지대 품목을 대신 받아와서 아마존 지역으로 운반했으리라. 이 땀보는 안데스

오얀따이땀보. 곡식과 공납품을 저장하던 창고인 꼴까를 복원해놓았다.

오얀따이땀보의 태양의 신전에 있는 거석. 지진을 견딜 수 있도록 돌로 만든 쐐기를 박아놓았다.

와 아마존을 잇는 거대한 상호의존과 상호보완 체계의 거점이기도 했다.

　오얀따이땀보엔 애틋한 사랑 이야기가 전해내려온다. 오얀따이는 잉까제국의 명장으로 이름이 높았다. 곳곳에서 승전을 하니 잉까가 그를 불러 물었다. 그대의 소원이 무엇인가? 장군은 오래 전부터 몰래 흠모하던 공주의 이름을 입에 올렸다. 그러나 잉까왕족은 다른 계급과는 결혼을 할 수 없는 불문율이 버젓이 살아 있었다. 신분을 넘는 사랑이란 요즘도 쉽지 않지만 예전에는 거의 불가능했으리라. 잉까의 꾸지람만 듣고 물러난 장군은 속이 끓었다. 그는 분기탱천하여 난을 일으켰고, 결국 패배하여 감옥에 갇히는 수모까지 겪게 되었다. 이전의 전공이 있어서 죽음을 당하지는 않았던 것이다. 시간이 흘러 전왕이 죽고, 후임으로 다른 잉까가 즉위했다. 그는 장군에게 특사를 허락했을 뿐 아니라 잉까의 넘쳐나는 자비심을 십분 발휘하여 그가 짝사랑한 공주와 결혼하게끔 은전까지 베풀었다. 해피엔딩으로 끝나는 이 이야기의 핵심은 불가능한 것도 잉까의 자비심이면 해결된다는 것일 테다. 잉까는 용맹, 이성, 자비로움, 그 모든 덕성의 화신이었다.

이곳은 또 스페인 정복자들에게 제국을 빼앗긴 뒤 황제 망꼬 잉까가 꾸스꼬를 탈환하기 위해 최후로 저항한 곳이기도 했다. 아직도 성채의 곳곳에 남은 파괴의 흔적은 그 당시 싸움 때에 생긴 것들이라고 한다. 여기서 패배한 잉까는 결국 정글지대인 빌까밤바 계곡으로 더욱 깊숙이 들어갔다고 한다. 예나 지금이나 게릴라전을 하기엔 열대우림지대가 최고인 모양이다.

요새 벽면의 꼭대기엔 웅장한 흔적을 보여주는 '태양의 신전'이 있다. 무게가 60~70톤 정도라는 거석은 여전히 그대로 남아 있다. 스페인 사람들이 신전을 거의 파괴했지만, 이 돌덩이는 어쩔 수 없어서 방치해놓았으리라. 가이드는 이 돌이 바로 이웃 산에서 나는 돌과 같은 종류로 아름드리 나무를 깔고 그 위에 인력으로 끌어올렸을 것이라는 연구자들의 가설을 들려주었다. 옛날 사람들의 힘과 지혜도 요즘에 못지않았던 모양이다.

수직적 군도, 안데스

오얀따이땀보에는 거대한 성과과 신전의 흔적도 남아 있지만, 거대한 국가창고도 있었다고 한다. 아마도 아마존의 고가품들이 이곳을 거쳐 다시 꾸스꼬로, 꾸스꼬를 통해 다른 산악지대로 교환되었을 것이다. 사실 안데스는 거대한 섬들이 떼를 이룬 것과도 같다. 그 섬들이 수평적으로 널려 있지 않다는 점이 해양의 군도와 다를 뿐이다. 어떤 학자는 이를 '수직적 군도'vertical archipelago라고 불렀다. 이 안데스라는 지리적 공간은 수평적인 상호의존성보다는 수직적인 상호의존성이 강한 곳이다. 물류비용을 따지는 오늘날의 시각에서 보자면 '저주스런 공간'이라 불러야 마땅하지만, 당시에는 경제적인 생존에 대단히 효율적인 씨스템이었을 것이다. 그 넓은 제국의 경제가 시장이란 제도 없이도 움직일 수

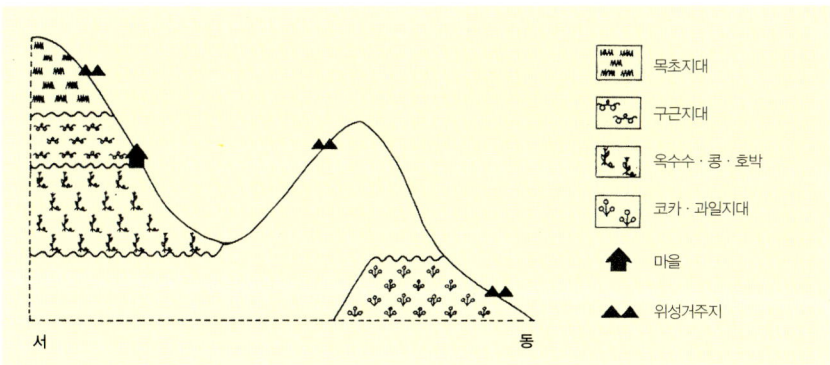

'수직적 군도' 안데스를 도식화한 그림. 최상층부는 목초지대로 야마나 알빠까를 길렀고, 그 다음 층에는 감자 같은 구근식물을 길렀으며, 그 아래 층은 옥수수, 콩, 호박을 심었다. 아마존 열대우림에 가까운 동쪽 사면의 저지대에는 코카 이파리나 과일을 재배했고, 이를 재배할 때 잠시 거주하는 숙영지가 있었다. 사람들은 구근식물이 자라는 2500미터 높이 고지대에 집을 짓고 살았다. 그런 점에서 안데스는 지형 자체가 거대한 상호의존의 체계이다.

있었기 때문이다.

이 '수직적 군도'는 높이에 따라 생산하는 작물이 달라서 거대한 분업과 상호보완의 체계를 이루고 있다. 3~4천미터 높이에는 목초지가 있으므로 야마나 알빠까의 방목에 알맞다. 바로 아래 지대에는 감자를 비롯한 구근식물들이 잘 자란다. 2300미터 아래쪽에는 옥수수나 콩과식물들을 재배한다. 반면 셀바지역의 저지대에서는 코카 이파리가 공급된다. 높이에 따라 생산되는 작물들이 다른 것이다.

잉까제국은 각지의 잉여생산물들을 중앙으로 집결하여 필요한 곳으로 보내주었을 것이다. 또 고도의 차이에 따른 지리적 다양성이 있었기에 천재지변에 따른 농업작황의 변화도 쉽게 흡수할 수 있었을 것이다. 국가발생이 시장경제의 등장과 기능적으로 연결되어 있다는 국가론은 적어도 이곳에서는 설득력이 없는 것이다. 안데스에서는 시장경제가 없었지만 거대한 국가들이 흥망성쇠를 다했던 것이다.

2 페루 기행

친체로 성당의 저녁 풍경

버스가 안데스의 산록을 굽이굽이 돌아 천천히 숨가쁘게 올라간다. 바로 이웃 마을로 이동하는 것도 이렇게 힘이 든다. 멀리 만년설에 잠긴 5500미터의 치꼰 산정이 보인다. 안데스산맥은 태평양의 판과 부딪쳐 지금도 매년 몇센티미터씩 오르고 있단다. 그러니 시간이 흐르면 산 높이도 계속 수정해야 할 판이다. 이 윽고 버스는 3800미터 고지에 자리잡은 아름다운 마을 친체로에 도착했다. 마을은 황토색으로 뒤덮인 언덕을 끼고 예쁘게 자리잡고 있다.

친체로Chinchero는 이전 잉까제국 시절에 뚜빡 유빵끼 황제의 궁전이 있던 곳. 그 궁전터는 지금 성당으로 바뀌었고, 그 앞에는 토산품을 파는 아낙네들이 진을 치고 있다. 울긋불긋한 천 색깔들, 각종 수공예품을 파는 아낙네들이 삼열종대로 시장판을 형성하고 있었다. 이것 자체가 하나의 장관이었다. 이곳은 전형적인 스페인 식민지 마을의 흔적이 잘 간직되어 있는데다가, 안데스풍의 색깔, 그리고 장대하지는 않지만 분위기에 잘 어울리는 고풍스런 성당건물이 있기에 관광객들이 필수적으로 들르는 코스로 유명하다.

해는 어느덧 서쪽 하늘에 나지막하게 걸쳐 있다. 석양의 붉은빛에 물든 이곳 성당은 왠지 피곤에 지친 여행객을 푸근하게 반기는 것 같다. 대체로 성당은 그 웅장함이나 화려함으로 들어가는 사람을 주눅들게 만드는 성스러움의 공간이다. 그러나 친체로 성당은 마치 유년시절의 추억이 배어 있는 자그마한 시골교회 같은 친근한 느낌을 준다. 어두침침한 내부에 눈이 약간 익숙해지고 나니 화려한 색채로 그려진 천장과 내벽의 벽화가 눈에 들어온다. 오랜 세월에 마모되고 탈색되었지만, 화려했을 그 옛시절의 흔적이 어슴푸레 남아 있다. 이 성당 내부도 온통 꾸스꼬 스타일의 예술기법을 마음껏 발휘한 장인들의 솜씨가 물씬 풍긴다. 어두운 색조의 화려함에서부터, 인디오 복장을 한 예수상과 인디오들의 쟁기를 든 싼 이시도로 라브라도르 성인상에 이르기까지 모두 안데스화된

친체로 성당의 앞마당에 펼쳐진 수공예품 시장.

115

카톨릭 예술이다.

안띠꾸초, 케밥의 순례여행

성당을 구경하고 내려오면서 배가 출출해서 꼬치구이를 하나씩 집어먹었다. 안띠꾸초anticucho라 불리는 이 꼬치구이는 안데스 사람들이 즐겨 먹는 음식 중의 하나이다. 당연히 이곳에서 나는 굵은 감자도 꼬치구이에 붙어 있다. 이 음식의 유래는 아랍의 케밥이다. 아랍 사람들이 고기를 양념하여 나무꼬치에 끼워 먹던 것을 프랑스 사람들이 유럽으로 들여왔다고 한다. 스페인 사람들도 아랍 사람들로부터 이를 수입했을 터이고, 16세기에 안데스 사람들에게 전했으리라. 안데스 사람들이 새로 덧붙인 것이라곤 감자뿐일 터인데, 왜 이 꼬치구이를 '안데스의 고추'라 부를까? 안띠anti는 께추아어로 안데스를 뜻하고, 우추uchu는 고추를 의미한다. 양념한 고기를 대나무 꼬치에 끼워 구운 다음에 발라주는 매운 소스 때문일까? 쌀쌀한 저녁 날씨에 꼬치를 보니 소주 생각이 간절하다. 하여튼 음식이든 예술이든 모두 길고긴 순례여행을 거치지 않은 것이 없는 것 같다.

P E R U

4

마추삐추를 향하여

다음날 아침 일찍 마추삐추Machupicchu로 가는 기차에 올랐다. 잠을 설치며 일어나 호텔에서 부랴부랴 식사를 하고 역에 도착하니 제법 근사한 일등석 기차가 대기하고 있다. 아니, 아침식사가 기차에서 제공되는데, 그 무성의한 가이드가 이를 알려주지 않았구나! 그렇게 서둘 필요가 없었는데…… 할수없이 남들이 맛있게 식사하는 걸 쳐다보며 창밖만 물끄러미 바라다보았다. 페루 가이드들은 왜 이 모양일까? 꾸스꼬로 온 뒤로 무엇이든 매끄럽게 연결된 일이 드물었다. 정말 이 사람들은 외지인들을 삐쉬따꼬 사촌쯤으로 여기는 걸까?

열차는 정말 기찻길 옆 옥수수밭을 지나 칙칙폭폭 달린다. 잠자는 아기만 없을 뿐이다. 삐이— 삐이— 울리는 경적소리가 생경하지만 어디서 들은 듯하다. 어디서 들었을까? 오라! 빌라 로보스의 「브라질풍의 바하」가 주범이렷다. 두번째곡 (아마존을 달리는) 「작은 기차」에서 들던 바로 그 경적소리이다. 허, 참 그것도 우연의 일치인가? 이 기차도 아마존 열대우림 방향을 향해 달리고 있지 않은가?

117

열차는 꾸스꼬의 산록에서 내려와 지그재그를 그리며 다시 이웃 산을 올라간다. 한두 시간이나 지났을까. 이미 기차가 열대우림지대에 접어들었는지 주변 풍경도 확 바뀌었다. 넓적한 푸른 잎사귀의 나무들이 촘촘하게 주위를 감싸고 있다. 우기철이어서 그런지 우루밤바 강의 물줄기도 제법 굵다. 황톳물이 힘차게 굽이굽이 치며 흘러간다. 이 물이 아마존을 관통하여 나중에 대서양 쪽으로 빠지겠지. 마추삐추도 바로 아마존의 입구에 위치하고 있으니, 먼발치서나마 아마존의 냄새는 맡을 수 있겠지. 이런저런 생각에 깜빡 졸고 나니 열차가 종착역에 도착했다.

돌기둥들의 무덤

차라리 한편의 거대한 서사시였다. 마추삐추! 그 오랜 세월을 견딘, "가장 은밀한 생식기"(네루다)인 대지 위에 우뚝 솟은 돌기둥의 무덤들이 여기저기 널려 있다. 구름에 가린 와이나삐추 봉우리가 손에 잡힐 듯이 바로 앞에 서 있다. 멀리 우루밤바 계곡의 강에서 뭉게뭉게 구름이 올라온다. 봉우리와 봉우리가 만나고, 구름과 꼰도르가 쉬어가는 잉까제국의 대성소. 마추삐추는 속인들의 발걸음을 물리치기 위해 이렇게 높은 곳에 자리를 잡았나 보다. 이 버려진 공간은 거대한 침묵으로 사람을 압도한다.

신전 마을과 이에 곡식을 공급하는 테라스 경작지는 엄격히 구분되어 있다. 모든 것을 뒤섞지 않고 질서를 추구하는 그네들의 도시설계는 산꼭대기 이곳에서도 예외는 아니다. 이상하게도 이곳 경작지에는 딴 곳에서 볼 수 있는 수로가 없다. 가이드가 간단히 설명해준다. "1년에 7개월은 비가 오는걸요." 참 우리 모두 비옷을 입고 왔지. 이곳저곳 구경을 하는 가운데에도 심심찮게 보슬비가 뿌렸다. 습한 지대지만 돌멩이들은 세월의 무게를 견디며 살아남았던 것이다.

역시 이곳에서도 잉까인들의 뛰어난 건축술을 확인할 수 있었다. 지진대인데다가 산꼭대기인지라 어설픈 건축술로는 도시를 세우기 힘들었으리라. 잉까의

마추삐추의 전경. 대부분은 최근에 복원된 것이다.

도시건설자들과 석공들은 세심한 내진설계로 이 도시를 건설했고, 돌들을 쌓았다. 태양의 신전이라 불리는 건축물의 벽면은 13도 경사각을 유지하며 서 있다. 창조주 비라꼬차 신을 모시는 주신전의 벽면에는 다섯 개의 벽감이 있는데, 역시 이것도 지진의 충격을 완화하는 장치라고 한다. 궁정 건축물의 벽면 아래에 있는 테라스는 밭이 아니라 지진의 충격을 흡수하는 장치라고 한다. 다른 곳의 건축물과 마찬가지이지만 벽면의 돌들은 정교하게 깎고 닦아서 붙여놓았다.

잉까의 대성소
띠띠까까 호수와 마추삐추는 잉까인들이 가장 성스러운 곳으로 여기는 성지이

안데스문명의 거대한 젖줄 띠띠까까 호수의 우로스 섬. 갈대밭이 수면에 떠 있는데, 그 위에 사람들이 갈대로 집을 짓고 산다.

다. 띠띠까까 호수가 잉까족의 기원에 해당하는 순례의 장소라면, 마추삐추는 주변의 모든 성소를 아우르는 대신전에 해당한단다. 고고학자 히슬롭의 주장이다. 이 대성소에는 유난히도 큰 돌들이 많다. 애니미즘 전통이 강한 이 종족은 큰 돌을 유난히도 숭배했는데, 마추삐추에도 의례에 이용되었을 큰 바윗돌이 열 개 정도 있다. 이 중에 하나가 태양의 돌이라 불리는 인띠우아따나Intihuatana 이다. 중앙에 축이 있어서 관광객들은 보통 '태양의 시계'일 거라고 생각하지만, 이것은 추측일 뿐이다. 희생의례에 사용된 돌판이 아닐까 하는 추정도 있다. 기록이 없기에 진실은 돌들만이 알

'태양의 돌'이라 불리는 인띠우아따나.

고 있으리라.

마추삐추의 또다른 기능은 천문관측소 역할이란다. '또레온'이라 불리는 둥근 모습의 건축물은 다른 곳의 잉까 건축물에는 보기 힘든데, 히슬롭은 아마도 씨를 뿌리고 추수하는 농사절기를 알기 위해 별자리를 관측했을 것이라고 본다. 또 6월 추분(남미에서는 우리와 반대이다)의 석양이 이 건축물의 문을 통과하도록 설계한 것도 그 증거 중의 하나란다.

빠차까막 신전의 옆에는 깊숙이 들어간 바위 동굴이 보인다. 여기서도 동혈 숭배가 있었구나. 삼계 중 하계를 상징하는 지하로 난 동혈. 잉까인들은 이를 사후세계로 가는 출입구라고 믿었다. 이것은 멕시코인이나 안데스인들이나 다를 바 없다. 이 동혈은 아마도 왕족의 시체안치소였을 것이란다. 덧붙여 마추삐추에서 발견된 잉까인들의 시신은 총 170구 정도였는데, 놀랄 만한 사실은 뼈를 분석해보니 매독에 걸린 사람들도 다수 있었다고 했다. 정복자들이 가지고 오기 전에 이미 아메리카에 매독균이 존재했다는 것이다. 매독균의 기원에 대한 오랜 논쟁에 이 마추삐추가 그래도 자그마한 기여를 한 것이다.

네루다의 마추삐추

"돌 위에 돌, 그대는 어디 있었나? 바람 속에 바람, 그대는 어디 었었나? 시간 속에 시간, 그대는 어디 있었나?" 네루다는 죽어간 사람들의 혼령을 애타게 불러낸다. 그는 돌들의 무덤에서 잊혀진 민중들의 고혼을 불러일으킨다. 돌들의 폐허에서 고통과 희생의 피라미드를 읽어내는 것이다. 씨 뿌리는 농부, 베 짜는 직공, 돌 깎는 석공, 야마를 치던 목동, 자기를 굽던 도공들의 혼백을 불러내어 수탈당한 자들의 혼을 위로한다. 그리하여 과거의 역사에서 현재까지 끈끈히 이어지는 투쟁의 뿌리를 확인한다. 살풀이와 아울러 그들에게서 저항의 에너지도 보충한다. 네루다는 이 산정에서 가진 자들을 위해 노래하지 않고 힘없고 수탈당하는 자, 잊혀진 자들을 위해 노래하겠다고 다짐한다. 아울러 칠레인이 페루인이 되고, 다시 아메리카인으로 하나가 됨을 확인한다. 참으로 민중시인다운 독법이다.

> 나와 함께 태어나기 위해 오르자, 형제여.
> 네 고통이 뿌려진 그 깊은 곳에서
> 내게 손을 다오.
> (…)
> 나는 그대들의 죽은 입을 통해 말하러 왔다.
> 대지를 통해 흩뿌려진 말없는 입술들을
> 모두 모아다오.
> 그리고 밑바닥으로부터 얘기해다오, 이 긴긴 밤이 다하도록.
>
> ─「마추삐추 산정에서」 중에서

리마의 황금박물관, 그 무질서의 총화

리마로 돌아온 뒤 우리는 박물관을 두루 다녔다. 잉까박물관에서 황금박물관, 역사박물관에 이르기까지. 잉까박물관에는 기원전 1500년의 문명인 차빈문명에서 나스까(BC 400), 모치까(BC 100), 빠라까(BC 900) 등 고대문명의 유산들을 볼 수 있었다. 잉까 이전 문명들은 지방에 따라 다양했고, 그 계보도 매우 복잡했다. 노트에 열대여섯 페이지를 받아적었지만 갈수록 미궁에 빠지는 느낌이다. 수천년 역사를 몇시간에 해결할 수는 없지 않겠는가.

리마가 자랑하는 황금박물관에도 갔다. 사설박물관이지만 그 엄청난 컬렉션에 놀랐다. 황금과 은을 비롯한 각종 금속세공품에서 갖가지 도기, 미라, 생활도구에 이르기까지 내가 본 페루 박물관 중에서 가장 좋은 전시물을 구비하고 있었다. 수만점에 달하는 종수도 그 어떤 국립박물관을 압도했다. 사실 국공립박물관에는 제대로 볼 만한 것이 거의 없었다. 대개 모사품이거나 흔한 공예품

뚜미라 불리는 희생제의용 칼로, 황금과 터키석으로 만들었다. 리마의 황금박물관 소장(왼쪽). 치무문명의 은제 공예품 '삼뽀냐를 부는 사람'. 뉴욕 메트로폴리탄 미술박물관 소장(가운데). 북부 페루의 우아까로로에서 발견된 부장용 황금 마스크(오른쪽).

들이 주류를 이루었다. 좋은 물건은 황금박물관에 모두 옮겨져 있었던 것이다.

황금박물관이 바로 페루사회가 안고 있는 무질서의 총화라 한다면 심한 말일까? 모두 도굴한 부장품을 암거래로 사다들인 것들이다. 그런 점에서 황금박물관은 대재난의 상처일 뿐이다. 어쩌면 외국으로 빠져나갈 물건들을 그나마 국내에 보존한 것은 큰 기여일지 모르겠다. 화려한 부장품들은 정복 이전의 페루 문명들이 얼마나 찬란했는지를 웅변하지만, 나는 하나하나에 제대로 된 목록이나 분류기호조차 붙어 있지 않은 것을 보고 곧 실망해버렸다. 여기도 도굴꾼들이 극성을 부리고, 제대로 된 부장품들은 이런 개인들이나 외국인들에게 헐값으로 팔려나가는 것이다. 혼란스런 페루 정국이나 중구난방의 박물관이나 무질서가 지배하고 있는 것이다. 관광객들은 화려한 황금색과 정교한 부장품들에 넋을 잃었지만, 나는 시종일관 마음이 개운치 못했다.

2 페루 기행

나스까를 향하여

이른 아침 호텔에서 식사를 마치니 여행사 직원이 나와 있다. 전날 급작스레 나스까Nasca 여행패키지를 구입했던 것이다. 돈도 돈이지만 멀고먼 페루까지 와서 이걸 보지 않고 간다는 게 찜찜하다는 일행의 주장이었다. 직원이 와서 갑자기 비용이 일인당 100달러씩 추가되었다고 양해를 해달라고 한다. 한참동안 달래고 설득하고, 협박까지 했지만 막무가내다. 가든지 아니 가든지 맘대로 하라는 식이다. 12인승 소형비행기의 자리를 예약하지 않으면 당일 구경이 쉽지 않으므로, 우리의 약점을 아는 직원은 횡포를 부리는 것이다. 결국 비행장에 가서 여행사 패키지를 취소하고, 항공사에서 그보다 더 싼 가격으로 티켓을 구입할 수 있었다. 300달러를 줄였지만 피곤한 출발이었다.

리마에서 소형비행기를 타고 이까를 향해 날았다. 우리 일행을 제외하고는 거의 일본인 관광객 아니면 일본인 2, 3세들이다. 비행기가 급유를 위해 이까에 내려 잠시 쉴 동안 우리는 나스까 라인에 대한 안내자의 설명을 듣고는 다시 비행기에 올랐다. 작은 비행기라 그런지 바람에 쉽게 흔들린다. 조금 지나니 고전하는 사람들이 속출한다. 멀미로 괴로워하는 한 일본인 여성은 구토까지 하니 안쓰럽기 그지 없다. 나도 나중에는 멀미증세에 좀 고생을 해야만 했다.

이까에서 나스까로 가는 길은 메마른 황야(빰빠)의 연속이다. 리마의 남쪽 해변가인 이곳도 오아시스가 있는 곳에서는 농사짓는 흔적과 조그만 마을을 볼 수 있지만, 갈색의 먼지로 뒤덮인 황량함이 지배하고 있는 지대이다. 멀리 팬암 고속도로가 시야에 들어온다. 30분쯤 비행하니 빰빠가 나오고, 그곳부터 나스까까지 그 유명한 나스까 라인이 펼쳐져 있다. 커다란 스케치북에 온갖 종류의 동물 그림을 그린 화첩이 한장씩 펼쳐 보인다. 이 그림은 적어도 지상 1500피트 이상의 높이에서만 볼 수 있으니, 비행기를 타지 않고선 전체 윤곽을 파악하기 힘들단다. 그림은 이전 나스까인들이 고생해서 그렸지만 그들은 보지 못했을 터이고, 결국 구경은 비행기를 탄 관광객들의 몫으로 놀아간 것이다. 그러니 세상은 원래 불공평하지 않는가?

우주선 선착장?

비상하는 큰 새, 펠리컨, 도마뱀, 벌새, 꼰도르, 원숭이, 거미 그림이 뚜렷하게 눈에 들어온다. 어떻게 저렇게 잘 그릴 수 있을까? 정확한 대칭감각이나 동물의 몸체를 추상화한 능력도 탁월하다. 그림 모두가 안정감도 있다. 누군가의 말대로 피카소에 못지 않다. 원숭이나 거미를 단순한 선으로 추상화하는 능력이 현대 추상화가들보다 나은 것이다. 하긴 피카소도 큐비즘을 어느 아프리카 부족의 조각에서 카피했다고 하지 않았던가? 따지고 보면 과거에서 현대로 넘어온 과정을 단선적인 진화와 발전으로 미화하는 것은 고대인들의 지혜과 과학적 지식을 폄하할 위험이 다분히 있는 것이다.

도대체 누가 이 그림들을 그렸을까? 무엇 때문에 광활한 빰빠에 이 엄청난 그림들을 남겨놓았을까? 그림이 발견된 지역은 길이 50킬로미터에 폭이 15킬로미터나 된다. 1937년경에 발견된 이래 나스까 라인은 온갖 논란과 억측을 불

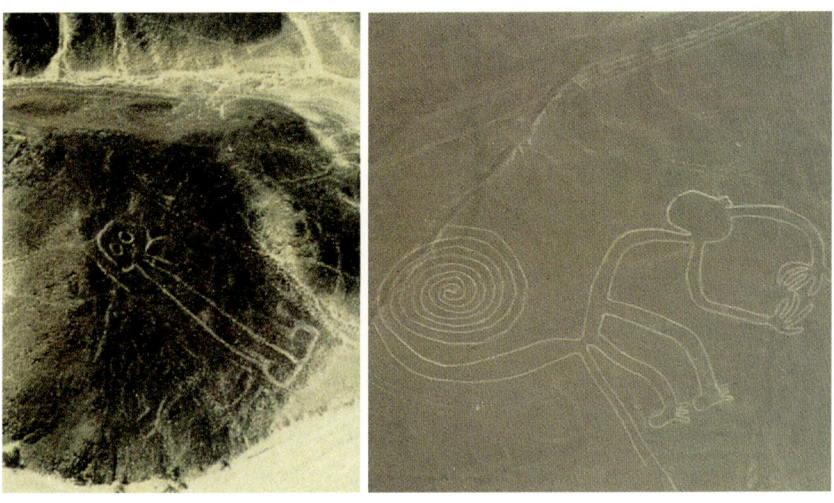

하늘에서 내려다본 나스까 라인. 부엉이 사람과 원숭이의 이미지가 선명하다.

2 페루 기행

러일으켰다. 60년이 넘게 고고학적 탐사와 연구가 이루어졌지만, 아직도 그 정체는 확실히 밝혀지지 않았다. 남아 있는 것이라곤 바람부는 황야의 그림들밖에 없기 때문이다.

먼저 폰 데니켄이란 학자가 『신들의 응답』이란 책에서 우주선 선착장이란 주장을 폈다. 나도 초등학교 시절에 어린이잡지에서 이런 식으로 씌어진 글들을 종종 접했고, 정말 그런 줄 알았다. 어떻게 고대 페루인들이 300미터나 되는 큰 새나 180미터가 되는 도마뱀 그림을 황량한 땅위에 정교한 인쇄물처럼 그릴 수 있었던 말인가? 그는 이것은 사람들의 작품이 아니라, 우주인들이 우주선 착륙에 이용한 표지판과 착륙장이라고 주장했다. 자신의 주장을 뒷받침하는 결정적인 자료로 그는 마치 우주인처럼 생긴 사람의 그림을 들었다. 정말 한 그림은 만화에 나오는 우주인처럼 생겼다.

한때 그의 조수로 일했던 마리아 라이헤는 이 의문을 풀려고 40년간 나스까 황야를 오가며 탐사와 연구를 했다. 그녀의 연구에 의해 황당한 주장들이 고개를 숙이기 시작했다. 라이헤는 고대 나스까인들의 뛰어났던 설계능력과 천문학적 지식에서 이 그림의 실마리를 찾았다. 폰 데니켄이 주장한 우주인 그림은 나스까 도기에 즐겨 등장하는 '부엉이 사람'의 이미지일 뿐이다. 우주인 도래설은 간단히 깨져버렸다.

오늘날은 그녀 덕분에 이 그림들이 천문달력이나, 아니면 별자리의 변화를 기록한 천체도의 일부라고 평가한다. 동물 그림들은 고대 페루인들이 숭상했던 우아까가 아니면 신들에게 바치는 제물이었을지도 모른다. 메마른 황야에서 신들에게 경배하고, 농사에 도움을 줄 천체의 변화를 함께 기록한 문명의 흔적이었으리라. 고대 페루인들의 실력에 대한 과소평가가 결국 우주인 도래설 같은 황당무계한 오리엔탈리즘으로 귀결되는 것이다. 라이헤의 말을 빌리면 나스까 라인은 "정복 이전 시대 페루의 과학과 과학자들이 남긴 다큐멘터리 역사로서 (…) 당시 중요한 천문지리의 변화를 기록한 기본서"라고 한다. 다만 그 책을

126

해독할 수 있는 알파벳이 우리들에게 완전히 해독되지 않았던 것뿐이다.

페루 해안의 음악

비행기는 곧 이까로 돌아왔다. 오랜 비행으로 배도 출출하다. 식사를 하기 위해 호텔에 있는 뷔페식당으로 들어갔다. 메마른 땅 가운데지만, 오아시스를 이용한 실내수영장도 갖춰진 고급호텔 안의 시설이었다. 시장기를 느낀 우리들은 근사한 해물요리와 과일들을 듬뿍 담아서 허기를 달랬다. 주변을 둘러보니 대부분 여가를 즐기러 온 외국인 관광객이거나 경제적 여유가 있는 수도 사람들 같았다. 유색인은 우리 같은 황인종을 제외하곤 거의 보이질 않는다. 한 구석에서 드럼과 기타로 노래를 부르는 가수 두 사람만 좀 짙은 피부색을 지니고 있다. 이까에는 리마와 마찬가지로 아직도 흑인마을이 있다고 하니, 아마도 물라또들일 테지. 역시 휴양지인 이곳에서도 피부색의 경계가 뚜렷하게 느껴진다.

네모난 상자를 두드리는 손놀림이 예사가 아니다. 저게 뭘까? 나중에 알아보니 까혼이라 불리는 드럼이란다. 박자도 리듬도 아프리카 흑인들의 냄새가 짙게 배어 있다. 아하, 해안가의 끄리오요 음악이구나. 먼 이까에 와서 아프로-페루 음악을 즐기게 될 줄이야. 이 음악은 안데스 음악과 달리 경쾌한 몸놀림의 댄스에 알맞은 곡들이다. 안데스 음악이 우수가 깃들인 애절한 오음계 음악이라면, 아프로-페루 음악은 밝은 리듬에 어깨와 허리가 절로 돌아가는 춤곡의 하이브리드 음악이다.

하필이면 봉고 같은 타악기를 쓰지 않고 네모진 까혼을 쓸까? 맨손으로 상자를 올라타고 앉아서 두드리는 이 타악기의 소리가 의외로 경쾌하지만, 네모 상자라서 공명에 지장이 있지 않을까? 페루의 음악학자 찰레나 차베스의 글을 뒤져보니, 까혼이 이곳에 주로 이용되는 이유가 있었다. 이곳에 온 흑인들은 고된 플랜테이션 노역에다 해안가 사막의 특성상 봉고나 마림바 같은 타악기를 만들기 쉽지 않았던 모양이다. 그래서 간단한 나무상자 형으로 북을 만들고 뒤쪽에

울림통의 구멍을 뚫어 두드리며 노래를 불렀던 것이다. 아마도 콩고의 반투족들이 이런 악기를 두드렸다고 연구자들이 전한다. 이 드럼에 기타주자는 마리네라, 폴카, 마주르카 등의 *끄리오요*풍의 왈츠곡을 연주하며 노래한다. 아프리카 리듬과 박자, 그리고 유럽에서 흘러온 춤곡들이 뒤섞여 독특한 아름다움을 빚어낸다.

오아시스 마을

이까의 박물관을 들렀다. 나스까와 이까 지역의 부장품이나 미라는 메마른 토양 덕분에 보존이 아주 잘되어 있었다. 검은 머리를 치렁치렁 늘어뜨린 해골을 보았고, 각종 문양이 수놓인 태피스트리(벽걸이) 컬렉션도 보았다. 이곳 문명도 상당한 수준에 도달했던 것이다. 시체를 말리고 보존하는 기술은 그 어디에도 뒤떨어지지 않았고, 태피스트리에 표현된 자수그림은 예술적으로도 뛰어난 문양이다. 어떤 그림들은 요즘 유행하는 추상화 그림 같기도 하다. 이까와 나스까 같은 해변가의 옛 문양들이 요즈음 의류 디자인에서도 많이 응용된다고 한다. '바뀌면 바뀔수록, 그대로이다' Plus ça change, c'ést la même chose. 자고로 태양 아래 새것이 없다고 했거늘.

　오아시스가 있는 이웃마을로 향했다. 이곳 여행의 마지막 코스이다. 버스는 뜨거운 햇빛 아래 먼지를 날리며 구불구불 기어간다. 마치 열사의 땅 아라비아 반도의 풍경처럼 커다란 모래산이 이어져 있다. 그야말로 다양한 페루의 자연적 풍광에 놀랄 뿐이다. 일주일 만에 우리는 꾸스꼬 지대의 쌀쌀한 날씨, 마추삐추의 열대우림이 주는 습한 무더위, 그리고 해안가 사막지대의 건조한 여름과 같이 별로 관련없어 보이는 온갖 기후들을 차례대로 맛보고 있는 것이다. 승합버스가 30분쯤 달리니 갑자기 푸른 나무들로 둘러싸인 조그만 호수가 눈앞에 다가선다. 관광객들은 느릿느릿하게 기어가는 오후시간을 뱃놀이로 때우거나, 그늘 아래에서 아이스크림을 들면서 보내고 있었다. 우린 생경한 오아시스와 사막언덕을 배경으로 열심히 셔터를 눌러댔다. 아니 이 사진을 사우디아라비아의 한 오아시스 마을에서 찍었다고 우겨도 모두 속아넘어갈 것만 같았다.

'깨진 거울' 리마로

우린 다시 리마로 돌아왔다. 밤 비행기를 타기까지는 반나절 정도 시간이 남았기에 페루의 심장부라 할 수 있는 쁠라사 마요르를 후딱 보았다. 아르마스 광장이라고도 불리는 이곳에는 대성당, 정부청사, 그리고 시청 건물이 운집해 있다. 권부가 한군데 모여 있는 셈이다. 대충 사진을 몇장 찍고 서둘러 찾아간 곳은 후지모리를 반대하는 대학생 시위대들이 지난 몇달을 뜨겁게 달구었던 정치 일번지 싼 마르꼬스 광장이었다.

이곳은 무질서 그 자체이다. 한쪽에는 공사판이 펼쳐져 있고, 실직자들이나 허름한 옷을 입은 어린이들이 여기저기 서성인다. 아이들은 조그만 물건을 가지고 다니면서 지나가는 사람들에게 사달라고 조른다. 구두닦이 소년들이 여기저기서 우리들에게 붙는다. 구두를 신지 않았는데도 아랑곳하지 않는다. 식민시대에 누렸던 영화와 부는 다 어디로 가버렸을까? 매연에 찌든 건물들도 관리를 하지 않아서인지 잔뜩 피로와 짜증에 지쳐 있는 듯하다. 사람들이나 건물들이나 어떤 페루 문인의 표현대로 '깨진 거울' 같다. '깨진 거울' 리마. 그래 식민시대에는 반짝반짝 빛나는 거울 도시였다고 했지.

다른 한쪽에선 플래카드를 든 소규모 시위대가 구호를 외쳐댄다. "후지모리를 감옥으로." 그를 송환하여 재판에 회부하기 위해 일본대사관 앞에서 시위를 한다는 정치집회 공고도 붙어 있다. 이들이 파는 정치신문을 한장 샀다. 아직도 이곳의 비판적 언론에는 맑스주의 수사가 강하다.

열악한 현실에서 타개책이 없을수록 정치적 수사는 급진적이 된다. 현단계 지구상 맑스주의 담론이 가장 강한 나라를 들라면 북한과 쿠바를 제외하고는 단연 페루가 1, 2위를 다툴 것이다. 이곳에서도 지식인은 대체로 좌파 성향의

아르마스 광장의 시위대. 범죄자 후지모리의 송환을 강제하기 위해 일본대사관으로 행진한다는 공고문이 보인다.

소유자들이다. 반면 정치인들은 이념적 지향과 관계없이 대체로 민중주의 스타
일로 자신을 치장한다. 세계은행 같은 기구에서 일한 바 있는 야당 대통령후보
똘레도 이념적으로는 신자유주의자로 기술관료형 정치가이지만, 선거에서는
'제3의 길'을 주장하는 중도파로 분식한다. 대중들과 엘리뜨들 사이의 간극도
크고, 피부색의 간극도 큰 이 나라에서는 민중주의자가 아니면 정치판에서 살
아남기 힘들기 때문이다.

빼스꼬 싸우어로 시작한 리마의 첫날처럼, 마지막 날도 이 술로 작별을 하기
로 했다. 태평양이 환하게 보이는 해변가에 자리잡은 쇼핑센터로 갔다. 산책로
와 전망대, 그리고 조경이 화려한 정원이 잘 가꾸어져 있다. 호텔이 있는 미라

플로레스에서도 그리 멀지 않기에 돌아가기도 쉽다. 선진국의 쇼핑몰처럼 화려한 광고와 하얀 피부의 중산층 사람들이 붐비는 곳이다. 마치 제3세계에서 방금 제1세계로 들어온 듯한 착각이 든다. 이렇듯이 리마에서 공간은 곧 계급과 피부색의 경계선을 따라 반듯하게 구획되어 있다. 적어도 이곳에서는 동냥하는 거지나 구두를 닦으라고 칭얼대는 꼬마도 찾기 힘들다. 그래! 마지막 날인데, 술이나 거나하게 마시면서 마무리하자.

세비체와 삐스꼬 싸우어를 시켰다. 역시 태평양 국가라서 그런지 해산물이 싱싱하다. 레몬즙에 버무려 나온 모듬해산물 세비체가 혀에 닿으니 좀 살 것 같다. 새콤하고 싱싱한 해산물 세비체는 멕시코에서 먹던 것보다 훨씬 낫다. 식도를 타고 내려가는 알코올 기운도 여행으로 지친 몸과 마음을 부드럽게 감싸안는다. 그날 우린 삐스꼬 싸우어 세 잔에 모두 녹아떨어져 테이블에서 모두 깜빡 잠들고 말았다. 그날 하루의 고된 일정 때문이기도 했지만, 무엇보다 십일간의 페루 여행이 끝났다는 안도감 때문이기도 했으리라.

제 3 부   싼띠아고의 열기

칠레 기행

페루

볼리비아

브라질

파라과이

태평양

이끼께

안또파가스따

칠

아르헨띠나

우루과이

발빠라이소

싼띠아고

레

꼰셉시온

발디비아

뿌에르또 몬뜨

칠로에 섬

대서양

또레스 델
빠이네

포클랜드 섬

마젤란 해협

띠에라 델
푸에고

뿐따
아레나스

칠레 지도

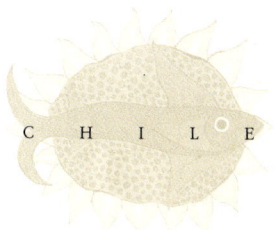

CHILE

1

단아하고 웅장한 싼띠아고

봉우리가 눈에 휘감긴 안데스가 나지막이 시야에 들어온다. 멕시코씨티에서 밤
비행기를 타고 싼띠아고 공항에 근접하니 오전 8시경이다. 도시 전체가 바닷가
의 산들과 안데스산맥 줄기 사이의 계곡에 고즈넉이 자리잡고 있다. 칠레 중앙
의 계곡 속에 파묻힌 이 도시의 고층빌딩들이 하늘을 향해 죽죽 뻗어 있다.

안데스의 눈들이 녹아서 흐르는 마뽀초 강이 수도를 가로지르며 흘러간다.
이곳 사람들은 마뽀초를 '싼띠아고의 쎄느'라 불러주길 바라지만 아무래도 이
강은 운치가 없다. 흐린 연초록빛 물이 콸콸 흐르는데다가 우리나라 강들에 비
하면 개울물에 가까울 정도로 규모도 작기 때문이다. 그래도 어떡하랴? 마뽀초
는 싼띠아고를 대표하는 강인데……

공항에서 셔틀버스로 호텔까지 가서 시내 중심지의 아파트형 호텔인 싼 프란
시스꼬 호텔에 여장을 풀었다. 낮이라 그런지 소음과 더위가 지독하다. 3년 전
에도 이 싼띠아고에 5일간 머문 적이 있었다. 그때는 학술회의 일정 때문에 시
내조차 제대로 구경하지 못했기에 이번에는 좀 여유있게 돌아봐야지. 카메라를

3 칠레 기행

안데스 산등성이의 눈이 보이는 싼띠아고 신시가지.

둘러메고 시가지를 어슬렁거리기로 했다.

아우마다 거리를 거쳐 아르마스 광장으로 걸어갔다. 18세기와 19세기에 세워진 신고전주의 양식의 건축물이 유난히도 눈에 많이 띈다. 바로크 건축물의 향기를 맛볼 수 있는 멕시코씨티나 꾸스꼬의 성당건물과 달리 오래된 주교좌성당에도 신고전주의적인 냄새가 풍긴다. 이웃에 자리잡은 레알 아우디엔시아 궁전(지금은 박물관으로 이용되고 있다)이나 좀 떨어진 곳에 있는 모네다 궁전(현재 대통령궁으로 이용되고 있다) 모두 거대함과 웅장함으로 보는 이를 압도한다. 바로크의 허세나 화려함보다는 고대 그리스 건축물들을 연상시키는, 단아

신고전주의적 건축물로 뒤덮인 구싼띠아고 거리의 구의사당과 시극장 정면도.

하고 웅장한 면모이다. 건축물을 보니 칠레 사람들의 기질을 엿볼 수 있기도 하다. 질서정연하고 단정한 이들의 국민성은 페루인들이나 멕시코인들과는 좀 다른 것 같다. 똑같은 스페인의 유산인데 왜 이런 차이가 생겼을까? 지진 때문에

옛날 건축물들이 모두 무너져버렸나? 여하튼 멕시코에서 브라질, 아르헨띠나까지 두루 보았지만 이렇게 신고전주의적인 건축물들이 우후죽순처럼 하늘을 향해 솟아 있는 곳은 처음 본다.

스페인어의 정글

멕시코에서 별문제 없는 스페인어도 싼띠아고에 도착하면 별로 효능이 없다. 한 일주일 동안은 이 사람들의 발음을 제대로 알아들을 수가 없었다. 웅얼거리면서 발음을 빼먹기는 쿠바인들도 마찬가지인데 칠레인의 발음은 더욱 알아먹기 힘들다. 정말 이곳은 스페인어의 정글이다. 이들이 스페인어라 부르는 '까스떼야노'castellano(스페인 까스띠야 지방의 표준어)는 사실 까스띠야Castilla 지방과는 전혀 관계가 없다. 이 땅에 처음 뿌리내린 선조들은 주로 안달루시아 지방에서 왔기에 이쪽 방언이 자리를 잡았기 때문이다.

칠레인들은 거의 대부분 단어의 끝부분을 발음하지 않는다. 예컨대 '뿌에스'pues 같은 단어는 거의 '뿌' 하는 소리밖에 들리지 않는다. 독재자 삐노체뜨Pinochet도 삐노셰로 발음한다. 배가 고파서 그럴까, 아니면 호흡이 곤란해서 그럴까? 부드럽게 발음하려고 일부러 그러는 것일까? 말에 별로 힘이 들어가지 않는다. 곡기는 부족하지만 쿠바인들의 발음은 그래도 힘에 넘치는데⋯⋯

게다가 속어로 쓰이는 단어들도 정말 많으니 따로 칠레방언modismo을 공부하지 않으면 제 아무리 스페인어를 잘한다 할지라도 곤욕을 치르기는 마찬가지이다. 젊은이들이 까차이cachai란 말을 남발하기에 이게 무언가 했더니 '너 알겠니?'entiendes란 뜻이란다. 영어단어 캐치catch에서 유래했다고 한다. 물론 점잖은 사람들이 하는 말은 아니겠지만, 이런 것들을 모른다면 거리의 언어를 전혀 이해할 수 없다. '예스'에 해당하는 스페인어 '씨'si란 표현도 전혀 들어보지 못했다. 이 경우도 영어의 '야'yeah의 변형인 '야'ya를 사용한다.

심리적 억압의 흔적

우선 대사관에 가려고 칠레대학교 역에서 지하철을 탔다. 깨끗한 지하역사 안에 거대한 벽화가 그려져 있다. 멕시코의 벽화운동이 이 나라에도 큰 영향을 주었던 것이다. 열차를 타고 가며 이곳 사람들을 둘러보니 대단히 정숙하다. 이들의 무뚝뚝한 시선에 약간의 긴장감이 느껴진다. 그러나 이곳이 멕시코씨티나 리마보다 훨씬 안전하다는 안도감에 자위한다. 동양인이라 그런지 자꾸만 사람들이 나를 아래위로 훑어보는 것만 같다. 청바지에 붉은색 반소매 차림으로 배

멕시코의 제2세대 벽화가 호르헤 곤살레스 까마레나가 그린 「라틴아메리카의 현존」의 부분. 칠레 곤셉시온 시에 있다. 까마레나는 싼띠아고의 칠레대학 전철역의 지하 벽면에도 비슷한 화풍의 그림을 남겼다.

낭을 멘 나는 자꾸만 위축된다. 나중에 알고보니 남을 아래위로 훑어보는 것이 칠레인들의 습관이란다. 이방인이건 처음 소개받는 사람이건 말을 건네기 전에 일종의 탐색시간을 갖는 것이다. '아, 옷을 형편없이 입었군! 아마도 별볼일 없는 놈일 거야.' '참 깔끔하게 차려입었군. 이놈 제법 쓸만한데!' 그래서 그런지 이 따가운 1월의 태양 아래서도 양복을 입고 다니는 남자들과 정장 차림의 여인네들도 자주 눈에 띈다.

길을 물어보니 무뚝뚝하고 짧게 답해준다. 짧지만 비교적 정확하다. 멕시코 사람들에게 길을 물으면 장황한 설명을 듣지만, 결국 길 가는 이는 미로 속에서 헤매게 된다. 이 점이 인상적이었다. 중남미 어디에서든지 남발하는 '감사합니다'Gracias란 말도 이곳에선 도무지 들을 수 없다. '그라시아스'라고 말할 때 멕시코 사람들은 반드시 '뭘요'De nada라고 맞장구치지만, 이곳 사람들은 '야'ya 하고 뒷끝을 살짝 올릴 뿐이다. 언어의 경제성을 지나치게 추구해서 그럴까? 이방인인 나에겐 다소 불편하지만 어쩔 도리가 없다.

쌘띠아고에서 내가 "이게 어때요?"라든지 "이걸 어떻게 생각하세요?" "어떻게 지내세요?" 하고 물으면 영락없이 그 답은 "그저 그래요"Mas o menos "별일 없어요"Nada particular이다. 매사 무얼 적극적으로 표현하기보다는 언어의 가면 속으로 자신을 숨긴다. 왜 그럴까? 치열했던 갈등과 싸움 속에서 피를 너무 많이 흘려서 그랬을까? 정치학을 공부한 나는 이런 언어습관이 사회정치적 갈등에 뿌리를 둔 심리적 상처에 기인한다고 해석한다.

"삐노체뜨 재판을 어떻게 생각하세요?" 이런 민감한 질문을 던져도 대부분의 사람들은 적극적인 의사표현을 자제한다. 과반수는 "난 정치에 관심없어요" 하고 꼬리를 내린다. 삐노체뜨주의자라면 이렇게 이야기한다. "그래도 그땐 부패하지 않아서 좋았지요. 지금 정부 아래서는 부정이 심해요." 이런 식으로 살짝 빠진다. 아옌데주의자조차도 쉽게 의사표시를 하지 않는다. 삐노체뜨를 그저 나쁜 놈이라고 욕할 뿐이다. 나중에 만난 한 여행가이드는 자신의 보스가 외국인에게 정치 이야기를 하지 말라고 했다고 했다. 물론 좀 친해진 뒤에 속마음을 이야기했지만. 칠레인에게 어둡게 드리워진 심리적 중압감은 생각보다 컸다. 소극적인 언어습관과 대화방식을 보면 민주화 나이 10년이 넘은 칠레사회는 아직도 심리적 안정감을 회복하지 못했음을 알 수 있다.

높은 물가와 값싼 포도주

숙소로 돌아오는 길에 인근 슈퍼마켓에 가서 저녁에 간단히 요기할 것을 찾았다. 싼띠아고의 포도주 가격은 우리나라 막걸리값 수준이다. 우리 돈으로 2~3천원을 주면 제법 괜찮은 포도주 한병을 살 수 있다. 과일도 지천으로 널려 있고 가격이 참 싸다..복숭아, 자두, 사과, 딸기 모두 질 좋고 달다. 사과도 미국이나 멕시코에서 파는 것과 달리 우리나라에서 먹는 사과 맛과 비슷하다. 물론 품종은 우리만큼 다양하지 않은 것 같다. 칠레와 자유무역협정을 맺으면 포도보다는 보관이 잘되는 사과가 틀림없이 골칫거리가 될 것 같다. 포도는 수확되는 계절이 우리와 정반대이니 크게 문제되지 않는다.

값싼 포도주나 과일과는 달리 가공식품이나 공산품은 무척 비싸다. 자그마한 퓨레소시지 하나 가격이 고급 포도주 한병 값이니, 술보다는 안주 가격이 훨씬 비싼 셈이다. 하긴 대부분의 공산품을 수입에 의존하고, 가공기술에는 로열티를 지불해야 하니 도리가 없겠지. 그러고 보니 일인당 국민소득이 훨씬 낮은데도 택시비는 우리와 비슷했고, 책값은 우리나라의 거의 두 배나 되었다. 칠레 학생들이나 학자들은 어떻게 책을 사보나? 한주가 다 가도록 나는 책방에서 맘 놓고 책을 살 수 없었다.

네루다를 찾아서

이튿날 나는 카메라를 들고 빠블로 네루다Pablo Neruda가 세번째 부인 마띨데 우루띠아와 함께 살았다는 생가를 찾아나섰다. 칠레인들에게 네루다는 하나의 신

3 칠레 기행

노벨문학상을 받는 네루다.

화이다. 사람들의 대화에서 삐노체뜨와 더불어 가장 많이 거명되는 사람이다. 삐노체뜨는 사람들을 가르는 하나의 푯대 기능을 하지만 네루다는 좌우를 막론하고 존경과 칭송의 대상이다. 이상하다. 우익들이 계급의식이 부족해서 그럴까? 그가 공산당원이었고, 스딸린주의자였다는 사실이 노벨상의 영광에 가려서 그럴까? 아니다. 이념으로 그를 재단하기엔 너무 거대하기 때문이다. 황홀한 언어의 연애시(「스무편의 사랑의 시와 한편의 절망의 노래」)가, 대지와 자연을 노래한 서사적인 웅장함(「깐또 헤네랄」)이 어찌 이념으로 논박될 수 있는 것일까? 그는 육중한 체구에 걸맞지 않게 대단히 섬세한 필치로 일상적 삶의 소박함(「단순한 것들에 대한 예찬」)을 그려내는 데도 일가견이 있었다. 안내하는 아가씨가 이르길, 칠레 사람치고 그의 연애시를 한줄 외지 못하는 사람이 없을 정도란다.

지독한 수집광

네루다가 다른 대가급 중남미 문인들과 다른 점이 있다면, 당대에 유행하던 '빠리병'을 타지 않은 거의 유일한 토박이 정서의 소유자라는 점이다. '프랑스화'는 19세기 독립 이래 이 대륙 문화계의 열병이었다. 당시 저명한 칠레 시인 비센떼 우이도브로는 프랑스어로 시를 썼고, 페루의 대시인 세사르 바예호는 "소낙비 맞으며, 빠리에서 죽으리"로 시작하는 시를 남기기도 했다. 노벨상을 받은 옥따비오 빠스도 이즈음 빠리가 자신의 지적 고향이라고 선언했다. 사실 앙드레 브르똥의 쉬르레알리슴은 유럽보다 라틴아메리카에서 더 난리를 쳤다. 브르똥은 자신이 '초현실주의적인 나라'라 불렀던 멕시코를 자기집 안방 드나들듯이 왔다갔다 했다.

네루다도 프랑스에서 영사생활을 했고, 나중에 대사직까지 수행했지만, 한번도 빠리풍의 국제주의자 흉내를 내지 않았다. 그에겐 뽈 엘뤼아르나 루이 아라공 같은

싼띠아고의 네루다 저택 '차스꼬나'에 있는 집의 문양.

시인 친구가 있었지만 교분은 개인적인 친분 이상을 넘지 않았다. 그에겐 무엇보다 로뻬 데 베가에서 알베르띠로 내려오는 스페인어 문학 전통과 아메리카에서의 삶이 우선이었다. 특히 북부 아따까마 사막의 초석광산에서 땀을 흘리는 광부들의 고난에, 다국적기업 유나이티드 프루츠United Fruits가 아메리카 대륙에서 자행하는 만행에 눈감을 수가 없었던 것이다. 그는 진정으로 대지의 시인이었고, 고통받는 자들의 응어리를 풀어주는 영매이기도 했다. 정복과 식민의 역사 속에서 패배한 자들을 서사시란 주술로 다시금 환생시킨 무당이기도 했다. 마추삐추 산정에 올라 그는 아메리카 전통의 위대함과 거대한 뿌리에 전율을 느꼈고, 죽을 때까지 대지와 그 인간들에게 충실하겠노라고 약속했던 것이다.

네루다는 공산주의자였지만 상복이 있어 경제적으로 궁핍하지는 않았다. 스웨덴에선 노벨문학상을 받았고, 소련에서 스딸린상을 받기도 했다. 외교관 시절 변변치 않은 수입으로 벼룩시장에서 모은 온갖 종류의 골동품과 조개 껍데기, 장서들이 그의 자택 곳곳에 박혀 있다. 그의 광기어린 수집욕을 넘보면 가히 질릴 정도이다. 조가비는 수만점을 모았고, 진귀한 장서도 즐비하다. 여기에

남아 있는 것은 생전에 칠레대학에 기증하고 남은 것들이란다. 테이블, 찻잔, 유리병, 술잔, 불상, 중국화, 부채 등 온갖 종류의 진기한 물건들도 적재적소에 잘 배치되어 있다. 네루다가 죽은 뒤에 마띨데가 공을 무척 들여 고인의 물건들을 잘 보존했다고 한다. 나는 연전에 갔던 이슬라 네그라의 별장에서 그의 호사가적 취미를 넘본 적이 있었기에 이번에는 대충 넘겼다. 이 정열적인 수집욕은 도대체 어디에서 기인하는 것일까? 내면에서 충족되지 않은 어떤 열정, 시로도 사랑으로도 뱉어내지 못한 열정을 만족시키기 위해서였을까? 알 수 없는 노릇이다. 다만 그의 개인적인 수집욕 때문에 칠레 외무부의 외교행낭이 이용되었고, 칠레정부가 운송비를 문 것만은 틀림없는 사실이다.

서재에는 노벨문학상의 상금으로는 샀다는, 달랑베르와 디드로가 편집한『백과전서』초판본, 17종에 이르는 다니엘 디포우의『로빈슨 크루소우』판본 같은 희귀본들이 눈에 띈다. 고인이 즐겨 읽었다는 휘트먼의 시집들도 한눈에 들어오게끔 전시되어 있다. 특이한 것은 당시에 나온 다양한 생물도감들이다. 아하! 네루다는 해양생물학에도 일가견이 있었던 것이다. 수만점이나 되는 조개 컬렉션이나 각종 해양생물 박제도 그저 그냥 모여 있는 것은 아니었다. 자연을 탐구자의 눈으로 본 시인이었던 것이다.

2

삐노체뜨 사건과 양분된 사회

아우마다 거리에서『엘 메르꾸리오』와『라 떼르세라』를 한 부씩 사들고 까페로 들어갔다. 삐노체뜨 기소를 둘러싸고 공방전이 치열하다. 벌써 2년도 넘은 지겨운 싸움이다. 삐노체뜨가 영국에 억류되어 국제언론의 핵심으로 부상했던 1998년 10월부터 지금까지 거의 매일 신문들은 삐노체뜨 사건을 둘러싼 일진일퇴를 보도하고 있다. 내가 이곳에 온 이래 재판기사는 거의 매일 지면 한두 페이지를 장식했다. 그것도 1면 전체를 도배할 정도로. 신문들의 논조는 특별히 누굴 지지하는 것 같지 않다.

"『엘 메르꾸리오』를 읽는다. 고로 나는 존재한다"는 말이 나올 정도로 유서깊은 보수정론지라는 이 신문도 가능한 한, 사실보도에 치중하고 가치판단을 유보한다. 가끔 학자들의 논평을 다루지만, 이 문제에 접근하는 글들은 대부분 조심스럽다. 그만큼 삐노체뜨는 이 사회에서 뜨거운 감자이다. 가장 많이 팔린다는『라 떼르세라』의 논조도 마찬가지이다.

그렇지만 칠레사회는 삐노체뜨를 둘러싸고 완전히 양분되어 있다. 한쪽은 군정시절 자행된 학살과 인권탄압의 원흉이니 책임소재를 철저히 밝히고 재판에 부쳐야 한다고 믿는다. 다른 한쪽은 공산주의자들이 득실거린 시절의 혼란에서 나라를 구한 장군에게 너무 가혹한 처사라고 비난한다. 후자는 이렇게 세 마디로 응수한다. "당시는 사실상 전쟁상태였다. 전쟁이니 피해자가 있는 것이 당연하지 않은가? 우리측에도 피해자가 있다." 이렇게 상반된 두 개의 언어가, 두 개의 논리가 시중에 뒹군다. 그러나 다수는 겁에 질린 듯 아무 말도 하지 않으려 한다. 군정시절에 심어진 심리적 공포가 아직도 사람들의 뇌리에 선명하기 때문이다.

어느 영화가 진실에 가까울까

바로 이 심리적 공포, 분열된 역사상 때문에 역사를 증언하고 기록하는 보고문학 내지 증언문학이 이 나라 문단에 오랫동안 유행했다. 망명작가들도, 국내작가들도 일찍이 이러한 심리적 상처를 문학적으로 형상화해왔다. 1998년에도 엔리께 라푸르까데의 소설 『아옌데』(1973)가 재출간되어 스페인의 『엘 빠이스』지가 소설 내용을 둘러싼 엇갈린 시선들을 지상토론으로 중개한 바 있다. '대통령동지'를 알코올중독자로 묘사한 이 작품을 두고 저명한 작가 호르헤 에드와르즈는 비판적 지지를, 아옌데주의자 쎄뿔베다는 사실을 왜곡하는 날조라고 격분을 감추지 못했다. 이 논란을 들여다보면 외견상으로는 포착하기 힘든 이 나라 문단전선의 가시철조망이 드러난다.

아마도 칠레사회의 상처를 그린 작품 중에서 외국인들에게 가장 많이 노출된 두 개의 작품을 꼽으라면 아마도 이사벨 아옌데Isabel Allende의 『영혼의 집』과 아리엘 도르프만Ariel Dorfman의 『죽음과 소녀』일 것이다. 둘 다 할리우드가 스타급 배우를 내세워 영화로 만들었기 때문이다. 연전에 우리나라에서도 개봉되어 관심을 끌었던 「하우스 오브 스피릿」은 제레미 아이언스, 메릴 스트립, 안토니오 반데라스가 주연배우로 나와서 칠레정치의 이념적 갈등과 화해를 이야기했고,

『죽음과 소녀』는 시고니 위버——비디오가 괴상망측하게도「시고니 위버의 진실」이란 제목으로 출시되었다——를 내세워 고문후유증에 시달리는 여성을 통해 민주화 이후 칠레사회가 안고 있는 고민을 이야기한다.

망각과 기억의 해법

전세계 대부분의 언어로 번역된 아옌데의 『영혼의 집』은 한 조사기관에 따르면 가르시아 마르께스의 『백년의 고독』보다 많이 팔렸다고 한다. 미국에 사는 그녀의 작품들은 동네 구멍가게나 가판대, 그리고 공항의 키오스크에서도 쉽게 찾을 수 있을 만큼 인기가 높다. 대통령 아옌데의 질녀인 이 작가가 쓴 소설이 왜 이렇게 많이 팔렸을까? 나는 이 소설의 가벼움과 통속성 때문이라고 생각한다. 이 여류소설가에겐 칠레의 역사를 멜로물로 만드는 뛰어난 기질이 있다. 오래 전부터 미국에 살아서 그런지 조국의 이데올로기적 갈등이나 심리적 상처를 지나치게 가볍게 묘사하고 너무 쉽게 화해를 처방한다. 그래서 인물 설정도 스토리 전개도 내가 보기엔 매우 부자연스럽다.

과두제 지주 출신인 보수정객의 딸이 쿠데타 당시 인민연합의 혁명세력의 일원으로 일하던 청년과 연애를 한다. 사실 이 청년은 노정객이 젊은 시절 일구었던 농장에서 일하던 농노의 아들이다. 그러니 주인의 딸과 농노 아들의 연애인 셈이다(계급의식이 투철한 칠레에선 그럴 가능성은 거의 없다). 쿠데타가 일어나자 이 좌익청년은 쫓겨다니고, 쿠데타를 지지한 노정객도 군인들의 싸늘한 태도에 상처를 입는다. 노정객은 이윽고 자신의 집에 숨어든 이 청년을 돕게 되고 캐나다 망명의 길을 열어준다. 이로써 이념간·세대간의 역사적 화해가 달성된다. 심리적 상처의 흔적도, 고통도 별로 없이 너무 쉽게 역사적 화해와 해피엔딩으로 끝난다. 바로 이런 멜로드라마적 성격 때문에 이 소설은 미국에서 그야말로 히트를 했다. 그러나 그녀의 소설은 역사적 기억을 회복하고, 화해를 처방하기보다는 '지나간 일이니 모두 잊어버리자'는 청산주의적 태도로 아픈 시대의 역사를 증언한다.

또다른 영화 「시고니 위버의 진실」은 바로 도르프만의 희곡작품 『죽음과 소녀』를 영화화한 것이다. 우리나라에서도 극단 미추가 두 번이나 이 극을 무대에 올린 바 있다. 배우 시고니 위버는 잠 못 이루는 고문 피해여성의 불안정한 성격과 심리를 정말 뛰어나게 묘사한다. 그녀는 그야말로 쌘띠아고의 피해자 가족, 아니 상처받은 이 나라 국민들을 대표한다. 쿠데타 이후 슈베르트의 현악 4중주곡 「죽음과 소녀」를 틀어놓고 자신을 전기고문하던 고문기술자(의사)가 어느날 남편(인권침해 조사위원장)과 함께 우연히 집으로 찾아든다. 그녀는 직감적으로 이 의사가 바로 자신을 고문했던 자임을 알아차린다. 남편은 히스테리로 반응하는 부인을 달래지만(그는 근거없이 역사적 화해를 시도하는 인물이다), 부인은 그 의사가 진실을 털어놓기 전에는 용서할 수 없다고 발광한다. 권총을 들고 계곡의 꼭대기로 고문기술자를 몰아 협박한 끝에야 그녀는 자백을 받아내고 그자를 풀어준다.

도르프만이 꼬여 있는 칠레정국에 대해 던진 해법은 정확하게 역사적 진실과 기억을 회복한 연후에 용서를 하는 '기억의 정치'이다. 그는 망각 위에서 멜로드라마식으로 전개되는 역사적 화해를 거부한다. 생략, 축소, 대조, 과장 같은 극적인 기법으로 칠레인들의 심리적 상처를 드러낸 그의 작품들은 권위주의 정치를 경험한 우리의 가슴에 잘 다가온다(그의 단편모음 『우리 집에 불났어』도 우리말로 번역 출간되었다). 삐노체뜨가 영국에 억류되어 있는 당시에도 그는 런던으로 날아가 그 통쾌한 순간을 만끽하면서 독재자를 희롱하고, 너무 쉽게 잊어버리려 하는 칠레의 타협주의자들을 비판하는 글을 여러편 남겼다. 그래서 칠레에서는 그가 너무 쉽게 행보를 한다고 하여 '이방인' 취급을 하기도 한다. 듀크대학에서 중남미 문학을 가르치는 이 망명작가의 글 속에서 본 '상처입은 칠레'를——비록 과장되고 생략된 것일지라도——나는 쌘띠아고 현지에서 몸소 느끼고 확인할 수 있었기에 이번 여행은 그만큼 즐거웠다.

두 개의 언어, 두 개의 제의

매년 9월 11일은 이 나라가 겪고 있는 '정치적 정신분열증'을 가장 적나라하게 드러내주는 날이다. 이날은 1973년 삐노체뜨가 쿠데타를 일으킨 날이기도 하고 아옌데가 모네다 대통령궁에서 장렬한 최후를 맞이한 날이기도 하다. 이날 삐노체뜨 지지자들은 군정이 정한 '조국해방일'에 '공산당의 학정'에서 나라를 구한 '구국의 영웅'을 기리는 가두시위를 하고, 군정의 피해자들은 아옌데의 묘소를 방문한 뒤 삐노체뜨 도당에 대한 처벌을 요구하는 가두시위를 한다.

우익은 이날 화환으로 가득찬 삐노체뜨 집 앞에 모여 노래를 부르거나 미사를 올리고, 폭죽을 터뜨리며 축하행진을 벌인다. 반면에 군정의 피해자들에게 이날은 죽은 자들, 사라진 자들을 추모해야 하는 고통스런 날이다. 시민사회단체나 아옌데주의자들, 그리고 피해자 가족들은 알라메다 베르나르도 오이긴스에서 출발하여 학살자 및 실종자 기념비가 있는 국립묘지로 행진하면서 "학살자 처벌"과 "진실과 정의"를 외친다. 민주화가 되었건만 그들에겐 모네다궁으로 향하는 모란데 거리는 막혀 있다. '보호받는 민주주의' 아래 들어선 두 명의 기민당 대통령들은 이 아옌데주의자들의 표 도움으로 집권했지만, 군부와 우익을 자극한다는 이유로 아옌데가 마지막 순간을 보냈던 대통령궁으로 시위대가 행진하는 것을 막았던 것이다.

아옌데주의자들과 삐노체뜨주의자들이 거리에서 경찰이나 상대방과 충돌하는 것은 뻔한 이치이다. 문제는 충돌과정이 격렬하여 자주 사상자가 발생한다는 데 있다. 가까운 해만 보더라도 1998년과 1999년에 각각 두 사람씩 사망자를 낸 바 있다. '조국해방일'을 폐지하려던 민간정부의 노력은 번번이 상원에서 무산되었다. 에두아르도 프레이 대통령은 1998년 5월에도 국민화해를 위해 쿠데타기념일 행사를 금지한다는 법안을 상정했다. 결국 삐노체뜨가 이끄는 보수파들은 상원에서 이 제의에 물을 타서 9월 11일을 '민족단합일'로 개명하는 데

타협했지만, 이름 바꾸기 정도로 양극화된 국민의 감정이 순화되지는 못했다.

정치권의 분열증세

이러한 정치적 정신분열증이 중증으로 도지기 시작한 것은 영국정부가 스페인 법정으로 인도하기 위해 삐노체뜨를 체포한 1998년 10월 이후이다. 이미 1996년부터 스페인은 삐노체뜨를 당시 칠레에 거주한 스페인인을 학살하고 테러한 범죄로 기소할 것을 검토하고 있었다. 칠레정부는 칠레에서 일어난 모든 사건의 재판관할권은 자국에 있으므로, 스페인의 이러한 요구는 부당하다고 여러차례 언급하고 이를 외교경로를 통해 전달한 바 있었다. 그러나 스페인 민주법률

독재자 삐노체뜨(사진)와 그를 루이 16세 풍으로 그린 만화가 구이요의 카툰. 1987년에 이 카툰을 실었던 잡지는 전량 압수되고 편집자는 구속되었다.

가협회는 스페인인과 비칠레인이 피해자인 경우이고, 더구나 인종학살이나 테러리즘에 관련된 범죄이므로 자국의 관할권이 적용되지 않는다고 밝혔다. 이러한 주장에 유럽의회와 유엔 고문반대위원회, 그리고 국제사면위원회가 가세하

여 삐노체뜨의 기소와 인도를 요구한 발따사르 가르손 검사는 일약 국제언론의 스타로 부각되었다. 영국은 바로 이러한 유럽의 분위기를 감지하고 신병 치료차 자국을 방문한 삐노체뜨를 즉각 체포했던 것이다.

1998년 말 세계언론의 시선은 삐노체뜨가 머물던 런던의 한 은둔지에 집중되었다. 결국 영국의 귀족원이 당시 종신직 상원의원이던 삐노체뜨에게 외교관에게 적용되는 면책특권을 인정할 수 없다는 결정을 내리자, 전세계의 칠레인 공동체와 칠레 국내가 떠들썩했다. 한쪽에서는 드디어 그의 재판이 임박했다는 기쁨에 떨었고, 다른 한쪽에서는 칠레의 수치라며 분노를 삭였다. 이제 장군의 운명은 영국 내무장관 잭 스트로가 쥐게 되었다. 환자이니 인도적 이유로 칠레로 돌려보낼 수도 있었지만, 인권침해 및 테러 사범으로 스페인으로 인도할 수도 있었다.

칠레의 '민주주의를 향한 연합정부'(꼰세르따시온 정부)는 곧 딜레머에 빠졌다. 프레이 대통령은 삐노체뜨의 체포와 인도를 바라는 스페인과 영국 정부, 그리고 다수의 유럽정부와 어려운 관계에 놓이게 되었다. 국내 정가도 들끓었다. 사회당 출신 외무장관은 재판의 관할권을 무시한 스페인정부의 처사가 칠레의 주권을 위협한다고 비난했지만, 결국 삐노체뜨 시절의 피해자가 가해자를 옹호한 꼴이 되어버렸다. 대통령을 위시하여 칠레정부는 사면초가에 빠졌다. 유럽정부들과의 관계도 어렵게 되었는데, 설상가상으로 연정 내부의 정치세력들이 정부를 비난하고 나섰다. 사회당 출신 의원들은 "삐노체뜨를 재판할 조건이 국내에는 존재하지 않는다"는 이유로 영국에 삐노체뜨를 국내로 돌려보내지 말 것을 요구했다. 심지어 기민당의 젊은 세력들도 프레이 대통령이 우익과 결탁하고 있다고 비난했다. 우익세력들은 그들대로 정부가 제대로 된 조치를 충분히 취하지 않는다고 목소리를 높였다. 삐노체뜨 사건은 그나마 힘든 행보를 하던 민주화 정국의 정치세력들을 갈가리 찢어놓았고, 지난 25년간 억눌려왔던 정치적 무의식의 세계를 완전히 수면 위로 올려놓았던 것이다.

'불충분한 민주화의 복수극'

삐노체뜨 재판을 둘러싼 칠레사회의 양극화는 바로 칠레의 민주화과정이 지닌 우여곡절을 반영한다. 이 나라의 뛰어난 정치학자 마누엘 가레똔은 이 양극화 과정을 '불충분한 민주화의 복수극'이라 불렀다. 사실 민주화가 된 10년간 아직도 군정기의 인권침해 사례에 대한 진상조사나 처벌은 제대로 이루어지지 못했다. 1973년 이후 5년간 군정이 범한 각종 범죄행위는 1978년 사면법으로 면책이 되어버렸지만 민간정부는 이 사면법을 아직까지 손대지 못했다. 3천명이 넘는 사람이 희생되고 이 중 1천여명은 사체가 어디에 있는지조차 모르는 실종자로 분류되어 있지만, 진상조사와 가해자 처벌은 아직도 첩첩산중이다.

또 삐노체뜨는 1988년의 선거에서 국민투표로 재신임을 받지 못했지만, 군정의 유산에 훼손을 가하지 못하게 헌법에다 여러가지 제도적 보장장치를 마련한 바 있었다. 우선 상원의원 정원 47명 가운데 9명의 지명직을 신설하여 삐노체뜨주의자들이 다수를 점하게끔 만들었고, 대통령이 임기를 다하면 종신직 상원의원으로 취임하도록 규정을 만들었다. 상원에 삐노체뜨주의자들이 과반수를 점한다면 헌법개정이나 주요 법률의 개폐는 사실상 불가능했다. 여기에다 군사령관들의 4년 임기를 헌법에 보장하여 민주화 이후 군통수권자인 대통령의 인사권조차 사실상 무력화했다. 이제 군부는 아예 헌법상 준독립기관처럼 행동할 수도 있게 되었다. 이게 소위 '권위주의 엔클레이브'라 불리는 것들이다. 바로 이러한 "저질의, 감시받는 민주화"(가레똔) 때문에 이 종신 상원의원 즉 삐노체뜨는 국내가 아니라 스페인에서 기소를 당하고 영국에서 체포되는 우여곡절을 겪게 되었던 것이다.

삐노체뜨의 귀환과 유죄판결의 순간

영국은 결국 인도적 차원에서 장군을 칠레로 돌려보냈다. 그동안 영국의 법조

계와 정부가 보여준 쇼로 유럽 맹방들에게 인권범죄는 치외법권으로 처벌할 수 있다는 점을 시위했으니 그 정도면 되었다 싶었다. 어차피 칠레는 포클랜드(말비나스)전쟁 때 이웃나라 아르헨띠나를 거슬러가며 영국을 도운 맹방이었고, 또 역사적으로 친영적 색채가 강한 나라이기도 했다. 칠레인들은 '남미의 영국인'으로 불리는 것을 제일 큰 자랑으로 여기는 사람들이기도 했다. 따라서 영국 내무장관은 정치적 효과가 불투명한 국제법이니 인권보다는 확실한 자국의 국가이익을 챙기기로 맘을 먹었던 것이다.

삐노체뜨는 군부와 우익의 대대적인 환영을 받으면서 본국으로 돌아왔다. 그 순간 그는 칠레 우익의 대표주자로 정치적으로 여전히 건재함을 확인했을 것이다. 그렇지만 그에게는 또다른 시련이 기다리고 있었다. 군정시절 남편을 잃은 공산당 서기장 글라디스 마린이 1998년 1월 칠레 법정에다 '죽음의 캐러번'이란 살인부대가 자행한 살인, 유괴, 폭력의 배후에 삐노체뜨가 있다고 고소했기 때문이다.

근 3년을 질질 끈 재판은 일진일퇴를 거듭하면서, 1심에서 유죄가 확정되었다. 우연히도 나는 이 1심재판의 역사적인 순간들을 싼띠아고에서 너무나도 생생하게 살펴볼 수 있었다.

더운 열기가 가시지 않은 1월의 오후 4시 땡볕 아래에 우연히도 모네다궁 옆을 지나가며 진귀한 장면에 접했다. 아옌데 동상 아래 많은 사람들이 운집해 있다. 아차, 신문 호외가 나돌았던 걸 보니 확정판결이 나왔구나. 사람들을 밀치고 안쪽으로 발을 옮겼다. 외국인 기자인 줄 알고 자리를 순순히 내어준다.

"불가능한 것처럼 보였던 것이 현실이 되었습니다." 비비아나 디아스 실종자 유가족연합 의장은 삐노체뜨에게 내려진 체포 및 가택연금 결정을 축하하는 자리에서 상기된 목소리로 외쳤다. 따가운 싼띠아고의 햇살과 열기 아래 사람들은 땀을 훔치며 연사들의 목소리에 귀를 기울인다. 군정시절 '죽음의 캐러번'이 자행한 57건의 살인과 18건의 납치사건의 피해자 측 변호사들도 그동안의 노

삐노체뜨의 기소와 가택연금을 축하하는 시위인파. 플래카드에는 '정치적 박해자 가족연합'이라 씌어 있다.

력이 결실을 맺었다며 감격스러워했다. 이제 부까멜루의 삐노체뜨 휴양처는 감옥소로 변하리니! 실종자 및 피해자 가족들에게는 참으로 멀고먼 길이기도 했다. 아옌데는 동상 위에서 이들의 축하인사를 물끄러미 듣고 있다.

칠레 현대사의 거인 쌀바도르 아옌데를 기리는 법무성 앞의 동상. 민주화된 칠레의 풍경을 실감케 한다.

재판 이후의 칠레

삐노체뜨에 대한 유죄판결은 칠레사회가 그만큼 성숙했음을 보여주었다. 칠레 국내가 삐노체뜨를 재판하기에 적절한 조건이 되지 못한다고 생각했던 외국 정부나 중도좌파 세력들의 의구심을 일거에 불식했기 때문이다. 재판부는 우여곡절을 겪기도 했지만 시종일관 차분하게 법치질서의 테두리 아래에서 재판을 감독하였고, 기소와 판결을 맡은 구스만 특별검사도 특유의 능수능란함과 여유로 정치화된 재판을 이끄는 데 성공했다. 그는 검은색 썬글라스를 낀 채 삐노체뜨가 성심성의껏 재판에 협조해준 데 감사하다며 능청스럽게 '신사'라고 추켜주기까지 했다. 삐노체뜨의 변호인단은 묵비권을 행사하라고 부추겼지만, 장군은 그렇게 치사하게 나오지 않았기 때문에 신사로 본다는 것이다. 스페인의 가르손 검사도 판결을 환영하면서 칠레 법원을 믿을 수 있다고 평가했다.

그러나 국내 여당 정치세력은 의외로 침묵을 지켰다. 구태여 긁어 부스럼을 만들 필요가 없다고 생각했기 때문이리라. 삐노체뜨를 열렬히 지지했던 우익 야당세력들도 의외로 지리멸렬했다. 해군의 한 장성이 "바람을 일군 자는 폭풍을 거두리라"며 구스만 검사를 겨냥하여 위협했지만, 제도로서의 군부는 침묵을 지켰고 군참모총장도 특별한 코멘트를 하지 않았다. 고립무원 속에 삐노체뜨의 가족들과 '삐노체뜨재단' 사람들만이 분통을 터뜨렸다.

아니, 군정시절에 덕을 본 그 많은 사람들이 이렇게 무관심할 수 있냐고! 그러나 이미 바람의 방향이 바뀌었는지 의외로 재판 이후 정국은 조용하기만 했다. 우익연합의 단일후보로 대통령 결선투표까지 올라가 아깝게 탈락한 리까르도 라빈 역시 삐노체뜨에게 구원의 손길을 뻗지 않았을 정도이니. 다음 선거를 염두에 둔다면 과거에 너무 연연할 필요가 없다고 생각했기 때문이다. 삐노체뜨를 열렬히 지지하는 '꼴보수'의 이미지로는 대선에 표를 모을 수 없으니. 세월의 인심이 이렇게 변화무쌍한 것은 칠레도 예외가 아니다.

새로운 세대의 군 수뇌부는 정치적인 입장 표명보다는 군의 전문화나 내부의 문제에 더 관심을 기울이고 있는 것 같다. 더이상 군부가 삐노체뜨에게 충성서약을 한다든지 민간정부의 재판에 입장 표명을 할 것 같지는 않다. 여기에 더하여 실종자들에 대한 진상조사를 요구하는 피해자 가족들의 대의에 교회가 명확한 입장을 취하며 지지하고 있기에 정부로서도 군의 눈치만 보며 얼버무릴 수는 없게 되었다. 이미 오래 전에 교회는 진상조사를 바탕으로 화해를 이야기할 수 있다는 입장을 확고하게 견지했던 것이다. '망각과 화해'보다는 '기억과 용서'로 입장을 정리한 교계 지도부의 입장은 28년간 피해자 가족이 겪은 고통을 해결해야 칠레사회가 정치적 정신분열증에서 벗어날 수 있다는 극히 현실적인 판단에서 나온 것이라 보여진다.

또 재판부도 군정시절의 인권침해 사례에 대해 좀더 적극적으로 진상규명에 나서고 있고, 경우에 따라서는 1978년의 사면법을 뛰어넘어 조사와 재판을 진행하고 있다. 이미 여러 건의 인권침해 사례가 다시 재조명되면서 퇴역군인들뿐만 아니라 현역장성들에 이르기까지 그 이름이 언론에 오르내리고 있다. 언론 역시 재판부의 새로운 접근법을 지지하는 듯 보인다. 헌법개정이나 군부의 성실한 정보공개는 아직 없지만 칠레사회의 전면에 점차 군정의 유산을 정리해야 한다는 목소리가 커져가고 있는 것이다.

아옌데 동상 앞에서

대통령궁 앞에 서 있는 아옌데의 동상을 바라본다. 그나마 낮은 수준이지만 이 나라가 이룩한 민주화의 수준을 가늠할 수 있는 징표가 바로 이것이다. 대통령궁의 동쪽과 사법부 건물이 마주보고 있는 광장 귀퉁이에 그가 깃발을 들고 힘찬 걸음을 내딛는 모습으로 서 있다. 한때 군정인사들이나 이에 동조하는 우익들은 그를 포르노를 즐기는 색광으로, 술주정뱅이로 기억했다. 늙은 변호사 알프레도 델 바예는 사망 당시 아옌데는 술에 취해 있었다고 묘사했다. 군의관이 검시를 해보니 "알코올이 가득 차 있었다"고 했다. "아옌데는 도덕적 자질이 없는 자예요." 군에 있는 자기 친구가 그의
집을 조사하고 들려준 이야기를 한다.
"가장 저질의 포르노그래피가 산더미처
럼 쌓여 있다지 뭐예요." 아옌데가 위스
키를 폭음하는 술주정뱅이였다는 이야기
는 이미 1973년에 나온 라푸르까데의 소
설 『아옌데』에 나온 낡은 이야기이다.

아옌데는 그동안 군정이 퍼뜨린 온갖
루머와 욕설을 듣고도 이렇게 살아남았

1971년 인민연합 수반 시절의 아옌데 대통령. 그는
사분오열된 인민연합을 이끌고 '사회주의로 향한
칠레의 길'을 걸었지만 좌절하고 말았다.

다. 진실은 세월이란 용광로 속에서 불의
시련을 견디며 정제되는 것이다. 그가 쿠
데타 소식을 듣고 국민들에게 라디오로 행한 마지막 연설을 기억해본다.

나는 포기하지 않으렵니다. 이 역사적인 순간을 맞이하여 민중들이 보여준
충성심에 생명으로 보답하렵니다. 나는 그들에게 확실하게 말했습니다. 수많
은 칠레인들의 고귀한 가슴에 뿌려진 씨앗이 결정적인 열매를 맺지 못하게
되었다고. 그들은 무력을 갖고 있으니 우리들에게 굴레를 씌울 수 있습니다.
그러나 죄악과 무력으로는 사회의 흐름을 장악할 수 없습니다. 역사는 우리
들의 편에 서 있으며 그것은 민중들이 만드는 것입니다. (…) 조국의 노동자
들이여. 나는 조국 칠레와 그 운명에 대해 믿습니다. 배반이 횡행하는 어둡고
암울한 이 순간을 다른 사람들이 극복해나갈 것입니다. 머지않아 다시금 자
유인들이 더 나은 사회를 건설하기 위한 큰 길을 열 것이라는 점을 마음에 새
겨둡시다. 칠레 만세! 민중 만세! 노동자 만세! 이 말은 나의 마지막 유언입
니다. 나의 희생이 허무하게 끝나지 않을 것임을 확신합니다.

3 칠레 기행

이것이 어디 뱃속에 위스키를 가득 채운 채 나올 법한 연설인가? 거인 아옌데는 그가 인민연합의 수반으로 저지른 수많은 정치적 실수에도 불구하고, 이 마지막 연설과 영웅적인 죽음으로써 암울한 독재정권의 탄압을 견디는 사람들의 도덕적 권위가 되었다.

나는 항복과 국외망명이란 카드를 거부하고 스스로 영웅적인 죽음을 택한 그에게서 이 시대에 보기 드문 정치가들의 책임윤리를 본다. 이에 비하면 삐노체뜨는 얼마나 비겁한가? 자신이 권좌 꼭대기에서 지시한 대부분의 인권침해사건을 해당지역 사령관 책임이라고 전가하고, 심지어 변호인단은 '노인성 치매'로 기소중지를 애원하니 말이다. 삐노체뜨의 재판을 보면서 나는 아옌데의 죽음이 역시 헛되지 않았구나 생각했다.

모네다 궁전

1973년 9월 11일 칠레 공군기 두 대가 공중폭격을 가해 불바다가 되고 형편없이 부서졌던 모네다궁은 이제 그 시대의 상흔을 찾아볼 수 없을 정도로 깨끗하게 단장하고 있다. 까라비네로(군경) 복장을 한 사람이 관광객을 반긴다. "여긴 아옌데가, 저긴 삐노체뜨가, 지금 이곳은 현 대통령이 집무하는 곳이랍니다." 친절하게 건물의 내력을 밝히면서 관광객을 안내한다. 쿠데타 이후 8년 동안이나 삐노체뜨는 아옌데의 망령이 두려운지 이곳을 버려두었단다. 민간인들에게 궁전을 개방하기로 한 것은 리까르도 라고스 대통령이 들어서면서 정부의 권위주의적 태도를 불식하기 위해서란다.

사실 이 궁전은 이름——모네다moneda는 '돈'을 의미한다——이 암시듯이 이전에 조폐창 건물로 들어선 것이었다. 일국의 대통령 집무실치고는 너무 수수할 뿐 아니라 규모도 작다. 언젠가 누군가 우리나라 정치인 한사람을 안내하여 이곳을 들렀더니 "시시하게 이런 건물 보여주려고 시간을 낭비하느냐"고 책망을 단단히 들었단다. 나는 그 정치인이 이 건물에서 정말 읽어야 할 것들을 놓

칠레 현대사의 영욕이 고스란히 스며 있는 라 모네다 궁전

쳤구나 하고 실소를 금치 못했다. 조폐창을 개조하여 대통령궁으로 쓰는 칠레 정치인들의 검약한 정신과 대통령 집무실이 버젓이 있는데도 민간인들에게 개방하는 반권위주의적 태도 말이다.

CHILE

3

여러개의 칠레

여행객들에게 칠레란 어떻게 정의될 수 있을까? 길이 4300킬로미터, 폭 180킬로미터로 뱀처럼 길쭉한 나라. 동쪽에는 안데스산맥이 막고 있고, 서쪽에는 태평양이 갈 길을 막으니 사람들이 막혀 있다는 고립감을 느끼리라. 이 나라 사람들은 개활지의 육지에 산다고 느끼기보다는 고립된 섬에 산다고 느낄 것이다. 우리 경부고속도로의 10배 남짓한 길이이니, 온갖 기후대와 사막, 평원, 고산지대 같은 다양한 지형을 볼 수 있다. 남쪽에는 화산 분화구의 호수지대와 피요르드 지형이 빚어놓은 아름자운 자연도 볼 수 있다. 또 모든 곳이 바다로 쉽게 접근 가능하니 다른 중남미 국가들과는 달리 커뮤니케이션의 고립에서 나오는 지방주의 같은 것은 발달하기 힘들 것이다. 대충 이 정도가 지리적 특징에서 읽을 수 있는 메시지이다.

그러나 국경 개념이 아니라면 칠레를 하나로 묶는 것이 가능할까? 나로선 불가능한 노릇이다. 내가 칠레에서 본 것은 심대한 대조와 부조화, 그 자체였기 때문이다.

차라리 '여러개의 칠레'가 병렬되어 있다고 말해보자. 그래야 이해가 쉬울 것 같다. 북쪽은 지구에서 가장 건조하다는 아따까마 사막이 뻗어 있고, 역사적으로나 문화적으로 페루와 가까운 지역이다. 태평양전쟁 전에는 북부의 대부분이 페루와 볼리비아의 땅이었다. 반면, 남쪽으로 가서 뿌에르또 몬뜨 주변 도시들을 보면 독일의 소도시를 옮겨놓은 듯한 느낌을 받는다. 북쪽의 노래들은 우수가 깃들인 안데스의 음악적 전통을 따르고 있다면, 남쪽에서 즐겨 부르는 마리네라는 토착음악에다 씩씩한 북유럽풍의 리듬이 가미된 멜로디이다. 비올레따 빠라가 부른 칠레의 민속음악은 주로 남쪽 계열인 데 반해, 오늘날 인기 정상의 그룹 야뿌가 부르는 노래는 완전히 안데스 음악이다. 그렇다면 칠레는 북쪽에 있는가, 아니면 남쪽에 있는가? 반면 싼띠아고는 다른 나라의 수도와 다를 바 없이 쇼핑몰과 고층빌딩, 그리고 바삐 움직이는 사람들로 호흡이 가쁘다. 다른 어느 수도와 마찬가지로 여기서도 유럽과 미국의 첨단유행이 칠레의 것들과 나란히 병치되어 있다. 그러니 '칠레성'chilenidad이라 할 공통의 특성을 찾는 것은 쉽지 않다.

칠레는 멕시코와 달리 지리적으로도 문화적으로도 엄격한 대조 내지 부조화를 보인다. 이 점에서 칠레는 인디오와 백인문화가 분열된, 안데스와 해안가의 분열이 뚜렷한 페루와 유사한 점도 있지만, 페루처럼 인디오 인구가 다수를 점하지는 않는다. 백인 내지 희멀건 메스띠소 중심의 인구구성은 오히려 이 나라가 아르헨띠나에 가깝다는 느낌을 줄 정도이다. 다양한 요소들이 뒤섞이지 않고 그대로 무늬와 빛깔을 드러내는 '콘트라스트의 나라' 칠레를 남과 북을 종단하며 여행한 것은 여름 더위가 한창인 2월 초순과 중순이었다.

마젤란 해협에 서서

하얀 포말이 어두운 녹색 바다 위에서 끊임없이 밀려온다. 세찬 바람이 사정없이 나그네를 때린다. 마젤란 해협이다. 1520년 마젤란이 우여곡절 끝에 이 구불

빙하의 잔해가 보이는 마젤란해협. 우측에는 해협을 유람하는 배가 보인다.

구불한 해로를 발견하고 이를 거쳐 태평양으로 들어가 처음으로 세계일주의 기록을 세운다. 이 해협 주변의 곳 이름이 '환상' '마지막 희망' '방해물'이라고 붙여진 것만 보아도 마젤란 일행이 얼마나 고생을 했는지 알 수 있다. 이 해협은 적어도 파나마운하가 개통된 1903년까지 태평양과 대서양을 잇는 중심 해로였고, 따라서 외항선들의 왕래도 많았다고 한다. 덕분에 칠레의 발빠라이소는 페루의 까야오(리마의 외항)와 경쟁하는 국제적인 항구로 이름을 떨칠 수 있었다. 그러나 파나마운하가 개통된 후 이 해협은 다시 한적한 곳으로 변한다.

내가 서 있는 이곳이 바로 남미대륙의 '땅끝 도시'. 뿐따 아레나스는 바로 바다 건너편에 있는 띠에라 델 푸에고와 마주보며 서 있다. 물론 띠에라 델 푸에고가 더 남쪽에 있지만 이것은 섬일 뿐이다. 여기서 싼띠아고까지는 3100킬로미터, 비행기로는 세시간 반이 걸린다. 차라리 아르헨띠나의 부에노스 아이레스가 더 가깝다. 여름이지만 날씨는 차다. 사방에서 세찬 바람이 몰아치니 길을 걷기도 쉽지 않다. 도대체 이곳 사람들은 눈덮인 겨울을 어떻게 날까?

이주민들의 인간사냥과 훈육

호텔에 여장을 풀고 맞은편 광장의 마젤란 동상을 구경하고 인근에 있는 사라 브라운 박물관으로 향했다. 박물관은 브라운 메넨데스 가문의 저택을 개조하여 만들었는데, 1983년 삐노체뜨가 공화국 대통령의 자격으로 개관했단다. 한 방에는 초기 이주기에 사용된 라이플들이 잘 진열되어 있다. 아마도 이 소총으로 죽은 인디언들도 적지 않으리라. 이주민과 원주민의 인구변화를 보여주는 그래프가 한쪽에 달려 있다. 1946년을 기점으로 원주민들은 거의 사라졌다. 19세기와 20세기 초엽에 이들 원주민들은 주로 목장 지주들에게 무더기로 죽임을 당했던 것이다.

목초지를 넓히려는 목장주에겐 사냥과 채집에 의존하며 떠도는 원주민들이 골칫거리였다. 게다가 이들은 가끔 양을 잡아먹기도 했으니. 메넨데스 베에띠 가문 같은 대지주들은 원주민 한명의 고환이나 귀를 잘라오면 1파운드를 지급했다니, 직업사냥꾼들에겐 짐승보다는 사람사냥이 더 나은 돈벌이였던 것이다. '붉은 돼지'란 별명의 사냥꾼은 인디언 사냥만으로도 1년에 100파운드 정도는 거뜬히 벌어들였다고 한다.

박물관에는 브라운 메넨데스 가문의 영화를 보여주는 물건과 집기도 즐비하다. 이딸리아에서 수입한 흑단 테이블이라든지, 루이 15세 시절의 호두나무 의자, 화려한 무도장, 호화판의 당구장, 성상화, 그리고 초상화들이 즐비하다. 이 추운 골짜기에서도 지주들은 유럽의 중심부에서 누릴 만한 삶을 즐겼던 것이다. 나중에 알아보니 이들의 목양지 규모도 엄청났단다. 전성기에 이곳에 친 양의 머릿수가 200만 두를 넘었다고 하니까.

좀 떨어진 곳에 있는 쌀레지오 지역박물관으로 향했다. 이곳에는 이딸리아의 쌀레지오 수도회 수사들이 이 지방 인디오들을 개종시킨 역사를 기록하고 있다. 목장주들이 띠에라 델 푸에고의 인디오인 오나족을 학살하곤 해서 문제가 심각해지자, 칠레정부는 1890년에 이딸리아의 선교사들에게 도슨 섬에다 20년간 전교할 수 있는 권한을 부여하고, 인디오들이 문명생활에 적응할 수 있도록 배려했던 것이다. 그런데 이 배려란 게 실상은 '말썽꾸러기' 인디오들을 섬에다 가두어 훈육시키는 '감시와 처벌'에 다름아니었다. 만약 칠레정부가 원주민들을 칠레사회에 적응시키려는 의도가 있었다면 왜 스페인어도 못하는 이딸리아 수사들을 데려왔을까? 틀림없이 이 쌀레지오회 수사들은 하느님의 말씀을 따르는 믿음의 일꾼들이었을 것이다. 그래서 원주민들에게 성경도 가르치고 문명생활의 이점을 납득시키려고 노력했을 것이다. 게다가 성스런 노동의 의무도 인식시켰을 것이다. "그대 이마의 땀방울로 빵을 먹게 될지니." 원주민 아이들은 이 구절을 노트에 1백번 반복하여 적어야 했다고 한다. 이 박물관에는 이들 원주민들이 힘들여 짠 수예품이나 천들, 그리고 성의나 의복들이 잘 간수되어 있다. 모두 인디오를 훈육시킨 결과물인 셈이다. 과연 20년 뒤의 결과는 어떠했을까? 전교계약이 끝난 1911년 9월 섬에 남아 있는 원주민은 500명에 남짓했던 반면, 이곳 묘지에 안식을 찾은 원주민은 800명에 달했다고 프랑스 인류학자 조셉 앙페레르는 기록을 남기고 있다.

포도주, 잠자는 미녀를 깨우며

저녁식사를 들기 전에 공항 근처에 있는 면세점으로 갔다. 소프리Zofri라 불리는 면세구역은 지역경제를 활성화하고 관광객을 끌어들이기 위해 정부가 부가가치세 18퍼센트를 면제해주고 6퍼센트의 관세만 물품가격에 부가하는 곳이다. 그래서 관광객들이 한번쯤 발길을 옮기는 곳이다. 일행 중 두 사람이 물건을 고르고 나오니 바로 입구 쪽에 포도주 도매상이 눈에 들어온다. 어차피 저녁에 포도주를 한잔하려고 했는데…… 일행 중 포도주에 일가견이 있는 분이 나선다. '꼰차 이 또로' 2병을 샀다. 무척 싸다.

칠레는 어디를 가나 해물요리가 일품이다. 바닷가재, 조개탕, 연어요리…… 멀리 땅끝, 밤의 적막함 속에서 우리는 술잔을 기울이며 오랜만에 회포를 풀었다. "포도주는 이렇게 마셔요." 계속 잔을 빙빙 돌리며 우리를 불안하게 하던 포도주 박사가 말을 꺼낸다. 적포도주의 균들은 오랫동안 코르크로 막힌 감옥 속에서 제대로 호흡하지 못했기에 산소를 좀 넣어주어 깨워야 한단다. '잠자는 숲속의 미녀'라 할까? 미녀를 깨워서 정신을 차리게 해서 마셔야지 그냥 마시면 맛이 제대로 나지 않는다고 한마디 하신다. 그러고 보니 아까 포도주를 갖다준 종업원도 병을 딴 뒤에 계속 돌리며 보조를 맞추었구나.

"마이뽀 계곡의 포도주가 좋은 것은 바로 일교차가 크고 일조량이 많기 때문이지요." 칠레 중앙지역이 포도와 포도주 생산지로 이름높은 것은 바로 이런 기후조건과 탁월한 토양이 뒷받침을 하고 있기 때문이다. 남부 캘리포니아의 나파 밸리도 마찬가지란다. 가격 대비로 볼 때 칠레 포도주는 스페인이나 프랑스 포도주와는 비교가 안될 정도로 양질이다. 그러니 미국시장을 포함하여 세계시장에서 그 성가가 높지 않은가? 이날은 포도주 박사의 강의를 들으며 시종일관 재미있게 술을 마셨다.

양들의 침묵

이튿날 우리는 가이드와 함께 푸에르또 나딸레스를 거쳐 또레스 델 빠이네 Torres del Paine로 향했다. 이곳은 피요르드 지형으로 만도 구불구불하다. 나지막한 목초지가 길가에 연이어 있고, 이따금 양떼나 야생동물들이 여행자들을 반겨준다. 길은 포장도로는 아니지만 시속 100킬로미터를 낼 수 있도록 잘 다져진 흙길이다. 원래 지반이 굴곡이 없어서 그런지 길에는 신통할 정도로 파인 곳이 없다.

두 시간쯤 달린 뒤에 우리는 양치는 목장을 구경하기 위해 잠시 멈추었다. 진입로로 한참 들어가니 마침 털을 깎기 위해 우리로 들어가는 양떼를 만났다. 개두 마리가 50마리쯤 되는 양떼를 몰아 우리로 집어넣는다. 사람이라면 여럿이 움직여야 할 텐데, 개는 주변에서 어슬렁거리는 양들을 위협하여 일사불란하게 일을 처리한다. 양들은 그저 순하게 따를 뿐이다. 이놈들이 소위 '일개'working dog들이로구나.

작업장에서는 목장 인부들이 양털을 깎느라 분주하다. 숙련된 일꾼들은 거의 1~2분 내에 양 한마리의 털을 기계로 깨끗하게 깎아낸다. 아주 세련된 솜씨이다. 다음 순서를 기다리는 양은 공포에 질린 듯이 부들부들 떨고 있다. 야! 이게 '양들의 침묵'이로구나. 개에게 호되게 당하고, 이제 공포의 기계음을 들으며 자신의 털을 인간에게 진상할 운명의 시간을 기다리면서…… 내가 손을 내미니 잽싸게 피한다. 공포에 질린 듯 시선조차 맞추려 하지 않는다. 인간들은 잔인하게도 이 양떼가 있는 우리 옆에다 피가 말라붙은 양가죽을 벗겨놓았다. 한쪽에는 일꾼이 털을 잘못 깎아서 생긴 상처로 핏자국이 얼룩진 불쌍한 것들도 있다.

여기서 깎은 양털은 차곡차곡 뭉쳐서 바로 뿐따 아레나스 인근의 세척장에서 간단히 씻은 다음 바로 수출한다. 한때 이 지역은 아르헨띠나, 호주와 더불어 세계 전역에 양털을 공급하던 이름난 곳이기도 했다. 전성기에는 주변 모두가 양을 치는 목장이었다고 하니.

눈덮인 또레스 델 빠이네

오후 느지막한 시간에 또레스 델 빠이네 공원에 도착했다. 비가 줄기차게 내린다. 음산한 날씨에 비까지 내리니 경치 구경하기엔 별로 좋지 않다. 숙소의 무쇠난로 옆에 앉아 젖은 옷을 말리며 어제 사들고 온 포도주 한병을 비웠다. 또레스 델 빠이네 공원은 피요르드 지형이 만든 천혜의 관광코스이다. 눈에 덮인

호수를 끼고 있는 '남미의 알프스' 풍경. 멀리 뒤편에 솟아 있는 벽 모양의 산들이 또레스 델 빠이네이다.

자연공원을 누비는 과나꼬 무리. 가끔 맹수들의 먹이가 되곤 한다.

산들이 병풍처럼 걸려 있고, 주변 곳곳에 여행객의 여독을 풀어주는 푸근한 호수들이 산재한다. 공원의 북쪽 호수변에는 깨져 떠내려온 빙하를 볼 수도 있다. 그런데 비가 오다니. 하기야 이곳에서 맑은 날 등산할 수 있는 확률은 33퍼센트밖에 되지 않는단다. 그러니 사흘 중에 하루 잘 구경하면 되겠지.

다음날 여전히 흐린 날씨에다 때론 빗방울이 뿌렸다. 고생해서 남반구 바닥까지 내려와 제대로 구경도 못한다면 어떡하지? 등반은 포기하고 가이드를 따라 구경에 나섰다. 피요르드 지형이 만들어낸 경치는 흐린 날씨에도 불구하고 장관이었다. 연두색과 회색이 어우러진 듯한 작은 호수, 여기저기서 푸드덕 나는 온갖 종류의 물새들, 목에 검은색을 두른 백조는 먹이를 찾으러 물속을 뒤진다. 날개를 반듯이 편 꼰도르는 무얼 찾는지 아까부터 계속 하늘을 빙빙 맴돌고 있다. 목이 긴 사슴과동물 과나꼬 떼가 무리를 이루며 여행객들이 지나가는 길목에서 시위를 한다. 바로 옆에는 퓨마가 큰 짐승을 잡아먹은 잔해인 듯 앙상한 뼈다귀가 흙속에 뒹굴고 있다. 「쥐라기 공원」에서 본 것처럼 곧 공룡이 나타날 것만 같다. 우린 세찬 바람이 몰아치는 것도 마다하고 빙하가 있는 그레이 호수와 주변의 폭포를 구경하고 일찍 숙소로 돌아왔다. 정말 이곳 자연 속에선 사람이 왜소하게 느껴진다. 자연은 얼마나 아름답고 거대한가?

아메리카 남단의 알프스

셋쨋날은 다행히도 맑게 개었다. 청람빛 하늘과 뭉게구름이 호수에 비치니 마치 별천지 같다. 또레스 델 빠이네에서 가장 등산하기 좋은 코스를 타고 세 시간 정도 걷기로 했다. 눈이 덮인 꼭대기까지는 올라갈 수 없지만, 그래도 여기까지 와서 산에 오르지 않을 수 없지. 어제 내린 비로 벌써 작은 계곡에는 물이 콸콸 넘친다. 이 지역은 수량이 풍부한 편이니 목초지도 아주 좋다. 겨울 추위만 피할 수 있다면 살 만한 곳이리라. 한참 올라서 아래를 바라보니 남빛 호수랑 넓은 피요르드 지형이 한눈에 들어온다. 호수 색깔은 위치에 따라서 달리 보이니 이건 또 무슨 조화인가?

　사람들이 이곳을 '남미의 알프스'라 부르는 이유를 알 것 같다. 만년설의 높은 산에다 아름다운 호수, 그리고 온갖 야생 조류와 짐승들이 보금자리를 틀고 있는 정말 천혜의 자연공원이다. 엉뚱하게도 알프스 산자락을 배경으로 쓴 알퐁스 도데의 「별」이 떠오른다. 산 위에 있는 양치기 목동과 뭘 전해주러 갔다가 갑자기 불어난 물 때문에 마을로 돌아오지 못한 소녀의 애틋한 사랑 이야기 말이다. 계곡물이 넘쳐 흐른 오늘밤도 그날처럼 별이 총총히 뜰 터이고, 그 알프스의 소녀와 양치기 목동처럼 우리 가슴도 설레리라. 그러나 정작 오후면 이곳을 빠져나가야 하는 게 우리의 운명이니, 애틋한 마음은 벌써 떠나야 한다는 초조함으로 바뀐다.

　라구나 아마르가에서

이곳 여우들은 사람을 전혀 두려워하지 않는다.

여우 한마리가 어슬렁거린다. 처음에는 바위 위에서 우리를 구경하더니 숫제 사람들이 버스를 타려고 모여 있는 곳으로 어슬렁거리며 내려온다. 나는 이렇게 겁없는 여우를 처음 본다. 더구나 사람들이 카메라를 들이대어도 '날 잘 찍어주슈' 하듯이 포즈를 취한다. 이곳 동물들은 대부분 포획이 금지되어 있다. 가끔 번식이 과다한 종자에 대해서는 주기적으로 허가를 해주기도 하지만 여우나 퓨마 같은 야생동물은 아예 사냥이 금지되어 있다. 생태계의 균형을 그들 나름의 법칙에 의해 유지하는 것이다. 아마도 이 여우는 인간들에게 시달림을 받은 적이 없나 보다. 먹이도 쉽게 구할 수 있을 터이고. 그리고 보면 동물의 성질도 자신의 생물학적인 존재조건을 반영하는 모양이다. 소로^{zorro}라 불리는 이 영리한 짐승은 우리 일행이 그곳을 떠날 때까지 사람들 사이로 어슬렁거리며 다녔고, 그날의 주인공이 되었다.

호수지대의 중심, 뿌에르또 몬뜨

뿌에르또 나딸레스를 거쳐 뿐따 아레나스에 도착한 우리는 비행기를 타고 북쪽으로 한시간 거리에 있는 호수지대의 중심지 뿌에르또 몬뜨^{Puerto Montt}로 발길을 옮겼다. 이곳에서 주변의 칠로에 섬과 뿌에르또 바라스를 구경한 다음 싼띠아고를 경유하여 북쪽으로 날아갈 예정이다. 뿌에르또 몬뜨는 19세기에 뒤늦게 개발된 칠레의 남쪽 도시이다. 최근에는 어항으로, 수산가공업으로 호경기를 맞고 있지만 칠레 내외에 경치좋은 관광지의 중심으로 알려져 있다. 바로 '호수지대'^{lake district}가 여기서 시작하기 때문이다. 한시간 거리 안에 뿌에르또 바라스와 얀끼우에 호수가 있고, 좀더 가면 아름다운 영봉을 자랑하는 설산들이 즐비하다. 그리고 칠레 남부의 민속과 음악의 고장으로 빼놓을 수 없는 칠로에 섬을 가려고 해도 여기서 차를 타야 한다. 독일 냄새가 물씬 풍기는 이 도시의 이민사 이야기를 잠깐 하고 가자.

칠레 남부의 개발사는 독일인 이주사와 떼어놓을 수 없다. 원래 마뿌체 인디오들이 살던 이곳을 칠레정부가 개발하려고 생각한 것은 19세기 초엽. 중부지역에 늘어나는 인구를 줄이고 또 남부지역의 인디오들을 제압하여 국민경제를 키우려고 정부는 적극적으로 유럽에서 이민을 불러들이기로 했다. 그 결과가 독일인들의 흔적이 짙은 떼무꼬, 발디비아, 뿌에르또 몬뜨 같은 도시들이다.

도대체 누굴 불러들이느냐? 이것이 당시 식자층과 정치권의 논란거리였다. 백인을 식민하여 인디오를 제압하는 것은 모두 찬동하지만, 어느 민족을 끌어들이느냐 하는 것이 쟁점이었다. 당시 역사학자 벤하민 비꾸냐 마께나는 이 손대지 않은 에덴에 들어갈 수 있는 민족은 독일인밖에 없다고 보았다. 스위스인은 성실하고 열심이지만 돈을 쥐면 돌아가니 안된다. 이딸리아인들 중에서 받을 만한 사람들은 삐에몬떼 출신밖에 없지, 아일랜드인은 너무 거칠지, 스페인 사람들은 한때 자신들이 아메리카를 경영했다는 사실을 잊을 수 없지, 프랑스인은 '가장 좋은 힘을 수다에다 낭비하는, 종교적 심성이 결여된 철새'일 뿐이지, 정의감과 관용정신으로 존경받는 영국인들은 앵글로 지역이 아닌 곳에는 이주하지 않으니 어쩔 수 없지. 열심히 일하고 교육을 잘 받은 터에, 원래 분열된 나라에 살아서 '덜 위험한' 독일인들이 안성맞춤이야. 이것이 비꾸냐 마께나를 비롯한 당시 지식인들과 권력층의 생각이었다.

19세기 초엽부터 독일이민들이 남부지역에 쇄도한 것은 바로 이러한 판단에 기초한 것이었다. 독일이민은 이딸리아 남부에서 부에노스 아이레스로 일자리를 찾아간 무일푼 농민들이 아니었다. 그들은 수적으로 소수였지만 교육을 잘 받았고, 기술과 소자본을 가진 자들이었다. 조만간 그들이 아이디어와 기술과 자본으로 대지주가 되고 술도가의 주인이 되는 것은 당연한 일이었다.

독일인들의 유산

그러니 이 지역은 남미의 다른 도시와 달리 스페인의 흔적은 언어를 제외하고는 거의 없다. 건물도, 성당도 모두 독일 소도시 모습을 그대로 본떠온 듯하다.

스페인 정복자 뻬드로 데 발디비아가 1552년에 건설한 발디비아항. 오늘날은 독일인 이주민들의 흔적이 물씬 풍기는 고딕풍의 도시 모습을 지니고 있다.

뿌에르또 바라스는 어김없이, 호수나 라인강을 끼고 아름다운 집들이 산재한 독일 소도시 같다. 여기는 히스패닉 아메리카가 아니라 '게르만 아메리카'이다. 독일화는 칠레 남부에만 그치지 않는다. 칠레 육군을 재편하고 장교들을 재교육시킨 것도 프러시아 교관들이었고, 독일인 학교는 독일이민 자제뿐만 아니라 칠레인 상층 자제들도 교육시켜 오늘날까지 그 영향력을 행사해왔다. 바바리아의 카푸친 수도회는 19세기 하반기에 마뿌체 인디오가 통제하는 지역에 들어가 전교활동을 하여 종교적으로도 기여한 바가 컸다.

독일이민 자제들의 영향력이 얼마나 큰지 최근 정치권의 몇몇 유력자 이름만 보아도 알 수 있다. 1991년까지 공군참모총장을 한 페르난도 마떼이Mattei, 군정 경찰 총감이던 로돌포 스땅게Stange, 그리고 아일윈 정부의 내무장관이던 엔리케 끄라우스Krauss, 역시 같은 정부의 비서실장이던 에드가르도 뵈닝거Boeninger 등등이 바로 그것이다.

독일인의 유산에 대한 칠레인의 감정은 이중적이다. 그들이 근면하고 교육에 힘쓰며 성실한 것은 모두 높이 평가한다. 그렇지만 그들이 남긴 유산에 대해서는 시선이 곱지 않다. 중도좌파에 속한 한사람은 내게 이런 말을 건넸다. 그는 삐노체뜨 군정에서 짙은 파시즘의 냄새를 맡고는, "이 망할 놈의 독일놈들이 파시즘을 이 땅에 심은 거라구요. 나는 그들을 증오해요" 하고 말했다. 앞에서도 보았듯이 군부의 핵심 엘리뜨 몇몇은 독일이민 자제였고, 삐노체뜨나 2인자 구스따보 레이 장군 모두 독일 것(군대, 음악)이라면 사족을 못 쓰는 자들이었다. 이 독일 이민공동체는 대단히 보수적이었고, 나찌즘과 제3제국이 극성을 부릴 당시에는 드디어 자신들의 세상이 도래했다고 깃발을 걸고 난리를 부릴 정도였다고 한다. 2차대전 당시에도 남부의 많은 독일인들과 이들의 영향을 받은 칠레인들은 주축국이 승리하길 내심 기대했지만, 북부의 초석광산이 대부분 미국인들의 손아귀에 놓여 있었기에 칠레정부는 연합국의 손을 들어줄 수밖에 없었다. 이런 독일 이민사회의 보수적 이미지가 삐노체뜨 군정의 잔인성으로 연결되는 것은 그 나름대로 근거가 없지 않다.

앙헬모 선창가에서

뿌에르또 몬뜨는 주변 도시에 비하면 제법 큰 시가지가 있지만 대양을 끼고 있는 인구 10만 남짓의 소도시이다. 연중 4백번 비가 내린다는 도시. 그러니 매일 한두 차례 비가 내린다고 보면 된다. 우리가 도착한 날도 빗방울이 비쳤다가 산보를 나갈 즈음에 그쳤다. 하늘은 우중충한데도 이 도시는 독일인들의 정결함이 배어 있는 듯 깔끔한 모습을 띠고 있다. 바로크적인 냄새가 나는 많은 중남미 도시들에 비해 대단히 고딕적이다.

해변을 주욱 따라가면 수공예품 상점들이 나오고 좀더 가면 부산의 자갈치시장 같은 앙헬모Angelmo 어시장과 난장에 있는 음식점들을 만난다. 수산업을 생업으로 사는 도시여서 그런지 활기가 넘친다. 저녁요기를 할 겸 바닷가 경치가 잘 보이는 음식점에 앉아서 포도주를 한잔 하기로 했다. 자갈치 아지매 같은 아주머니가 입심좋게 음식을 소개한다. 우리가 무얼 주문하기도 전에 이런저런

뿌에르또 몬뜨의 자갈치시장 격인 앙헬모 어시장. 앙헬모(Angelmo)는 우일리체 인디오 말로 '해산물이 잡히는 곳'이란 뜻이다. 일본식 횟집을 포함한 다양한 해산물 레스또랑과 수공예품 시장이 즐비하다.

174

것이 좋으니 당신들은 그냥 따르는 게 좋단다. 이곳 전통음식인 꾸란또는 반드시 먹어야 하고. 값은 자갈치시장 격인지라 상당히 눅다. 그래, 아주머니, 어서 음식과 술이나 가지고 오슈!

해물탕인 빠일라 마리나는 생각보다 맛이 없다. 아니 너무 짜서 맛을 잘 모르겠다. 이곳 사람들은 음식을 대단히 짜게 먹는다. 하지만 역시 꾸란또는 먹을 만했다. 꾸란또는 바로 이웃에 있는 칠로에 섬의 고유 음식이다. 책을 보니 조리법은 다소 복잡하다. 먼저 전복, 홍합 등의 각종 조개와 삐꼬로꼬 같은 해산물을 잔뜩 집어넣은 통을 빵께 이파리로 덮어 50센티미터 가량 흙을 판 구덩이에다 벌겋게 달군 돌과 함께 묻어둔다. 달구어진 돌에 해산물은 쉬 익을 것이다. 그런 다음 달군 돌 위에 구운 돼지고기, 소시지 또는 초리소(양념한 고기순대)를 함께 집어넣고 다시 이파리로 덮어 다시 한시간 정도 땅속에 넣어 수증기로 쪄낸다. 감자떡이나 밀전병도 집어넣어 수증기에 찐다. 그런 다음 조금씩 파내어 소금, 물, 양파, 고추, 씰란뜨로(향초), 후추 등을 첨가한 쌀사(양념장)에 찍어 먹는다.

그날 우리가 먹은 꾸란또는 싱싱한 해산물의 뒷맛은 느낄 수 있었지만, 아예 탕처럼 국물과 함께 퍼와서 담백한 맛이나 은은한 향내는 느끼지 못했다. 하기야 대중음식점에서 더이상 무얼 기대하랴. 나중에 칠로에 섬에 가서도 정통 꾸란또는 먹을 수 없었다. 모두 적당히 타협한 꾸란또 음식이었던 것이다.

칠로에, 토종 칠레음악을 찾아서

이튿날 칠로에Chiloe 섬으로 향했다. 버스로 40분을 달려 배를 탔고, 곧 섬에 도착했다. 말이 섬이지 규모는 대단히 컸다. 가장 가까운 도시인 앙꾸드에 도착하는 데도 선창가에서 근 한 시간을 달렸고, 여기서 중심지인 까스뜨로까지 가려면 또 두 시간을 더 가야 한단다. 일단 앙꾸드에 머물러 구경하기로 했다. 내가 칠로에 섬을 찾은 이유는 순전히 칠레 남쪽 노래의 진수를 맛보기 위한 것이었다. 사실 섬의 풍물이라야 별게 없다. 까스뜨로의 해변가에 나무기둥으로 받쳐진 집들이 멋지다고 하지만, 이런 집들을 구경하려고 여행을 온 것은 아니었다.

칠레인들은 칠로에 섬의 음악을 대단히 자랑스럽게 여긴다. 왜냐하면 이 나라가 내세울 국민음악의 정체성에 칠로에만큼 그 뿌리가 확실한 것도 없기 때문이다. 이 나라의 대표적 무곡인 꾸에까 내지 사마꾸에까의 뿌리는 페루라는게 정설이다. 가끔 칠레사람들도 자신이 원조라고 우기지만, 이것이 아프로-페루 음악이란 것은 대체로 외국인들도 받아들인다. 다음으로 안데스 음악의 예를 들어보자. 물론 칠레 북부와 중부는 정복 이전에 잉까제국의 영향권에 있었고, 식민시대에도 안데스의 영향이 컸으므로 안데스 음악이 이 나라 국민음악의 일부를 차지하고 있는 것은 당연하다. 그렇지만 안데스 음악은 페루, 볼리비아, 아르헨띠나, 칠레 모두가 공유하는 일종의 초국적 전통이다. 굳이 칠레적이라고 우길 수는 없다. 바로 여기에 칠로에 섬의 민속음악이 지닌 가치가 드러난다. 스페인 전통과 인디오 전통이 결합된 유일한 토종 칠레음악이기 때문이다.

이 섬은 칠레가 독립을 선언하고도 스페인 사람들이 완강히 버티어 1826년 공화국군대가 두번째 원정을 거친 다음에야 칠레 영토로 편입할 수 있었던 곳이다. 무엇보다 칠로에 사람(칠로떼)들이 왕당파들의 주장에 편승하여 완강하게 싸웠기 때문이다. 칠로에 사람들은 섬사람 근성이 매우 강하고 끈끈한 결속력을 자랑한다. 또 자신들이 대단한 사람들이라고 믿는다. 칠레 평균보다 학력이 높을 정도로 교육열도 강하다. "칠로떼들은 말은 별로 없고 생각이 많다. 웅변가보다는 철학자, 변사보다는 시인에 가깝다. 말하고 지시하기보다는 느끼고 꿈꿀 줄을 아는 사람들이다." 한 신부는 이렇게 평가했다.

육지로부터 차단되어 있는 이 섬사람들은 오래 전에 스페인이나 인디오문명으로부터 전승된 많은 것을 오늘날까지도 잘 보존하고 있다. 전통의 보존과 변형이 이 섬사람들의 주특기인 것이다. 여기에는 귀신이 나오는 난파선 이야기, 땅과 물이 싸워서 섬이 탄생한다는 두 용의 투쟁설화, 풍어를 주관하는 삥꼬야

칠로에 섬의 중심지 까스뜨로의 전경. 해안가 나무 받침대 위에 지어진 집들은 이곳의 풍물로 자리잡았다.

177

여신 이야기 같은 인디오에 뿌리를 둔 전설이 아직도 살아서 숨쉬고 있다. 식민시대 초기에 불려졌던 음악도 물론 잘 보존되어 있다. 17세기 바로크풍의 성가곡들이 마을축제나 결혼식에서 불려지고 있다면 누가 믿겠는가? 여기에는 충분한 이유가 있다.

바로크풍의 성가곡

17세기에 예수회는 섬사람들에게 성가를 가르치기 위해 한 사제를 파송했는데, 그는 파라과이 미션지구에서 온 수사의 도움을 받아 사람들에게 성심껏 노래를 가르쳤다. 당연히 당시 예수회 음악을 지배했던 바로크 스타일의 노래들이었다. 이 노래가 점차 성당을 벗어나 공동체적 결속이 강한 이 섬사람들의 가정에서, 거리에서, 축제에서 불리면서 점차 민속음악으로 자리잡게 된 것이다. 당연히 이 선율들은 세속적인 노래에도 스며들어갔다. 칠레의 전설적인 민속음악가수 비올레따 빠라가 1950년대에 이곳에서 불렸던 로만세나 비얀시꼬(찬송가), 그리고 농부와 어부들의 노래를 채집하여 싼띠아고의 도시사람들에게 들려주자, 사람들은 문득 잊어버린 옛날의 리듬에 향수를 느끼게 되었다. 관심있는 사람들은 요즈음도 빠라가 부른 노래들을 CD로 복각한 음반Violeta Parra, Cantos de Chile, NCL을 통해 그 분위기를 간접적으로 경험할 수 있다.

칠로에 음악은 성가곡뿐만이 아니다. 아코디언 연주가 따라붙는 4분의 4박자 리듬의 경쾌한 마리네라를 위시하여 다양한 음악이 있다. 이들은 기타, 만돌린, 아코디언, 하프, 차랑고, 마라까 등의 연주에 맞추어 섬사람들의 우수, 모진 기후와 풍랑에 묵묵히 저항하는 꿋꿋함, 사랑과 축제의 흥겨움, 자랑스런 섬의 풍요로운 음식 꾸란또를 예찬하는 노래들을 합창한다.

비올레따 빠라, 남국의 정열

「생의 찬가」Gracias a la vida로 잘 알려진 비올레따 빠라Viloeta Para. 그녀는 농촌이

도시의 팽창에 움츠려들고 있던 1950년대에 이 남부 농촌의 노래를 채집하여, 미국의 팝이나 멕시코 란체라 음악이 휩쓸고 있는 싼띠아고의 방송가에 잔잔한 파문을 던졌다. '우리 칠레에도 이렇게 아름다운 음악이 살아 있구나!' 사람들은 놀랐다. 민속의 재발견, 그리고 이에 기반한 새로운 음악의 생산, 그로 인한 '칠레인 됨'에 대한 새로운 자각, 이 모든 것은 적어도 비올레따 빠라가 아니면 시작되지 않았을 작업이었다. 그런 점에서 빠라는 음악적으로 '칠레인 됨'을 표현한 최초의 가수이자 작곡자 겸 시인이었다. 빅또르 하라의 말대로 뒷세대가 붙인 것은 그녀가 시작한 작업의 연장선일 뿐이었다. 그녀는 문을 열었고 성공했지만, 성공을 확인하기 전에 먼저 떠났다. 프랑스인들은 그녀를 알아주었지만, 칠레사람들에겐 아직 일렀던 것이다. 그녀는 평생 돈에 쪼들렸고, 주변의 무지와 편견에 맞서 싸워야만 했다. 이 자그마한 여인의 신경은 이를 버틸 만큼 무디지 않았다.

「생의 찬가」는 자신의 생에 대한 회한을 깊이 담고 있는 유서이자, 차라리 엘레지에 가깝다. 권총 한방으로 그녀는 자신의 절망을 조용히 끝냈다. 나는 비가 주룩주룩 내리는 앙꾸드의 선창가를 거닐며 그녀가 불렀던 노래의 가사를 기억해내곤, 날카로운 금속성 목소리가 뿜어내는 불같은 정열과 그녀 특유의 서정적인 아름다움을 떠올렸다. 우리에겐 왜 이런 불같은 가수가 남아 있지 않은 걸까?

> 삶에 감사한다네, 내게 참 많은 것을 주었거든
> 내가 이를 열어보니 두 개의 빛이 있더군
> 난 검은색과 흰색을 확실히 구분한다네
> 하늘 높이 별빛 가득한 심연 속에서도
> 사람들의 무리에서도, 내가 사랑하는 사람을
> 확실히 찾을 수 있다네
> (…)

삶에 감사한다네, 내게 참 많은 것을 주었거든

웃음도 주었고, 눈물도 주었다네

그래서 난 행복과 슬픔을 구분한다네

난 이 두 가지 물질로 내 노래를 짠다네

그대들의 노래가 바로 내 노래라네

모두가 부른 노래가 바로 내 노래라네

삶에 감사하지, 내게 참 많은 것을 주었다네

―「생의 찬가」

선창가의 포도주 파티

보슬비 내린 칠로에 섬에서 내가 그나마 즐긴 것이 있다면 뱃사람들이 연 포도주 파티에서 먹은 아주 맛있는 조개 요리였다. 비린내조차 향긋하게 느껴지는 선창가였다. 고깃배들이 그물을 수선하고 있는 쪽으로 돌아가니 한쪽에서 조개나 해산물을 날것 그대로 잘라넣어 끄리오요 소스와 버무려 안주를 만들고 있었다. 동양인이 다가가니 반갑다고 오라고 손짓한다. 여기서 해산물을 사서 발빠라이소로 돌아가는 배를 탈 선원들이란다. 자투리 시간을 이용해서 한잔하니 바쁘지 않으면 동참하라고 권유한다. 포도주가 두 순배 돌아가고, 조가비를 수저 삼아서 안주를 집어먹으니 취기가 금방 오른다. 이 사람들은 포도주를 우리가 막걸리 마시듯 한다. 물어보니 종이팩 포장용기에 담은 포도주는 주스보다 싸단다. 잠시나마 건강한 칠레 뱃사공들 사이에 섞여 정신없이 웃고 떠들다보니 빗방울 때문에 생긴 우울증도 가시는 듯했다.

C H I L E

북으로, 북으로

쌘띠아고로 돌아와 다시 북부 이끼께 Iquiqe 로 가는 비행기로 옮겨 탔다. 이제 비행기 타는 일도 지겹다. 졸다보니 오후 4시경, 비행기는 바람이 휘몰아치는 오렌지빛 대지에 살포시 내려앉았다. 바닷가 옆에 있는 사막의 비행장이다. 여기가 '거대한 북부' Norte Grande 의 최북단 중심지이다. 좀 아래쪽에 있는 안또파가스따도 큰 중심지이지만, 이끼께가 역사의 흔적을 더듬기엔 더욱 적합할 것 같아서 이곳을 택했던 것이다.

북부의 분위기는 남부가 주는 분위기와는 완전히 다르다. 바다를 끼고 있는 것은 같지만, 기후대나 지형이 전혀 다르기 때문이다. 그래, 황야의 사막이 주는 처연함, 이걸 맛보기 위해, 그리고 칠레인들의 아픈 상처를 확인해보려 이곳에 온 거야! 나는 이렇게 자위했다. 백사장과 일급호텔이 여럿 있는 이곳은 중부의 중상류층이 쉬러 오는 곳이기도 하지만, 나에겐 '잘려나간 핏줄' Venas abierta 의 상처가 아직도 아물지 않은, 역사적 상흔으로 보인다.

꼬뻬아뽀 이북의 칠레 땅은 대부분 1879년에 벌어진 태평양전쟁의 전리품이

지구에서 가장 건조한 사막 아따까마의 모래언덕.

다. 안또파가스따 구역은 볼리비아로부터 빼앗은 것이고, 이끼께는 바로 페루로부터 획득한 것이다. 칠레 군부는 이 전쟁에서 페루와 볼리비아의 연합군과 싸워 이김으로써 자신의 위신을 떨쳤고, 스스로 조국의 수호자라는 자부심을 갖게 되었다. 사실 이 지대는 별볼일 없는 사막 같지만, 오늘날 칠레 국부에 큰 보탬이 되는 구리를 위시한 광물자원이 대거 매장되어 있는 보고이기도 하다. 아옌데 대통령이 노르떼 그란데 지역의 구리광산을 가리켜 칠레인들에게 '월급을 지불하는' 곳이라고 말했을 정도이니. 이끼께는 1차대전 전까지 칠레 경제를 좌지우지했던 초석광산이 대거 있던 곳이었다.

이끼께 야경

확실히 이곳 사람들의 피부는 중부나 남쪽보다 어두운 색깔이다. 원래 페루인들의 땅이었으니. 아무래도 안데스 인디오의 피가 많이 섞였나 보다. 거리에 나서니 흘러나오는 노래나 춤곡 리듬도 완전히 다르다. 호텔 이름도 까미노 데 잉까(잉까의 왕도), 땀보(왕도의 역참)와 같이 잉까시대의 냄새가 물씬 풍긴다. 자꾸 내가 페루로 온 게 아닌가 착각이 들 정도이다. 환전을 하러 소프리로 갔다. 역시 뿐따 아레나스에서 본 것과 같은 면세지역이다. 저녁시간인데 물건 구경하러 온 관광객들과 현지인들로 제법 붐빈다. 내부는 미국의 쇼핑몰 스타일로 잘 꾸며놓았다. 한 전자제품 가게의 종업원에게 물어보니, 최근 들어 경기가 별로 좋지 않단다. 생각보다 물건이 잘 팔리지 않는다는 이야기이다.

이끼께의 경기는 최근 몇년간 계속 어려운 모양이다. 지방정부가 이곳을 마이애미 같은 휴양도시로 탈바꿈하여 관광객을 유치하고자 노력하고 있지만, 내가 보기엔 백사장에 진흙 성분이 많아서 다른 해수욕장보다 경쟁력이 떨어진다. 해안가가 없는 볼리비아 사람들, 면세점에 물건을 사려는 페루사람들이 이전에 많이 찾았지만, 페루정부도 국경 주변에 소프리를 만들면서 뚝 끊어졌다고 한다. 광산경기도 좋지 않다. 이곳에 남아 있는 구리광산이나 금광도 규모가 영세하고 설비가 노후화되어 고용창출에 큰 도움이 되지 않는다. 한때 초석 붐으로 영화를 누렸던 이 도시도 세월의 변화에는 어쩔 수 없는 것이다.

거대한 북부, 노르떼 그란데

이끼께와 안또파가스따를 이렇게 부른다. 이곳은 에두아르도 갈레아노의 책 제목이 보여주는 대로 그야말로 중남미의 '절개된 혈맥'이다. 사막에 들어가면 폐광이 된 노천광들이 수두룩하다. 바로 옆에는 유령도시처럼 기괴한 건물들이 세월의 풍상을 이기지 못하고 반쯤 쓰러진 채 내팽개쳐져 있다. 모두가 땅에서 초석이나 구리, 금과 은이란 피를 뽑고 남긴 상흔들이다.

이튿날 아침 시외버스를 탔다. '현대' 차종의 승합버스는 가파른 황톳빛 언덕을 헉헉거리며 올랐고, 이어 지평선의 끝이 보이지 않는 사막길을 정처없이 달린다. 지구에서 가장 건조하다는 이곳 사막. 한참 달려도 풀 한포기 보이지 않는다. 오렌지 빛깔이 이렇게 처량하게 느껴질 수 있을까? 가끔 십자가에 조화가 놓인 도로변 무덤의 쓸쓸한 풍경이 눈에 들어온다. 사막을 가로지르는 전신주만이 이 낯선 동양인에게 인사를 한다. 노래가사처럼 "푸른 잎사귀도 보이지 않고 (…) 새도 결코 지저귀지 않고, 꽃도 자라는 법이 없는 저주의 땅"이다. 정말 '슬픈 대지'이려니! 낄라빠윤 그룹이 부른 「황야의 노래」 가사가 생각난다.

이끼께에서 뽀소 알 몬떼를 거쳐 삐까에 도착하니 두 시간이 좀 지난 듯하다. 뽀소 알 몬떼——'산에 있는 우물'이란 뜻이다——나 삐까 모두 우물이 있는 곳이기에 사람들이 모여 살 수 있다. 그중에서도 삐까는 메마른 사막 속의 오아시스 도시이다. 맑은 물이 넘쳐흐르는 풀장도 있고, 이 물로 자라는 녹지지대도 제법 크다. 물이 부족한데도 집집마다 모두 정원수와 꽃을 가꾸고 있을 정도로 사람들은 조경에 꽤 신경을 쓰고 있었다. 메마른 사막도시의 고독을 잊기 위해서일까? 이 도시에는 구리광산이 있기에 비행장도 설치되어 있지만, 여느 시골마을처럼 한적하다. 마을 중앙에는 아름다운 성당이 서 있고, 그 앞에는 예쁜

삐까에서 이끼께로 돌아오는 중간에 들렀던 마띠야 오아시스의 성당건물. 1887년에 지은 이 성당은 해발 1천 미터 높이에 서 있으며 외로이 황야를 지킨다. 원래 모습을 간직한 제단과 「최후의 만찬」 그림이 특징적이다.

공원이 조성되어 있지만 한낮의 더위 때문인지 인적은 드물다. 마치 후안 룰포의 소설 『뻬드로 빠라모』에 나오는 조그만 마을 꼬말라처럼 기괴함마저 감돈다. 시간은 느릿느릿 기어가고 정오의 태양은 뜨겁기만 하다.

박물관을 구경하고, 오아시스에 가서 간단히 요기를 하고 나오니 오후 두시. 이끼께로 돌아가는 버스는 두 시간이나 기다려야 온단다. 무작정 길을 따라 걸어보기로 했다. 오후 태양은 따갑게 느껴질 정도였지만, 적막한 도시에서 냉수만 마시고 있으니 움직이는 것이 좋을 듯했다. 사막을 느껴볼 좋은 기회가 아닌가? 터벅터벅 나그네의 발걸음으로 사막 한가운데 난 길을 따라갔다. 녹지대를 벗어나니 오렌지빛 흙 위에 살아 있는 것이라곤 거의 없었다. 지평선 너머로 쳐다보니 여기저기 파헤쳐진 채 흉물스럽게 몸을 드러낸 대지의 상처만 보일 뿐. 이삼십분 정도 걷다보니 마침 이끼께 방향으로 나가는 빈 택시가 한대 온다. 가격을 물어보니 5천 뻬소(1만원 상당)에 데려다주겠단다. 이왕 빈 차로 나가는 거니까. "훔버스톤 초석광산으로 데려다주세요." 이끼께 조금 못 미쳐 있는 폐광이나 구경하고 가야겠다고 맘을 먹었다.

훔버스톤 초석광산

초석, '흰빛의 금'이라 불렸던 반짝이는 돌덩이. 구대륙의 피폐해진 농토는 이 초석을 비료로 이용하여 눈부신 농업생산성을 이룩할 수 있었다. 나중에 공기 중의 질소를 고정하여 초산염을 생산하는 하버 보시법이 나오면서 치명타를 입게 되지만, 초석광산은 적어도 19세기 중반부터 20세기 초반까지 북부 칠레를 뜨겁게 달구었던 노다지였다.

훔버스톤 초석광산에서 조금 떨어진 맞은편에 있는 폐광의 흔적.

1879년 칠레가 페루와 볼리비아의 연합군과 싸워 이겼던 태평양전쟁은 초석 전쟁이었다. 승리의 대가로 이제 초석광산은 칠레가 관할하는 영토로 바뀌었다. 그러나 정작 큰 이득을 챙긴 것은 초석광산 지대를 구입한 페루정부의 채권을 전시에 헐값에 사다들인 영국인들이었다. 이 영국인들은 쌘띠아고의 은행에서 융자받은 돈으로 채권을 구입했고, 전쟁이 끝나자 초석광산을 손쉽게 인수하게 되었다. 돈을 별로 들이지도 않고 노다지 땅을 거저 수중에 넣은 것이다.

초석왕으로 불렸던 존 토머스 노스는 1886년 호주머니에 단돈 10파운드를 들고 발빠라이소 항구에 내린 건달이었지만, 이제 북부의 초석광산 대부분은 그의 손아귀에 들어갔다. 칠레의 역사학자들은 이 시기에 북부가 칠레의 영토가 된 것이 아니라, '노스의 것'North-ización이 되었다고 빈정거린다. 미스터 북부 Mr. North가 북부el Norte를 먹었다는 것이다. 흄버스톤은 50년이 넘도록 이곳 초석광산 지대의 발전에 이바지한 영국 출신 기술자였다. 그의 이름이 붙은 이 초석광산은 원래 '라 빨마'였지만, 나중에 큰 공로를 남긴 그의 이름을 따서 재명명된 것이다.

1872년에 문을 연 이 광산은 1932년에 문을 닫았다가 2년 뒤에 다시 문을 열었다고 한다. 지금 남아 있는 건물들은 대개 이 시기에 지은 것이라 비교적 형체를 잘 보존하고 있는 편이다. 초석광산의 붐이 이미 지나갔기에 그후에 큰 재미는 보지 못했으리라. 가이드에 따르면 이 지대는 곧 '네브라스카 초석산업 고고박물관'으로 다시 꾸며져 관광객들에게 선보일 예정이란다.

입구를 지나 조금 가다가 오른쪽으로 돌아서니 시골의 작은 읍 같은 분위기를 느낄 수 있다. 바로 뿔뻬리아pulperia(간이상점이나 주점)가 눈에 들어오고, 이어서 교회, 호텔, 극장 겸 영화관, 초등학교, 그리고 풀장이 여기저기 배치되어 있다. 곳곳에 녹지와 정원의 흔적도 잘 보존되어 있다. 지하수를 끌어올려 식수로도 쓰고 정원과 풀장까지 관리했다고 한다. 하나의 조그만 소우주가 사막 한가운데 버젓이 서 있었던 것이다. 지금이야 이미 파한 장터처럼 황토빛 먼지와 바람만 스치고 지나가지만, 당시에는 제법 시끌벅적했으리라.

참혹한 대학살 사건

이 뿔뻬리아는 당시 초석광산 노동자와 가족들에겐 원수 같은 존재였다. 초석 광산주들은 노동자들에게 임금을 현금으로 지불하지 않고 광산지대에 통용되는 돈표를 나눠주었다. 사람의 진을 빠지게 하는 사막의 땡볕에서 10킬로그램이 넘는 망치를 들고 돌을 쪼아 나르는 중노동의 대가로 받은 돈표는 어김없이 이 뿔뻬리아의 바가지 요금에 의해 휴짓조각으로 변했다. 노동자들은 이중의 착취에 분노했고, 때때로 격렬한 항의 시위로, 피가 흐르는 충돌로 저항했다.

사람들은 한몫을 움켜쥐려고 전역에서 북으로 몰려들었다. 이들은 겨우 키 높이의 움막에서 기거하면서 사막의 땡볕과 광산의 노역을 견뎠다. 그러나 일상용품의 가격이 너무 높았고, 비인간적인 노동조건 아래 일요일에도 노동을 해야 하는 고역은 참을 수 없었다. 노동자들과 가족들은 돈표에, 고용주의 과도한 착취에 항의했다. 1907년 12월 15일 노동자들과 가족들은 걸어서 걸어서 해변가에 있는 이끼께 시로 내려갔다. 5일간 파업과 시위를 벌인 이들은 21일 비어 있는 한 학교에 모여 계속 항의농성을 하고 있었다. 6일째가 되던 날 지역수비대 책임자는 시위대를 향해 무차별 발포를 명했다. 기관총이 어린이와 여자들, 그리고 노동자들이 엉켜 있는 농성장을 향해 5분 동안 작렬했다. 2천명 가량이 현장에서 죽었고, 그만큼의 숫자가 부상을 입었다. 초석광산 붐으로 조성된 벨 에뽀끄 풍의 건물이 즐비한 사막도시 이끼께는 칠레 역사에, 아니 세계노동운동사에 가장 잔인한 학살극으로 그 이름을 남기게 되었다.

칠레의 시인들과 음악가들은 이 슬픈 학살극을 칸타타로, 노래로, 시로 남겼다. 뛰어난 작곡가인 루이스 아드비스는 1970년에 낄라빠윤 그룹에 헌정한 민중칸타타 「싼따 마리아 데 이끼께」를 남겼고, 이 속에 담긴 몇몇 노래들은 아직도 칠레의 민중가요로 불리고 있다. 칸타타의 마지막 노래 한 부분이다.

그대는 이미 들었다네
내가 전한 이야기를
이미 지난 일이라고 생각하고
앉아 있으면 아니되겠네.
기억하는 것만으론 충분치 않으리,
노래하는 것만으로도 충분치 않으리.
탄식하는 것만으로도 충분치 않으리,
현실을 똑바로 보아야겠지.
(합창) 아마도 과거든 미래든
아마도 조금 뒤든
들었던 이야기는
또 일어날지도 몰라.
칠레는 그리 긴 나라이니
무슨 일이든 일어날 수 있지.
우리가 확고한 투쟁을 준비하지 않는다면 말이야.
우리에겐 순수한 동기도 있고
싸울 이유도 있어.
불끈 쥔 손도 있고,
싸울 대적도 있지 않나.
(…)
형제들처럼 뭉친다면
아무도 우릴 쓰러뜨리질 못할 거야.
우릴 예속시키려 해도
결코 성공하진 못할 거야.

이 땅은 모두의 것이리니
이 바다도 모두의 것이겠지
모두에게 정의가 넘쳐 흐르고
자유도 넘쳐 흐르리니.

칠레란 예외

이 노래에서도 엿볼 수 있듯이 칠레 노동운동이 겪었던 험로는 유난히 독특했다. 전투적 노동운동이 계급정당과 연계를 맺고 발전해온 이 나라의 역사적 경로는 대륙의 다른 곳과는 사뭇 대조적이다. 노동운동이 국가와 협약을 맺으면서, 담합관계를 유지하면서 발전한 멕시코나 브라질 같은 나라와는 달리 대단히 전투적이고 투쟁적인 전통을 가지고 있기 때문이다. 삐노체뜨 이전 시대까지 유럽과 유사한 계급정당이 발전하고 다당제 아래서도 이합집산을 거듭하며 대의제를 유지한 특징은 다른 중남미 국가의 경험과는 확실히 다른 것이다. 아엔데의 인민연합도 선거를 통한 계급정치의 제도화 과정에서 나타난 에피소드였던 것이다.

이러한 계급정치의 첫 봉화를 올린 것이 바로 이 북부 초석광산의 노동운동이었다. 광산주는 대부분 외국인이던 반면, 노동자들은 칠레인들이었다. 무식쟁이 노동자들도 외국자본가들이 칠레의 국부를 유출해가는 것을 쉬 알 수 있었고, 또 돈표로 유통부문에서 수탈해가는 것도 일상생활에서 경험하고 있었다. 사회주의자들의 구호와 조직화 노력은 그만큼 쉽게 먹혀들어갈 수밖에 없었다. 노동자들을 둘러싼 세계가 너무나 열악했기 때문이다. 전설적인 노동운동가 에밀리오 루이스 레까바렌은 말을 타고 다니며 초석광산을 누볐고, 계급적 대의를 외치며 노동자들이 단결할 것을 촉구했다. 칠레의 공산당과 사회당이 1970년에 인민연합을 결성하여 아엔데를 당선시킬 수 있었던 저력도 바로 이 북부에서 시작한 노동운동에 닿아 있었다.

중국인들의 흔적

다시 택시에 올라 이끼께로 향했다. 이 황량한 대지에도 가끔 나그네의 눈길을 끄는 것들이 있다. 길가에 군데군데 보이는 십자가들이다. 조화나 꽃병 조각이 뒹굴고, 어떤 경우는 마리아상도 붙어 있다. 아마도 무덤일 게다. 누군가 이름도 없이 죽어간 노동자의 뼈가 오렌지빛의 흙속에 묻혀 있을 터이고. 새도 날아가지 않고, 풀잎도 구름도 한점 없는 이 처연한 풍경 속에서 십자가 무덤은 천년의 고독을 씹고 있으리라. 살아 생전에는 작열하는 태양 아래 고역을 겪었을 터이고, 이제 죽어서도 메마른 사막의 텅 빈 공간에서 외로이 잠든 고혼이리니. 그가 남쪽에서 한밑천 움켜쥐기 위해 올라온 농부였는지, 아니면 쿨리로 팔려 페루로, 칠레로 밀려온 꽝뚱 출신의 중국인이었는지는 모른다. 아마 병마에 시달려도 주변에 거두어줄 사람이 없었던 외로운 사람이었으리라. 묵도로 잠시 이 고혼을 달래고 가는 것도 나쁘지 않겠지.

저녁에 여관에 와서 몸을 씻고 난 뒤 가까운 중국음식점을 찾았다. 사실 남쪽의 뿐따 아레나스를 떠나기 전에 점심식사를 한 곳도 꽤 근사한 중국집이었다. 그때 포도주와 푸짐한 해물요리로 잔뜩 배를 채우며, 즐거운 식도락을 맘껏 누렸다. 알고보니 싱가포르 출신의 화교가 경영하는 중화식당이었던 것이다. 이곳 이끼께에는 남쪽이나 싼띠아고와는 비교가 안될 정도로 중국음식점들이 많았다. 아마도 초석광산이나 구리광산 붐 시절에 이곳에 노역을 하러 몰려든 중국인들의 후손들이 경영하는 것이리라.

19세기 중엽부터 20세기 초엽까지 지속된 태평양개발 붐 당시 모자란 노동력을 보충하기 위해 중국인들은 쿨리 신분으로 태평양을 건너왔다. 청조 정부는 식량부족과 인구문제를 해결하려고 아무 생각 없이 삼합회三合會 같은 깡패조직에 이들을 맡겼다. 싸게 팔려온 쿨리들은 미국 쌘프란시스코의 금문교나 서부해안의 철도건설 현장에서뿐만 아니라, 파나마운하 건설현장에도, 페루의 구아노 붐에도, 그리고 칠레의 초석 붐에도 노동력으로 한몫을 담당했던 것이다. 그래서인지, 가끔 이끼께 사람들 중에는 성 가운데, 쟝Chang이니 림Lim 같은 중국 성씨의 흔적이 보이기도 한다. 중국음식점도 거리 곳곳에 산재했다. 여관 주인에게 물어보니, 아마도 수십개가 되리라 한다. 그날 저녁 오랜만에 완탕 수프와 생선튀김 요리로 느글거리는 속을 시원하게 내릴 수 있었다.

이제 쌘띠아고로 돌아가서 짐을 꾸리고, 마무리해야 한다.

제 4 부　신들이 살아 있는 곳

멕시코 기행

미 국

멕 시 코

사까떼까스

태 평 양

과달라하라

땀삐꼬

멕시코씨티

뿌에블라

멕시코만

치첸 이싸

깐꾼

유까딴

뚤룸

아까뿔꼬

오아하까

치아빠스

벨리즈

과떼말라

온두라스

엘살바도르

멕시코 지도

1

멕시코의 첫날 밤

보석을 펼쳐놓은 듯한 황홀한 야경에 탄성을 지른다. 밤시간에 착륙을 기다리는 비행기 속에서 당신은 놀란다. 백사장의 모래알처럼 영롱한 보석들이 빛을 발한다. 비행기가 이윽고 부드러운 땅을 애무하듯 살짝 가라앉았다. 성급한 멕시코인들은 박수를 치고 떠들기 시작한다. 일찍이 이 나라를 대표한 지성 알폰소 레예스가 환상적으로 이렇게 표현했다. "여행객이여, 그대는 공기가 가장 청명한 곳에 도착했습니다."

　혼잡한 공항에서 빠져나오면서 영롱한 보석의 이미지, 청명한 공기의 전설은 사라진다. 느끼한 자동차 기름냄새, 호객꾼들의 따발총 소리 같은 스페인어가 귀와 코를 자극한다. 영화 「블레이드 러너」의 퇴락한 도시 로스앤젤레스 뒷골목 분위기가 눈앞에 펼쳐진다. 아니, 세상에서 가장 공기가 더러운 곳이 아닌가? 이 말은 비가 내리지 않는 건기에만 맞는 말이다. 그러니 지레 겁을 먹지 마시라. 지금까지 본 것이라곤 '천의 얼굴'을 가진 6백년 고도, 멕시코씨티의 두세 장면밖에 되지 않는다.

195

4 멕시코 기행

중심지의 호텔에 들어서서 짐을 풀고 저녁을 먹으면, 피로가 이내 파도처럼 몰려온다. 천근 같은 몸덩이가 2500미터의 고도에 곧바로 적응하길 거부하기 때문이다. 게다가 저녁식사 때 한두 잔 걸친 떼낄라 '호세 꾸에르보'의 기운도 서서히 느껴진다.

나이든 이들은 일찍 자리에 눕는다. 아직 원기가 넘치는 젊은이라면 시차적응을 핑계로 노래방이나 룸쌀롱에서 2차를 한다. 오랜만에 만난 친구들이랑 여행이 주는 해방감을 만끽하며 독주를 퍼부어 마신다. 역시 이곳에도 한국의 술집문화가 그대로 복제되어 있다. 최신형 노래기기에는 조성모와 g.o.d의 노래도, 이미자의 「동백아가씨」도 들어 있다. 취중에 고성방가를 즐기는 우리네 문화는 멕시코씨티 한켠에서도 여전히 빛을 잃지 않는다. 아니, 문화방송과 서울방송도 실시간에 볼 수 있다던데. 글쎄, 서울과 무엇이 다르지? 당신은 약간 흥분한다.

다른 한편으로 걱정도 태산이다. 멕시코에 가면 소매치기도 많다던데, 돈주머니는 어디에 차지? 폴크스바겐 택시를 타면 안된다고 해. 강도당하기 십상이래. 깐꾼에 싸게 갈 수 있는 방법이 없을까? 안사람에게 챙겨줄 오팔 보석은 어디서 사야 하나? 알코올 기운에 뱉어낸 이런저런 이야기와 상념에 멕시코씨티 술집의 밤은 깊어만 간다.

젊은이여, 아무리 젊다 해도 첫날 밤의 과음은 여행일정을 두고두고 망칠 터이니, 과음만은 피하시라. 이제 레모네이드를 한잔 주욱 들이켜고 잠자리로 들지니. 이튿날 새벽에 들이닥칠 가이드의 전화벨에 고통을 느끼지 않으려면 다른 방법은 없다. 여행은 방종이 아니다. 적당한 간격의 쉼과 충격의 파도야말로 여행의 묘미이니, 그 리듬을 깨지 않는 첫번째 방편은 잠을 적당히 자두는 것이다.

신들이 태어난 곳, 떼오띠우아깐

달의 피라미드가 보이는 동쪽 신전터를 지나게 될 때, 전날 밤에 도착해서 잠이 모자랐다면 눈을 비비면서 이게 무슨 조화냐고 눈을 희둥그레 뜰지도 모를 일이다. 화산재에 모르타르를 섞은 재질로 쌓은 주거터와 신전의 흔적이 시야에 들어온다. 와! 대단한 문명이 이곳에 있었구나. 탄성을 지를지도 모르겠다. 좀 더 걸어나오면 바로 도시 중심에 길게 뻗은 사자死者의 길이 눈에 들어올 것이고, 북쪽 길 끝에 달의 피라미드가 우뚝 솟아 있다.

자, 여기가 바로 '신들이 태어난 곳' 또는 '신이 되는 곳'을 뜻하는 떼오띠우

달의 피라미드에서 내려본 떼오띠우아깐 전경. 질서정연한 계획도시의 면모가 한눈에 들어온다.

아깐Teotihuacan이다. 사실 이 도시는 이름이 없는 곳이었다. 도시 이름을, 피라미드 이름을 붙인 사람들은 적어도 6~700년 뒤에 멕시코 중앙계곡 지대를 지배했던 아스떼까azteca 사람들이었다. 그러니 달의 피라미드가 여성성을 상징하고, 태양의 피라미드가 남성성을 상징한다고 착각하면 안된다. 모든 것은 임의로 붙여진 이름이기 때문이다. 아스떼까 사람들의 언어인 나우아뜰어로 된 노래가 전한다.

그들은 이곳을 떼오띠우아깐이라 불렀지

왜냐하면 왕들이 묻혔던

바로 그곳이기 때문이라네.

그래서 왕들은 말했다네

'우리가 목숨을 다할 때,

진정코 우리는 죽지 않을 거야,

왜냐하면 우리는 살아 있을 것이고, 비상할 거라네,

계속 살며, 깨어 있을 거라네.

이 때문에 우린 행복하다네.'

(…)

옛사람들이 이렇게 말했다네

죽은 자는 신이 되었지,

옛사람들이 말했다네

'그곳에서 신이 되었다' 함은

'그가 죽었다'는 것을 의미한다고.

계획도시의 수수께끼

아스떼까 사람들이 신성시한 이 도시의 형체를 우선 살펴보자. 이 신전도시는 정교한 도시설계에 따라 세워진 계획도시이다. 지금도 발굴작업이 계속되고 있으니, 완성된 도시의 지도는 좀더 기다려야 할 것이다. 먼저 도시의 남북을 가로지르는 '사자의 길'이 남쪽으로 길게 뻗어 있다. 원래는 3킬로미터의 남북로와 동서로 뻗은 5킬로미터의 두 길이 도시를 4등분했다고 한다. 그러니 도시는 네잎 클로버의 형상을 띠고 있었을 터이고, 전성기에는 약 20평방킬로미터의 면적을 유지했을 것이다.

도시의 중심부에는 두 개의 피라미드 같은 거대한 건조물이 있고, 사자의 길 주변에도 크고 작은 신전들이 주욱 들어서 있다. 곳곳에 적절한 크기의 광장이 있어서 사람들이 모여 의례나 스펙터클을 즐겼으리라. 이내 당신은 이곳이 한때는 대단한 신정 도시국가를 이루고 있었음을 알게 된다. 주거지가 있는 곳곳에서도 크고 작은 신전들의 흔적을 쉽게 찾을 수 있다. 주거지 아래에는 조상의 시체를 화장하여 부장품과 함께 묻은 무덤도 자주 발견된다고 한다. 동일한 공간에서 삶과 죽음은 호흡을 같이했던 것이다.

태양의 피라미드와 제법 떨어진 아래편에 있는 발굴터 사꾸알라Zacuala 단지에는 질서정연한 아파트단지의 흔적이 보인다. 반듯하게 구획된 공간에 돌과 모르타르를 섞은 벽돌로 지은 주거터가 대규모로 존재했던 아파트형 도시였던

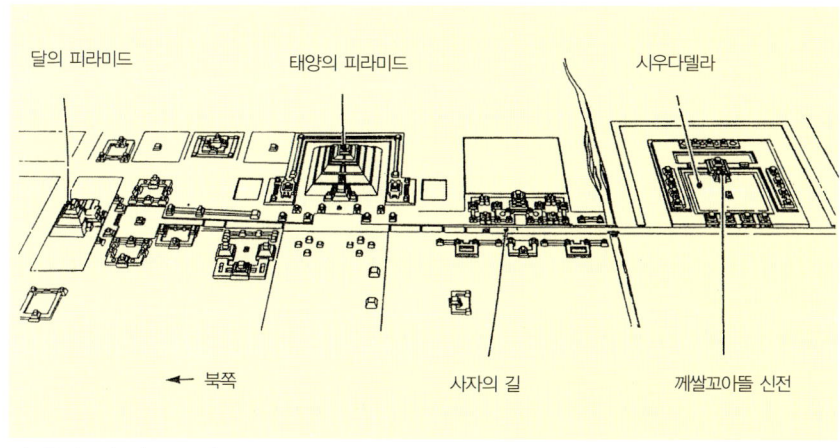

달의 피라미드　　　　태양의 피라미드　　　　시우다델라

◄ 북쪽　　　　　사자의 길　　　　　께쌀꼬아뜰 신전

남북을 가로지른 '사자의 길'을 중심으로 본 떼오띠우아깐 축도. 길의 좌우편에는 주거지 터가 있다.

것이다. 도대체 왜 도시가 이런 모습을 띠고 있었을까? 이곳에 살았던 사람은 언제 어떤 방법으로 고도문명을 이룰 수 있었을까?

연구자들에 의하면 떼오띠우아깐 문명은 메소아메리카mesoamerica(멕시코·온두라스·엘살바도르 등 중앙아메리카 일대의 고대문명이 존재했던 지역)에서 대략 150

년경부터 750년경까지 존재했던 고전기 Classic Period 문명——대체로 200~900년 사이의 메소아메리카 문명을 가리키며, 이전의 것을 전고전기(BC 2500~AD 200), 이후를 후고전기(900~1500)라 일컫는다——에 속한다. 한반도의 역사와 비교한다면 삼국시대라고 보면 된다. 비옥한 화산재로 뒤덮인 멕시코 중앙계곡의 일부인 이곳 계곡은 일찍이 많은 사람들이 이동하여 살았고, 400~650년경에는 인구가 12만 5천명에서 20만명 사이에 이를 정도로 큰 도시를 이루었다고 한다. 고고학자 레네 미욘에 따르면 600년경에는 세계 제6위의 대도시였다고 한다. 세계의 주요 대륙과 역사적으로 고립되어 있던 이곳 메소아메리카에도 대단한 도시문명이 있었던 셈이다.

	시기	메소아메리카 남부	메소아메리카 북부	우리나라
AD 1500	후고전기	치첸 이싸	아스떼까	조선시대
			똘떽	고려시대
AD 1000				통일신라 발해시대
AD 500	고전기	고전기 마야	떼오띠우아깐	삼국시대
0		몬떼 알반		
BC 500	전고전기			고조선 (BC 800)
BC 1000		올멕		농경문화 (BC 1000)
BC 1500		오꼬스		
BC 2000				
⋮	고 대			
BC 8000				
⋮	팔레오 인디언			후기구석기
BC 20,000				

정복 이전 시기의 메소아메리카 문명

이미 주거지나 신전터에서 보았겠지만 이 거대한 도시의 흔적에 수수께끼 같은 사실이 숨어 있다. 이 당시쯤이면 마야 문명에서는 글자나 정교한 산술과 역법체계가 만들어졌지만, 이곳에서는 이러한 흔적이 하나도 없다. 도시 이름이 무엇이었는지 알 수 없는 것도 당연하다. 글자도 산술도 역법의 흔적도 전혀 없는데 이 거대한 도시는 어떻게 유지되었을까?

죽은이들의 영혼이 쉬는 융화의 세계 뜰랄로깐을 그린 떼오띠우아깐의 벽화.

고딕적 공간

인구 20만명 규모의 계획된 도시국가였다면 우선 이를 가능케 한 강력한 중앙 집권적인 권위가 존재했으리라 생각할 수 있다. 고전기에 이르러 도시와 농촌의 분열이 일어났고, 농촌에 기생하는 도시문명을 가능케 한 국가조직을 상상할 수 있으리라. 그러나 이 떼오띠우아깐 문명에는 강력한 왕권을 칭송하거나 찬양하는 어떤 부조물이나 기념비적인 건축물 내지 기록을 찾아볼 수 없다. 확실히 왕조의 기원과 뛰어난 왕들을 기리는 공적 예술형식이 발달한 마야문명과는 전혀 다른 모습이다. 왜 그럴까? 떼오띠우아깐 연구에 결정적인 성과를 낸 한 예술사가의 연구(Esther Pasztory, *Teotihuacan*, 1997)를 염두에 두면서 이에 대한 의문을 풀어보자.

먼저, 이곳의 부조나 벽화에 나오는 사람들의 특징은 익명성이 보장된 집단적 개인일 뿐이다. 등장인물도 주로 화려한 복식을 입은 사제나 군인 그룹들이다. 이로부터 우리는 강력한 왕권이나 왕조적 권력보다는, 사제와 군인 집단이 집단지도체제의 형식을 띠고 이 도시국가를 지배했으리라고 유추할 수 있다.

다음으로, 건축 조각 벽화 같은 공적 예술작품이나 향로, 토우 같은 가정용 제기에 이르기까지 대부분의 예술작품은 전형적인 모델을 대량복제하여 생산되었다. 예술작품이 지닌 개체성보다는 모델의 통일성이 압도적으로 우위에 놓인 것이다. 공적 예술의 단조로운 특징uniformity이 바로 이곳 떼오띠우아깐 사람들의 정체성을 표현한다는 것이다.

마지막으로, 이곳 예술작품에 그려진 인간들은 모두 왜소하다. 제의에 참여하는 사제는 작게 그려져 있지만 그가 입은 옷은 대단히 화려하고 부풀려서 묘사되어 있다. 우주의 시초나 자연의 힘을 재현하는 제의에 인간이 차지한 비중은 시시할 뿐이기 때문일 것이다. "떼오띠우아깐은 역사가 없는 우주적 장소로 나타난다. (⋯) 도시계획, 벽화, 향로, 주인 묘사 등에서 거의 강박관념을 느낄 정도로 질서와 조직의 기계론mechanics이 명백하게 느껴진다." (앞의 책)

비유컨대 대단히 섬세하고 아름다운 예술작품이 즐비한 마야문명이 서양의 바로크에 가까운 것이라면, 이 떼오띠우아깐의 예술형식은 직선과 대칭이 지배하는 고딕양식에 가깝다고 할 수 있다.

풍요로운 공방도시

전성기에 인구가 20만명이나 되었다면 이 많은 인구를 어떻게 부양할 수 있었을까? 수력사회론水力社會論을 원용하여 이곳에서 국가가 탄생했음을 주장하는 고고학자도 있다. 주변에 있는 싼 후안 강, 싼 로렌소 강의 물을 끌어들여 치남빠(늪지대나 호수 저지대의 부식토양으로 만든 관개영농지) 농업 같은 집약적 농경으로 늘어나는 인구를 부양할 수 있었고, 바로 여기서 도시국가가 탄생할 수 있었다는 설명이다. 그러나 이를 뒷받침할 고고학적 증거는 없다. 다수의 학자들은 이 시기에 관개농업은 부분적이었을 터이고, 대부분은 천수답에 의존하거나 화전농업과 같은 조방식 영농을 유지했을 것이라고 본다.

인류학박물관에 소장된 장례용 모자이끄 가면. 떼오띠우아깐 장인들의 솜씨가 엿보인다.

그렇다면 주변지역이 과연 20만명 인구를 부양할 수 있었을까? 농업만으로는 그럴 수 없었을 것이다.

그 해답은 이곳이 요즘 어법으로 말하면 수공업도시라는 것이다. 화산지대인 이곳에는 당시 귀중했던 흑요석이 많이 나는 산지이기도 했다. 흑요석은 단단하기로 이름나서 무기나 주방용구로 쓰기에 안성맞춤이었다. 지금의 철의 용도에 해당하였던 것이다. 여기서 생산된 흑요석은 공방 장인들의 손을 거쳐 칼이

4 멕시코 기행

나 화살촉으로, 귀족들의 사치품으로 메소아메리카 전역에 팔려 나갔다. 떼오띠우아깐은 바로 이 공방의 장인들이 집단 거주하던 중산층의 아파트 도시였던 것이다. 60~100명 정도가 입주할 수 있는 다가구의 아파트단지들이 대규모로 조성된 사꾸알라의 집터들이 바로 이 점을 간접적으로 증명해준다.

흑요석 외에도 야금기술이 발달한 이곳의 다양한 광공업 제품을 사기 위해 멀리 멕시코만 쪽에서 상인들이 소라고둥을 가지고도 왔을 것이고——벽화를 보면 바닷가의 소라고둥으로 만든 트럼펫을 부는 모습이나 새 깃털처럼 고지대에서 생산되지 않는 것들이 눈에 많이 띈다——비옥한 분지 쪽에서는 등짐으로 나른 곡류가 유입되었을 것이다. 아마도 이곳 사람들의 부족한 곡기는 흑요석이나 광공업 제품으로 바꾼 식량들로 채워졌을 것이다.

해와 달의 피라미드

이곳은 당시 메소아메리카인들이 즐겨 찾는 성소이기도 했다. 상공업도시에다 관광성소이기도 했던 것이다. 요즘도 하지가 되면 멕시코씨티 사람들은 우주의 기氣를 받기 위해 이곳에 몰려들어 주변지역이 온통 주차장으로 변하는 홍역을 치르기도 한다. 에너지가 충만한 곳이라는 소문은 오늘날까지 지속되고 있다.

이름조차 알 수 없던 이곳을 후고전기의 아스떼까인들은 떼오띠우아깐, 즉 '신들이 탄생한 곳'이라 했다. 이들은 거대한 두 개의 피라미드를 태양의 피라미드와 달의 피라미드라고 불렀다. 태양과 달은 바로 이곳에 신들이 모여 희생제의를 치른 끝에 탄생시킨 것이란다. 당신은 이제 십중팔구 이 피라미드에 오를 것이다.

그러나 태양의 피라미드를 오르기 전에 아래 부분을 찬찬히 살펴보라. 그러면 지하로 향하는 동굴이 눈에 들어올 것이다. 메소아메리카 사람들에게 동혈洞穴은 바로 인간과 식물의 탄생을 가능케 한 우주창조설화와 연결되어 있다. 동굴에 흐르는 지하수는 우주적 대양에 흘렀던 시원적인 물로 인간의 생존을 가능케 하는 은혜로운 존재였다. 바로 이 지하수로 식물의 성장과 발육을 가능케 하는 대지는 어머니의 자궁과 같은 것이었으리라. 이러한 성스러운 동혈은 이 도시에 여러군데 산재하고, 메소아메리카 사람들은 성물을 가지고 찾아와서 풍요를 축원하는 제의를 지냈을 것이다. 태양의 피라미드는 바로 이 대지의 여신을 숭배하는 신앙과 관련이 있다고 한다.

달의 피라미드는 뜰랄록Tlaloc을 숭배하는 제단이었다. 뜰랄록은 메소아메리카에서 즐겨 숭배하는 남성신으로, 폭풍신이다. 폭풍신은 비를 뿌리는 풍요의 신이기도 하지만 천둥번개 같은 힘의 화신이기도 하다. 그러니 전쟁, 희생, 정치도 모두 그의 소관 아래에 있다. 달의 피라미드는 사자의 길이란 대로의 북쪽 끝에 자리잡아 도시계획의 통제자로, 우주의 질서를 통제하는 상징물로 우뚝 솟아 있다. 태양의 피라미드가 여성성을 대변하는 자연을 표상한다면, 달의 피라미드는 문화이며 가공적 질서를 부여하는 남성성을 대변한다.

공방도시였다고 군사적 강제나 인신공회人身供犧가 없는 목가적인 신정국가이라고 착각해서는 곤란하다. 발굴된 터에는 인신공회의 흔적들이 많이 나타나고, 희생에 바쳐진 사람들의 흔적도 신전터에서 보이기 때문이다. 다만 전쟁에서 사로잡은 포로들을 대규모로 희생제의에 이용했던 올멕, 마야, 아스떼까 사람들과는 달리 상대적으로 평화적인 종족이었던 것으로 보인다. 아무래도 상업과 관광수입, 그리고 수공업으로 생계를 불편없이 꾸려나갈 수 있어서 전쟁 의존도는 상대적으로 적었을 것이다.

높은 생활수준

태양의 피라미드 왼쪽 께쌀빠빨로뜰Quetzalpapalotl 신전 옆에 있는 주거시설을 잘 살펴보면, 당신은 이 도시설계자들의 정교한 주거공간 구성과 설계에 혀를 내두를 것이다. 수자원의 재활용, 수세식 화장실, 증기탕의 흔적이 바로 이곳에 남아 있기 때문이다.

대규모 아파트단지를 조성했던 흔적이 남은 집터. 표준화된 거주지 설계를 보면 이곳이 빈부격차가 상대적으로 적었던 중간계급의 도시였다는 점을 알 수 있다. 오른쪽 아래의 사진은 아파트의 수세식 변기. 물이 부족했기에 허드렛물을 재활용했다.

두 개의 강이 있었지만 수량이 많지 않아 집중된 인구에 제공할 수자원이 넉넉하지 않았던 까닭에 이들은 물을 재활용하는 설비를 만들었다. 우선 주거공간의 바닥에서 물이 빠져나가는 개수구멍을 찾을 수 있다. 그 다음 수세식 화장실이 눈에 들어온다. 오늘날처럼 좌변기 형식은 아니지만 쭈그리고 앉아서 일을 본 다음, 재활용한 물로 변을 하수구로 흘려 보내도록 설계되어 있다. 화장실부터가 예사롭지 않지 않은가?

부근 언저리에는 증기열탕 시설도 있다. 아마도 신전터 옆이니 제의를 집전할 사제가 증기싸우나를 하며 몸을 씻었을 것이다. 뜨겁게 구운 돌에다 물을 흘려보내는 방식의 증기탕은 물이 부족한 곳에서 목욕을 효과적으로 하는 설비였을 것이다. 1400년 전의 이곳 사람들도 누릴 것은 대부분 누리며 살았으리라. 이러한 주거설비는 당시 떼오띠우아깐 사람들의 부와 힘을 간접적으로 증언하는 셈이다.

떼오띠우아깐 문명의 쇠락

질서정연한 도시문명을 가꾼 떼오띠우아깐 문명이 왜 쇠락했는지 알기는 쉽지 않다. 기록도 없고, 고고학적 자료도 충분하지 않은지라 여러 가설이 난무한다. 분명한 것은 8세기경에 있었던 대규모 화재로 인한 파괴와 약탈의 흔적이다. 이때 나무기둥들이 불탔고, 석주들이 파괴되었으며, 달의 피라미드에 서 있을 법한 거대한 수신水神의 석상이 150미터나 떨어진 곳으로 옮겨졌다고 한다.

학자들은 거대한 인구를 부양하던 도시의 팽창이 필연적으로 가져왔을 생태계 파괴에서 위기가 시작되지 않았을까 생각한다. 건축물을 지으면서 사용된 엄청난 양의 나무 채취로 주변 삼림들이 고갈되었을 것이고, 이로 인해 토양의 침식이 심각해졌을 것이다. 또 덩치 큰 동물들이 주변에 없었으니 농사에 필요한 비료가 부족하고 인구증가에 따른 식량 부족분도 점차 커졌을 것이다. 만약 튼튼한 군사력으로 자신의 상업망을 보호하지 못했다면 북서쪽에서 내려온 호전적인 수렵종족들에게 당했을 수도 있으리라. 7세기 이후에 벽화나 도기에서 강조되는 군사적 요소들은 바로 이 문명도시민들의 관심사가 어디 있었는지 잘 보여준다는 지적도 있다. 전쟁은 점차 이들이 집착하는 주제가 되었을 것이다.

떼오띠우아깐의 쇠락은 3세기 전에 있었던 로마의 몰락과 마찬가지로 메소아메리카 세계에 무질서와 혼란을 낳았다. 이제 산재한 작은 도시들은 마치 빛이 사라진 태양의 둘레를 도는 위성처럼 헤매는 떠돌이별의 신세였으리라.

207

2

과달루뻬 성모성당으로

떼오띠우아깐 박물관까지 대충 훑어본 당신은 다시 차를 타고 멕시코씨티로 돌아가는 길에 씨티의 북쪽 끝에 있는 과달루뻬Guadalupe 성모성당으로 갈 것이다. 카톨릭 신자가 아니더라도 꼭 가볼 만한 코스이니 괘념치 마시라. 과달루뻬 성모는 이 나라에서 종교적 상징을 넘어서 정치적으로도, 문화적으로도 대단히 중요하기 때문이다.

택시를 탔다면 인자한 과달루뻬 성모상이 희미한 불빛을 받으며, "저를 보호하소서"란 글귀 아래 두 손을 모아 기도하는 모습을 보게 될 것이고, 가정집을 방문하면 일층 거실에 제법 큼직한 성모상이 걸려 있는 것을 보게 될 것이다. 과거나 현재나 멕시코인이 된다고 하는 것은 과달루뻬 성모에 대한 믿음을 잃지 않는 것을 의미한다. 심지어 미국에 사는 멕시코계 치까노들도 과달루뻬 성모축일인 12월 12일을 크리스마스보다 더욱 성대하게 치른다.

광장 앞에 막 도착하면 온갖 장사치들, 관광객들로 뒤범벅된 북새통 속에서 얼떨떨한 기분으로 구 바실리카를 보거나 신 바실리카의 성모상을 구경하게 될 것이다. 그러나 지난 400년간 이곳에서 일어났던 일들을 일별해본다면, 왜 이곳이, 이 신앙이 그만큼 중요한지 이해할 수 있을 것이고, 당신은 대단한 성소에 발을 밟고 있음을 알게 되리라.

인디오의 신앙과 기독교

성모성당은 멕시코씨티의 북쪽으로, 과거에 떼뻬약이라 불렸던 곳에 자리잡고 있다. 1531년 바로 이곳에서 인디오 피부색의 성모 마리아가 현현했다고 한다. 떼뻬약은 원래 정복 이전에 인디오들이 숭배하던 여신 또난찐의 성소가 있던 곳. 동일한 공간을 매개로 또난찐 여신 숭배와 마리아 신앙이 결합했던 것이다. 아마도 현현한 성모의 짙은 인디오 피부색은 백인, 인디오, 메스띠소로 분열된 사회의 상처를 치유하는 효과를 가졌을 것이다. 이게 바로 종교에서 '씽크레티즘'syncretism(습합현상)이라 불리는 것이다. 굳이 멕시코만 그런 것이 아니다. 유럽에서도, 한국에서도 이 현상을 비켜간 종교는 하나도 없었다.

과달루뻬 성모신앙이란 씽크레티즘 현상이 16세기 멕시코에 등장한 데에는 흥미로운 저간의 사정이 있다. 원래 메소아메리카의 인디오들은 오메떼오뜰이란 양성의 신(관)을 믿었다. 그래서 남신들과 여신들이 공존하면서 인간들에게 도움과 고통을 준다고 믿었다. 시기적으로 보면 전고전기 시대에는 주로 대지나 풍요로움을 숭배하는 여신들을 강조했다면, 정복당하기 전인 후고전기, 특히 아스떼까의 예를 보면 전쟁과 희생을 강조하는 남신들이 주된 숭배의 대상이었다. 스페인 정복자들의 승리는 곧 아스떼까인들이 믿는 남신들의 패배였다. 원주민들은 패배한 남신들을 버리고 더욱 강한 신이라고 생각하는 기독교 신앙을 큰 부담 없이 받아들였다. 다신교의 전통에서 보면 예수신 하나 추가하는 일은 아무것도 아니었다.

스페인 사람들은 1524년에 프란체스꼬 교단 수도사 12명을 파견하여 체계적인 전교사업에 나섰다. 그로부터 17년이 지난 1541년 모뜰리니아 신부는 인디

209

멕시코인들의 영원한 어머니 과달루뻬 성모. 성모에 대한 기도로 이들은 험난한 세파에서 겪는 고된 삶도 눈물도 견뎌낸다.

오 신도가 9백만명을 넘었다고 보고했다. 예수 그리스도를 신앙의 중심으로 전교사업을 시도한 이 교단의 노력은 신자 수를 늘리는 데는 큰 성공을 거둔 것처럼 보였다. 그러나 신앙의 질은 형편없었다. 일요일 낮에는 미사를 드리지만, 집에 돌아간 인디오들은 여전히 과거의 신앙에 따라 우상숭배나 희생제의까지 하는 실정이었다. 초기 전교는 대실패로 끝났다.

좀 뒤늦게 도착한 도미니끄회나 예수회의 전교방식은 이와는 달랐다. 16세기 당시의 전교방식을 지배했던 것은 뜨렌또 공의회의 결정이었다. 유일신 신앙 아래 성모 마리아 숭배와 성인 숭배가 허용된 것이다. 예수회 신부들은 인디오들이 하느님을 태양으로, 마리아를 달로, 성인들을 별들로 인지하며 자신들이 과거에 유지해온 판테온 속에서 신앙을 흡수하는 것을 알아차렸다. 오메떼오뜰이란 양성의 신을 믿는 이들에게는 땅과 영혼을 빼앗긴 마당에 피폐해지고 허전해진 영혼을 달랠 여성적인 신앙대상이 요구되었는데, 예수 그리스도 신앙을 전파하는 남성적 전교방식은 맘속 깊이 받아들이기 어려웠다. 프란체스꼬 교단의 실패는 바로 인디오 정신세계를 잘못 이해한 결과이기도 했다.

성모들의 전쟁

이런 와중에 인디오인 후안 디에고Juan Diego에게 성모 마리아가 현현한 것이다. 성모의 현현은 여러가지 의미를 띠고 있었다. 자연스레 인디오들의 성지가 기독신앙의 성지로 바뀌었다. 스페인 본토인들에게 당하고 있던 토착 백인들도 자신의 땅에 성모가 현현했다는 사실에 열광했다. 하느님의 은혜로 멕시코는 이제 스페인이나 다른 유럽 국가들과도 어깨를 견줄 수 있는 축복받은 땅이 된 것이다. 메스띠소 성모는 피부색, 종족의 갈등으로 분열된 식민지사회를 통합하는 상징이 되기도 했다. 스페인 본토인을 제외하고는 메스띠소 성모의 현현을 반기지 않을 사람은 없었다. 여기서 최초로 '멕시코인 의식'이 탄생했고, 초보적인 형태지만 애국주의 감정으로 발전하게 되었다.

프란체스꼬회가 수그러들고 예수회가 전교의 중심에 나선 것은 당연했다. 이들은 멕시코인들이 스페인으로부터 물리적으로 해방되기 이전에 영적으로 해방될 것을 제안했고, 그에 따라 과달루뻬 성모신앙은 체계적으로 전파되었던 것이다. 1648년 사제 미겔 싼체스가 『하느님의 과달루뻬 어머니, 성모 마리아의 이미지』란 책을 써서 1531년의 현현 사실을 역사적 기록으로 남겼다. 이 책은 단순한 신앙 차원의 기록이 아니라, 멕시코인들의 영적 독립선언서이기도 했다. 우리는 스페인 사람들의 종이 아니다. 적어도 영혼만은 하느님의 축복을 받은 은혜받은 독립민족이다. 이런 메시지를 담고 있었던 것이다.

멕시코인들은 1810년 독립혁명을 치를 때에도 과달루뻬 성모상을 내세우고 싸웠다. 민중들은 '조국의 아버지' 이달고 신부의 지도 아래 "과달루뻬 성모 만세"를 외치며 레메디오스 성모를 모시는 스페인 왕당파 군대에 맞서 싸웠다. 결국 일진일퇴의 '성모들의 전쟁'에서 멕시코인들의 과달루뻬 성모가 승리를 거두었다. 당연히 과달루뻬 성모는 '민족의 수호성녀'가 되었고, 오늘날도 과달루뻬 기장이 최고 영예에 추서되는 훈장의 자리를 차지하고 있다. 심지어 지독한 반교권적 태도를 지닌 베니또 후아레스 자유주의 정부조차 1859년에 모든 종교축일을 폐지했을 때에도 12월 12일 과달루뻬 성모축일만은 손대지 않았다. 2년 뒤 모든 교회재산을 국유화했을 때에도 과달루뻬 성모성당만은 예외를 인정했다. 그만큼 민족주의 감정과 직결되어 있기에 반교권주의자들조차 무릎을 꿇어야 했던 것이다. 멕시코인들에게 과달루뻬 신앙은 종교적 감정이기도 하지만 정치적 감정, 즉 민족주의 정서로 승화되어 있는 것이다.

성모상, 인간의 작품인가

신 바실리카에 안치되어 있는 과달루뻬 성모상이 인간의 작품인가 아닌가를 둘러싸고 논란이 분분하다. 성모 현현 당시에 후안 디에고에게 주었다는 이 그림이 인간의 작품이 아니라는 게 현현의 증거물로 제출되었기 때문이다. 디에고에게 성모가 나타나서 떼뻬약에 자신의 성전을 지으라는 전언을 주었지만, 주교가 무시했다. 아무리 설득해도 되지 않으니, 디에고는 네번째 현현시 뭔가 징표를 주십사 하고 졸랐다. 그러자 성모는 산꼭대기에 올라가면 보자기에 담긴 장미가 있으니, 그걸 가져다 보여주라고 했다고 한다. 디에고가 그것을 들고 주교에게 펼쳐 보이자, 그 보자기에 성모 그림이 나타났고, 이에 놀란 주교는 무릎을 꿇고 성모를 경배했다고 한다. 지금 바실리카에 걸린 그림이 바로 그때 성모께서 하사한 것이란다. 교회는 2년 뒤에 성소를 지어서 봉헌했고, 1556년 성당 건설이 시작되어 1567년에 완공을 보게 된다.

그림은 1666년 이래 여러차례 교회측에서 조사를 했고, 20세기 후반에 들어서도 수많은 과학자들이 새로운 기술을 동원하여 성모상의 신비를 밝히고자 노력했다. 1979년 필립 캘러헌 박사는 40개 프레임의 사진을 찍어서 조사한 결과, 오리지널 이미지가 인간의 작품일 수 없다는 결론을 내렸다. 호세 아스테-톤스만 박사도 이미지 프로세싱 기술을 통해서 성모의 두 눈에서 적어도 네 사람의 이미지를 찾을 수 있다고 발표했다. 나로선 이 성모상이 인간의 작품인지 아닌지 판별할 능력이 없다. 신앙이 있다면 징표는 부차적인 것이다. '믿음은 보지 못한 것의 증거'라고 하지 않는가?

후안 디에고는 1990년 이곳에서 교황 요한 바오로 2세에 의해 성인으로 추증되었고, 그로부터 2년 뒤 로마의 성 베드로 성당에서도 과달루뻬 성모를 기리는 미사가 봉헌되었다. 성모의 현현이 로마의 승인을 받기까지는 그만큼 지루한 시간과의 전쟁을 겪어야만 했던 것이다.

인류학박물관에서

점심을 먹고 좀 쉰 뒤라면 차뿔떼뻭Chapultepec 공원에 있는 인류학박물관으로 가보자. 멕시코가 자랑하는 세계적 수준의 박물관이니 꼭 들를 필요가 있다. 그러나 욕심은 금물, 반나절에 날치기로 보아도 다 보지 못한다. 게다가 성격이

급한 한국 관광객들이지 않은가? 필자도 열번 정도 드나들며 보았지만, 아직도 가서 보면 새롭다. 그만큼 공이 들어간 박물관이다. 우리가 멕시코에 대해 갖고 있는 고정관념은 여지없이 깨어지고 만다.

'박물관민족주의'란 것이 있다. 내가 만든 말이다. 박물관은 이 나라 민족의 정체성을 담아놓은 거대한 저수지이다. 박물관은 이 나라 민족의 정체성을 비추는 거울이다. 메스띠소 민족주의의 모성적 뿌리인 인디오문명을 분류하고, 발굴하고, 전시한 공간이다. 이곳 인류학박물관의 1층에는 죽은 과거의 문명이, 2층에는 살아 있는 인디오들의 문명이 전시되어 있다. 민족의 정체성에 관련된 것이니, 다른 나라와는 달리 인류학과 고고학이 국가예산을 많이 축낸다. 그렇지만 관광흑자에 큰 기여를 하고 있으니 나름대로 명분은 있다. '역사 없는 민족'인 미국민들이 멕시코에 단체로 관광을 오며 감탄하는 이유를 이제쯤 이해할 수 있으리라 믿는다.

인류학과 고고학은 적어도 멕시코에서는 배고픈 학문이 아니다. 길가의 키오스크나 슈퍼마켓에서는 컬러화보가 잔뜩 실린 월간 『고고학』Arqueología지가 『내셔널 지오그래픽』처럼 널리 팔린다. 또 엄청난 국가예산을 쓰는 고등교육기관, 연구기관이 포진하고 있어 비교적 우수한 학생들이 고고학과 인류학 분야에 진출한다. 국립인류학역사연구소INAH 국립인류학역사대학원ENAH 전국인디오재단INI 같은 전문기관 이외에도 국립멕시코자치대학교UNAM를 비롯하여 비교적 큰 대학에서도 인류학과 고고학 교육과정이 개설되어 있다. 최근에는 교육예산이 줄어 이 부분에도 구조조정이 시행되고 있지만 적어도 혁명 이후 최근까지 인류학과 고고학은 국책 학문의 대접을 받으며, 멕시코 국민의 '국민됨'을 탐구했던 것이다. 이 모든 것의 총화가 1964년 문을 연 국립인류학박물관MNA이다.

생명수와 생명의 나무

자동차를 타고 박물관에 도착했다면 지하 1층의 계단 앞에 내리게 된다. 건축물의 지하 1층에서 지상으로 솟아오른 분수대가 시원하게 물줄기를 뿜어내고 있을 것이다. 일단 건물부터 감상하며 들어가자. 예사 건축물이 아니기 때문이다. 이 지하분수대는 인디오문명의 우주관에서 '원초적 바다'를 상징한다. 이 물은 모든 생명이 삶을 영위하는 '태초의 물'로 지하에 흐른다. 지하의 씨앗은 이 물을 빨아들여 곡식으로 변신한다.

계단을 올라와서 출입구에서 표를 끊고 들어가면 거대한 우산 모습을 한 조각물이 나온다. 이것은 '생명의 나무'라 불린다. 올멕문명(고대멕시코 최초의 문명) 이래 메소아메리카의 우주관을 나타내는 상징물로 일종의 '세계의 축'이라 할 수 있다. 지하·지상·천상의 삼계를 상징하는 나무인 것이다. 떼오띠우아깐의 피라미드도 바로 이 세계의 축이 산—— '최초의 진정한 산'——으로 표현된 것에 불과하다. 모두 대지가 허공에서 솟아오른 우주의 탄생을 표현하고, 그후 확립된 삼계를 표현하는 것이다. 그리고 그 앞에는 마야문명에서 신성시하는 세노떼 연못이 있다. 갈대와 수초들이 자라는 이 연못 역시 지하에서 올라오는 생명의 젖줄 기능을 한다.

메소아메리카에서는 이 '세계의 축'과 사방四方이 결합하여 도시를 탄생시킨다. 이 인류학박물관의 건축구조도 바로 이 생명의 나무를 중심으로 사방이 조직되어 있고, 전면과 좌우 측면에 전시실이 앉아 있다. 모두 메소아메리카의 도시 건설을 상징적으로 표현한 것이다. 이쯤이면 1960년대 초에 이 건축물을 만든 뻬드로 라미레스의 아이디어를 이해할 수 있으리라. 그리고 멕시코 건축가들의 수준까지도.

무엇을 볼 것인가

처음에 당신은 욕심을 낼 것이다. 인류의 탄생부터 순서대로 보려고 첫번째 전시실로 들어간다. 그러나 전시실 하나만 꼼꼼이 보는 데에도 한두 시간은 금방 날아간다. 그러니 주어진 시간 내에 포트폴리오를 선택할 필요가 있다. 만약

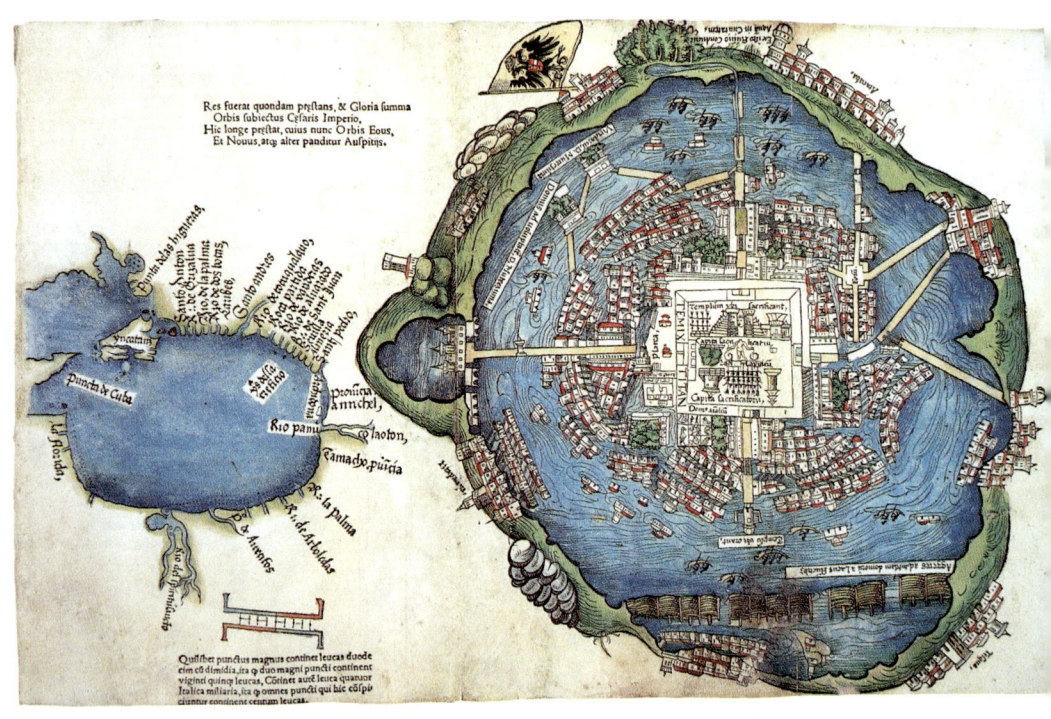

1524년 뉘른베르크에서 간행된 수상도시 떼노치띠뜰란과 유까딴 반도를 그린 목판화. 쿠바(Punta de Cuba) 옆에 미국 남부를 '라 플로리다'(La Florida), 미시시피강을 스삐리뚜산또강(Rio Spiritusanto)이라고 표기했다.

두세 시간 정도 쓸 생각이 있다면 떼오띠우아깐, 메쉬까(아스떼까), 마야문명의 전시실을 중심으로 볼 것을 권한다. '멕시코인류학파'의 영향이 듬뿍 담긴 탓인지 모르지만, 이 박물관의 중심은 역시 메쉬까 전시실이다. 큰 문명을 일구었다가 스페인의 꼬르떼스 정복대와 조우하여 힘없이 망해버린 비운의 문명이지만, 오늘날 국명 '멕시코'에서 보이듯이 메쉬까문명은 이곳 사람들의 국민적 정체성의 뿌리이기도 하다.

　메쉬까 혹은 아스떼까라 불리는 이 왕국은 꼬르떼스의 정복대가 도착하기 전에 멕시코 분지지역에서 헤게모니를 쥐고 있던 강대국이었다. 당시 떽스꼬꼬 호수 위의 섬에다 유럽 정복자들의 눈을 놀라게 했던 거대하고 화려한 도시를 건설했던 이들은 정복자들의 두 차례에 걸친 집요한 공격을 받은 후 무너지고 말았다.

전시실의 벽면에는 그 당시 호반도시의 모습을 그린 그림을 부착해놓았다. 요즘 보면 상상이 가지 않는다. 이미 호수는 거의 메워져 평지가 되어버렸기 때문이다. 남단의 소치밀꼬 지역에 가야만 호수의 모습을 부분적으로 맛볼 수 있다. 이 왕국을 건설한 선조들은 14세기 초반 북에서 내려왔다. 아스떼까의 전설에 따르면 1116년(고고학적으로는 증명되지 않는다) 북쪽에 있는 아스뜰란(정확한 위치가 어디인지는 아무도 모른다)이란 곳에서 내려왔다고 한다.

아스떼까의 건국신화

아스떼까의 수호신 우이찔로뽀치뜰리는 어느날 사제 떼노치에게 이른다. "오

바살트 석으로 만든 거대한 방울뱀의 두상 꼬아떼빤뜰리. 떼노치띠뜰란의 중심 성소의 벽에 있었고, 아스떼까 신들의 보호자 기능을 했으리라고 추정된다. 인류학박물관 소장.

뱀무늬 치마를 입은 여신 꼬아뜰리꾸에. 아스떼까의 수호신 우이찔로뽀치뜰리를 낳은 어머니 신이지만, 질투심 많은 아들 신은 어머니의 목을 잘랐고, 잘린 목에서 두 마리의 뱀이 나와 팔 모양을 하고 있다. 인류학박물관 소장.

장엄한 사제여! 내 사랑하는 동족을 이끌고 순례의 길에 오르도록 하라. 산을 넘고 계곡을 지나 뱀을 물고 있는 독수리를 발견하거든 그곳에다 왕국을 창건하도록 하라. 나는 신들의 도움을 얻어서 그대를 황금의 길로 영적으로 인도하리라." 떼스꼬꼬 호수지대에 도착한 떼노치는 기쁜 나머지 소리를 지른다. 거대한 독수리가 뱀과 혈투를 벌인 끝에, 이 뱀을 물고 비행하다가 노빨 선인장 위에다 앉았던 것이다. 마침내 우이찔로뽀치뜰리 신의 예언이 실현되었다. 아스떼까 사람들은 이곳에다 주신전의 터를 잡고 왕궁의 터를 닦았다.

오늘날 대통령궁이 있는 곳이 바로 마지막 황제 목떼수마 2세의 왕궁 자리이고, 바로 좌측에 주신전의 폐허가 발굴되어 박물관으로 보존되어 있다. 아스떼까인은 이곳에서 점차 세력을 확장하여 팽창을 거듭하였고, 후일 스페인 정복자들에게 망할 때까지 멕시코 중앙계곡의 패자로 군림하게 된다. 주변지역을 메워 점차 커진 호반도시는 사방으로 난 둑방길로 육지와 연결되었고, 내부는 카누로 인력과 물자를 이동하는 대도시로 발전하였다.

바로 이 아스떼까왕국을 멕시코인들은 국가의 역사적 기원으로 삼는다. 멕시코 국기와 기장에서 화폐에 이르기까지, 선인장 위에서 뱀을 물고 있는 독수리가 등장하는 까닭은 바로 앞에서 말한 메쉬까왕국의 건국신화에 따른 것이다.

떼노치띠뜰란의 창건을 그린 꼬디세(멘도사 사본)

1. 전설에 따르면 세―떽빠뜰 해(1116년)에 '일
곱 동굴'의 나라에서 사람들은 떠났다.

2. 여덟 개 부족이 전쟁의 신 우이찔로뽀치뜰리를
모시고 길을 떠났다.

3. 사람들은 큰 나무 주위에 제단을 쌓았
지만, 신은 노하여 나무를 잘랐고 부족들
을 흩었다.

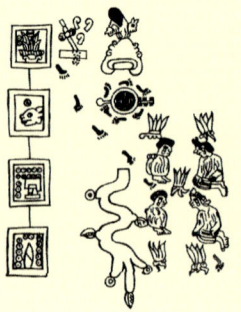

4. 아스떼까족은 강의 삼각주 지역에서 패배하고 눈물을 흘렸다.

5. (1300년) 꼭스꼭스 왕에 의해 포로가 된 사람들이 소치밀꼬 주민들을 무찌를 때 도와주었으므로 자유를 회복했다.

6. 이 부대에 무엇이 들었는가? 왕이 물었다.

7. 포로들에게서 자른 귀이옵니다. 아스떼까인들이 대답했다.

8. 오로지 인신공희만이 신들의 노여움을 달랠 수 있다.

9. 선조들의 역사를 되새기면서 세상을 살아간다.

왕국의 팽창과 멸망

처음에 북쪽에서 내려왔을 때에는, 신화와는 달리 호수 부근의 강력한 정치체들 때문에 눈칫밥을 먹었을 것이다. 이들이 북부의 호전적인 수렵채취 부족이었으리라 추측하기도 하지만, 이미 고도의 농사기술도 습득한 정주형 종족이었

디에고 리베라가 그린 「장엄한 도시, 떼노치띠뜰란」 부분. 문신을 새긴 성장의 창녀가 중심에 서 있고, 시장의 거래를 감독하는 감독관이 왼쪽에 보인다. 멕시코 대통령궁 2층 벽면의 벽화.

다고 보는 게 학계의 정설이다. 오늘날의 소깔로 주변지대에 도시를 건설하고 점차 주변에 영향력을 확대해나간 이들은 결국 1430년부터 본격적으로 국가 건설과 팽창주의 전쟁에 나서고 스페인 침략자에게 망하는 1521년에 이르는 근 100년간의 전성기를 맞이한다.

정복자들은 떼노치띠뜰란으로 불렸던 호반도시의 화려함과 쌍둥이 도시인 뜰라뗄롤꼬 시장의 거대함──대통령궁 2층 복도에 화려한 복장에다 문신을 새긴 창녀와 온갖 상행위 장면을 그린 디에고 리베라의 벽화가 있다──에 놀랐다. 전성기 시절 도시의 영역이 13.5평방킬로미터에 달했고, 인구도 15만에서 30만명 사이에 이르렀다고 한다.

이러한 메쉬까 혹은 아스떼까가 쉽게 망한 이유는 오랫동안 논란이 되어왔다. 약 500~600명의 정복자들에 의해 거대한 왕국이 두 차례의 공격에 무릎을 꿇었던 이유가 무엇일까? 물론 가장 큰 것은 무장력의 차이였을 것이다. 철제 무기와 곤봉의 싸움에서 곤봉을 든 사람이 이길 수 있겠는가? 꼬르떼스 부대는

목떼수마 황제와 정복자 꼬르떼스의 첫 만남. 꼬르떼스의 오른편에는 통역자이자 첩인 말린체가 보인다. 말린체는 멕시코인으로 정복자에 이용당한 최초의 매국노로 기억되어 있지만, 요즈음은 재평가가 활발하다.

화승총, 대포, 석궁 등의 뛰어난 무기를 지니고 있었다. 게다가 아스떼까 전사들은 주로 사람의 허벅지를 때려 사람을 생포하는 '의례적 전쟁'에 익숙한 사람

223

들이었다. 단숨에 사람을 죽이는 유럽의 전투스타일은 이들에게는 낯선 것이었다. 물론 이들에게는 수적 우세나 지리적 이점 등도 존재했다. 그러나 그들이 주변지역을 응징하고 공납을 강제하면서 만든 이웃 종족들의 적개심이 이들이 지닌 이점을 상쇄했던 것이다. 주변지역들은 꼬르떼스 정복대를 아스떼까에 당한 울분을 풀 동맹자로 여겼고, 기꺼이 엄청난 희생을 치르면서 도와주었다. 외교적 차원에서도 아스떼까는 불리했던 것이다. 아스떼까왕국의 패배는 이런 틀속에서 이루어졌다. 전염병의 창궐은 이러한 패배를 가속화한 요인에 지나지 않았다.

유럽중심주의의 오류

그런데도 우리는 이런 스토리에 익숙해 있다. 정복자들을 신으로 착각하여 제대로 대응을 못했기에 패했다. 말을 탄 사람들을 처음 보아 허둥지둥 어쩔 줄 몰랐다. 아스떼까 군주는 신의 점지만 기다리며 운명처럼 패배를 받아들였다 등의 이야기들이다. 이런 식으로 아스떼까의 패배를 설명하는 가장 세련된 논리를 담고 있는 것이 저명한 기호학자 또도로프Tzvetan Todorov가 쓴 『아메리카의 정복』The Conquest of America이란 책이다. 그는 '커뮤니케이션의 실패'에서 아스떼까의 패배 원인을 찾는다.

첫째, 아스떼까 사회에는 글쓰기 문화가 존재하지 않았다. 기억을 지탱하는 것은 구전문화였다. 구전문화는 과거지향적이고 순환적 시간 개념을 만든다. 여기서 시간은 반복되기 때문에 미래는 과거를 통해 예언된다. 둘째, 의사소통에는 인간과 인간 사이의 의사소통, 인간과 자연 사이의 의사소통 두 가지가 있다. 아스떼까 사회에서는 후자가 지배적이었다. 목떼수마 황제는 꼬르떼스의 도착과 전진에 대해 계속 보고를 받았지만, 정보를 제공한 사람들을 벌했고 계속 신의 충고를 기다렸다. 셋째, 대인적 의사소통이 부재한 아스떼까 사회에는 '인간적 타자성'이란 관념이 존재하지 않는다. 스페인 정복자들은 아스떼까 사회의 다양한 종족의 계서제에 분류될 수 없었기에 쉽게 '께쌀꼬아뜰 신의 현현'으로 수용되었다. 넷째, 반면에 꼬르떼스는 정복전쟁에 들어가기 전에 상대방 사회를 이해하기 위한 정보를 찾았다. 스페인어-마야어 통역자와 마야어-나우아뜰어 통역자를 통해 언어에 대한 통제권을 확보했고, 정보——예컨대 메소아메리카 사회의 내분——를 수집하여 전쟁과 외교에서 확실한 우위를 확보할 수 있었다.

정말 그럴듯한 설명이다. 그렇지만 그의 논리의 전제는 이미 주장을 내장하고 있다. 유럽은 곧 글쓰기 문화, 타자성이 존재하는 대인적 커뮤니케이션이 발달한 사회, 반면 아스떼까는 구전전통이 발달하여 타자성이 없고 오로지 자연과 인간 사이의 커뮤니케이션만 존재하는 사회란 이분법적 전제이다. 이러한 이분법적 전제야말로 유럽중심주의적이고 오리엔탈리즘적인 것이다. 왜 아스떼까인들에게 타자성이 없었겠는가? 문자의 발달단계는 낮았지만 이들에게는 그림문자pictography가 존재했다. 또 자신들의 역사를 기록하여 정체성을 확립하는 방법 꼬디세codice까지 개발하기도 했다. 이들도 유럽 사람들처럼 전형적인 문명/야만이란 이분법으로 이웃 종족들을 차별하기도 했던 것이다. 그

숫자 표기

1　5　20

400　8000

그림문자 표기

집　구기경기　왕의 의자

음성 표기

A: 아뜰　E: 에뜰　O: 오뜰리

추상적 생각의 표기

신　운동

말　밤　낮

달력 표기

나우아뜰어 표기법

1. '3부싯돌' 공주와 '5꽃' 군주의 맞선이 이루어지다.

2. 여사제를 동반한 공주는 혼례를 위해 몸을 정결히 씻는다.

3. 공주가 목욕을 하는 동안 군주는 귓불을 뚫는다.

4. 혼례식 준비를 마친 '3부싯돌' 공주는 사제들에게 향을 바친다.

5. 뱀 모습의 인장을 머리에 두른 왕녀가 출산을 하다.

6. 욕탕에서 소라고둥은 모성을 상징한다.

러니 또도로프의 이분법은 역사적인 근거가 희박하다.

　이것보다 더욱 문제인 것은 커뮤니케이션 방식의 충돌을 목떼수마와 꼬르떼스의 대결구도로 축소하는 방법론적인 오류이다. 부분을 전체로, 전체를 부분으로 환원하는 표현법인 제유법의 오류이다. 목떼수마의 망설임과 여성적 면모는 항상 꼬르떼스의 가차없는 현실주의와 대비되어 있다. 문명충돌은 두 명의 대표단수가 벌이는 게임에 지나지 않는다. 우월한 스페인 문명에 대해 저급한 아스떼까 문명이 패배하는 것은 필연이다. 이런 방식의 해독은 원주민문명을 철저하게 타자화하는 식민주의적 글쓰기에 다름아닌 것이다. 그러니 유명한 학자가 쓴 책이라고 그대로 덜렁 삼키면 안된다.

7. 군주와 왕녀는 두 명의 사제에게 봉헌물로
개 한마리와 새 한마리를 바친다.

8. 자신의 행복을 빌거나 행복한 출산에 감사하
기 위해 사제에게 군주가 향을 바친다.

9. 군주에게 무슨 일이 일어났는
지 모른다. 사제는 왕녀를 등에 업
고 두번째 혼례식장에 데려간다.

10. 두번째 남편 '12바람'과 함께 목
욕제의를 하다.

11. 침실에서 새로운 왕과 부부
의 의를 맺다.

아스떼까의 우주탄생 설화

메쉬까 전시실에서 당신은 틀림없이 '아스떼까 캘린더'라 불리는 원판을 보게
될 것이다. '태양의 돌'이라고도 하는 이 원판은 아스떼까 사회의 우주관을 담
고 있다. 피비린내 나는 희생제의를 치렀던 이유도 이 원판에 새겨진 이야기 때
문이다.

　아스떼까의 우주탄생 설화에 따르면 당대는 '제5의 태양'의 시기였다. 원판
가운데 있는 '또나띠우'라 불리는 제5의 태양을 둘러싼 것들이 이전에 탄생하
고 사라졌던 네 개의 태양이다. 시계방향으로 각각 땅의 태양, 바람의 태양, 불

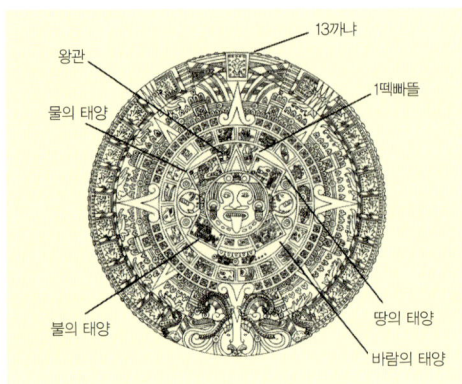

인류학박물관의 태양의 돌. 제5의 태양 또나띠우를 둘러싸고 있는 것이 이전 세계를 지배한 4개의 태양이다. 위쪽의 13까나는 제5의 태양이 태어난 1011년을 가리키고 왕관은 멕시코·떼노치띠뜰란의 왕관을, 1떼빠뜰은 수호신 우이찔로뽀치뜰리가 탄생한 날을 가리킨다.

의 태양, 물의 태양이다. 땅의 태양은 용맹스런 재규어에 의해 망했고, 바람의 태양은 허리케인에 의해, 불의 태양은 불비에 의해, 물의 태양은 대홍수에 의해 사라져 버렸다. 각 태양의 시기에 살고 있던 인간들도 함께 망했다고 한다.

신들은 떼오띠우아깐에 함께 모였다. 제5의 태양을 띄우기 위해서였다. 께쌀꼬아뜰의 아들로 겸손한 나나우아찐이 희생(분신)을 자청했다. 아울러 자신만만한 떼꾸시스떼까뜰도 나섰다. 성장을 한 떼꾸시스떼까뜰은 네 번이나 분신을 시도했으나 물러났다. 반면 초라한 복장의 나나우아찐은 단번에 화염에 몸을 던져 제5의 태양으로 떠올랐다. 독수리와 재규어도 이때 불 옆에 있었다. 독수리는 너무 가까이 있는 바람에 온몸이 타서 시커먼 색을 띠게 되었고, 재규어는 황급히 피했기에 점박이가 되는 데 그쳤다. 그렇지만 두 짐승은 제5의 태양 시대에 전사들의 용맹과 힘을 상징하는 동물이 되는 영예를 얻었다.

창피스런 떼꾸시스떼까뜰은 뒤늦게 뛰어들어 달로 떠오를 수 있었다. 이때 그의 눈을 가리려고 토끼를 내밀었고, 토끼는 그로 인해 총기를 잃어 멍청하고 온순한 성격을 갖게 되었다. 게다가 몸이 딸려들어가서 달 표면에 자국까지 남게 된 것이다. 달나라의 토끼는 이곳 사람들도 어릴 때부터 듣던 이야기이다.

우주의 동편에 해와 달이 떠오른 것을 보고 다른 신들은 만족스런 표정을 지었다. 그런데 문제가 생겼다. 해와 달이 꿈쩍도 않는 것이다. 다시 회의를 개최

한 신들은 바람의 신 에에까뜰에게 폭풍을 주문했다. 그가 바람을 일으켜 우선 태양을 움직였다. 달은 태양이 쉴 때 일하도록 밤 시간에 움직였다. 태양이 동쪽에서 서쪽으로 움직이고, 낮과 밤이 생기고, 사계절이 나타난 것은 바로 이 신들의 희생과 노력이 아니었으면 불가능했다.

신들의 희생정신이 없었으면 태양의 운행도, 이생의 삶도 유지할 수 없다. 따라서 이 땅에 사는 사람들도 이 태양의 힘이 떨어지지 않도록, 낮과 밤, 그리고 사계절의 운행이 없어지지 않도록 태양에 에너지를 계속 공급해주어야 한다. 대규모의 인신공희를 통해 인간의 심장을 신들에게 바치는 제의는 바로 이러한 우주탄생 설화에 뿌리를 둔 것이다.

마리아치 밴드

하루의 일과를 마쳤으면, 이제 식도락의 기쁨을 찾아야 한다. 혹시 미국 작곡가 아론 코플랜드의 「엘 쌀롱 멕시코」란 곡의 리듬이 생각나면 흥얼거리면서 다가올 멕시코씨티의 즐거운 밤거리를 떠올려보라. 추가로 돈이 더 드는 것은 아닐 터이니. 시끌벅적한 선술집에서 흘러나오는 음악소리를 공짜로 들으며 따꼬를 먹을 수도 있고, 꽤 근사한 식당에 앉아서 4~6인조 마리아치 밴드가 연주하는 노래 속에서 떼낄라나 마르가리따 한잔을 들이켜면서 하루의 피로를 씻을 수도 있다. 후자의 경우도 주변 사람들이 노래를 많이 신청하면 무임승차가 가능하니 되도록 끈기있게 기다리는 게 좋다. 여기서도 성미가 급하면 외화를 낭비하게 된다.

마리아치는 멕시코를 대표하는 상징처럼 알려져 있다. 차로(말몰이꾼) 복장에다 챙이 넓은 솜브레로 모자를 쓴 이 현악밴드는 음식점이나 술집에서 손님들의 주문에 따라 노래를 불러주고 팁을 받는다. 주로 바이올린과 기타 반주에다 화음을 넣어 노래하는데, 솜씨가 일품이다. 제법 괜찮은 밴드에는 아르빠(하프)나 비우엘라, 기타론(작은 기타) 같은 악기가 가세하기도 한다.

마리아치가 어디서 유래했느냐는 아직도 논란거리이다. 이 말의 어원이 프랑스어 '마리아지'mariage라는 설이 한때 받아들여져서 스페인 왕립아카데미사전에도, 브리태니커사전에도 그렇게 실렸다. 이 설에 따르면 나뽈레옹 3세가 멕시코 정국에 개입했던 1861년부터 1863년 사이에 마리아치 전통이 생겼다고 한다. 결혼식mariage 피로연에서 연주하던 밴드 스타일이 굳어져 마리아치가 되었다는 것이다. 그러나 요즈음은 이 설을 믿는 사람은 거의 없다. '마리아지'란 말이 '마리아치'의 음가에 가장 가깝긴 하지만, 이미 그전에도 이 말이 사용되었다는 것이 여러 문헌에서 확인되었기 때문이다. 그렇지만 이 말의 기원이 무엇인지는 아직도 정확히 알려져 있지 않다.

할리스꼬 지방의 전통이 수도로 오면서 생긴 변화 중의 하나는 밴드에 트럼펫이 첨가된 것. 부드러운 현악연주에 트럼펫이 부가되어 약간의 생채기가 생겼지만, 이 악기는 마초 냄새가 물씬 풍기는 차로 복장과는 잘 어울린다. 현악연주가 받쳐주지 못하는 남성적 파워를 맘껏 발휘하기 때문이다. 그렇지만 본고장 할리스꼬의 마리아치 밴드에서는 트럼펫을 끼워주지 않는다.

한때 인기를 끌었던 로버트 로드리게스의 영화 「엘 마리아치」(1993). 이 영화는 갱들에게 오해를 받아 쫓기는 한 떠돌이 가수 이야기를 풀어내고 있다. 그러나 이 떠돌이 노래꾼을 마리아치라 부를 수 있을까? 그럴 순 없다. 마리아치란 말이 붙으려면 반드시 기타와 바이올린이 가미되어야 한다. 따라서 한 사람으로는 불가능하다. 로드리게스 감독이 히스패닉 관객을 끌어들이려고 제목만 그렇게 붙였을 뿐이다. 그러니 이 영화를 보고, 마리아치의 이미지를 굳히면 곤란하다.

3

벽화를 찾아서

이튿날이면 소깔로^{Zócalo} 광장을 찾아가는 것이 좋다. 아스떼까제국, 식민시대, 그리고 공화국시대에 걸쳐 정치와 종교의 중심지인 곳, '세계의 배꼽'의 배꼽에 해당하는 바로 그곳에 서게 된다. 소깔로 광장의 좌측에는 바로크 양식의 까떼드랄(대성당)이 오랜 역사를 견디며 위용을 뽐내고 있고, 정면에는 거대한 대통령궁이 버티고 서 있다. 당신은 틀림없이 가이드의 안내로 대통령궁 벽화를 보게 될 것이다. 대형 걸개그림과 벽화를 보면서 또 한번 멕시코 사람들의 예술적 자산에 대한 경외감을 토로할 것이다. 야! 정말 대단한 나라구나.

 일찍이 저명한 역사학자 라몬 루이스는 이렇게 물었다. 멕시코혁명이 남긴 것이 도대체 무엇이냐? 혁명이 아니라 '거대한 반란'에 불과했다고 평가하는 그는 냉소적으로 대답한다. "벽화뿐이지." 백만명이 죽고 수많은 개혁이 있었지만, 정작 무슨 도움이 되는 게 있었냐는 질문에, 그래도 관광상품으로 남은 벽화를 들었던 것이다.

 사실 오늘날에 보면 벽화운동은 대단한 공적 미술프로그램과 정부예산이 뒷받침되어 일어난 문화적 민족주의의 일환이지만, 혁명 이후 초기에는 소박하게 공공건물을 장식하는 프로그램으로 시작되었다. 그러나 혁명 이후 아래로부터 분출한 정치적 사회적 열기에 고무된 예술가집단이 조직되면서 이들은 장식사업을 공적 예술프로그램으로 발전시켰다. 당시 유럽에서 공부하고 돌아온 전위적 예술가들이 멕시코사회 전체에 충만한 민족적 민중적 열기를 만나 새로운 형식의 예술을 창조했는데, 그것이 바로 이 혁명벽화운동이었던 것이다. 혁명을 통해 권력을 장악한 정치가들도 국민들에게 뭔가를 보여주고 싶었다. 정치가들은 쇼프로그램이 필요했기에 이 부분에 거금을 지원하기로 했고, 지식인들과 예술가들은 국가예산으로 예술활동을 하며 밥을 먹을 수 있었기에 자연히 의기가 투합되었다. 아직 그림을 팔아가며 살 수 있는 시대가 아니었던 것이다.

인구의 80퍼센트가 문맹인 나라에서 정치인과 지식인들이 혁명의 메시지를 전달하고 계몽하는 일이 과연 어떻게 가능할까? 혁명정권 초기에 교육부장관을 맡았던 호세 바스꼰셀로스는 두 가지 작업에 착수했다. 당시 소련의 루나차르스끼로부터 배운 문맹퇴치운동을 십자군전쟁처럼 치르는 것이 첫째라면, 전국민의 의식 고양을 위해 문화적 민족주의운동을 대대적으로 일으키는 것이 둘째 과업이었다. 바스꼰셀로스는 예술(가)의 자율성을 인정했기에 그렇지 않았지만, 후임자들은 벽화를 문맹자들에게 제공하는 교육부 발행 역사교과서쯤으로 여겼다. 맨 처음 눈에 띄는 대통령궁 계단에 그려진 벽화는 1929년에 발행된 교육부 검인의 역사교과서라고 생각하면 된다.

디에고 리베라의 「멕시코의 역사」

1929년은 멕시코혁명의 권력투쟁에 종지부를 찍을 제도혁명당의 전신 혁명국민당이 탄생한 해였다. 그런 점에서 혁명 이후 새로운 국가의 탄생을 마무리짓는 시점이기도 했다. 혁명 이후 국가는 자신의 과거, 현재, 미래를 확실하게 홍보하고 싶었다. 권력을 장악한 민중주의 정치가들의 구미에 맞는 어용 내지 궁정 화가로 디에고 리베라^{Diego Rivera}가 발탁되었다. 빠리에서 오랫동안 그림공부를 했고, 피카소와 함께 입체파운동을 이끌었지만, 조국의 변화에 동참하고자 돌아와서 미술계의 변화를 주도한 거장이었다. 이미 그는 교육부 건물을 위시하여 여러 곳에 인디오문명과 혁명을 예찬하는 벽화를 그렸다. 당대 정치가들의 요구사항을 누구보다 잘 알고, 잘 표현할 수 있었다. 그는 한때 공산당원이었지만 비용을 대는 자가 누구인가는 별로 문제삼지 않았다.

벽면 전면을 바라보면 1521년 아스떼까제국의 정복시대에서 시작하여 혁명에 이르는 4백년간의 역사가 파노라마처럼 펼쳐진다. 정복전쟁에 나타난 문화충돌, 종교재판소를 앞세운 영혼의 정복과정, 인문주의 사제들의 휴머니즘, 인디오들의 고통, 독립과 내전상황, 프랑스와 미국의 침입, 뽀르피리오 디아스의 장기집권, 이에 대한 정치적 사회적 반발 등이 영화필름처럼 주욱 연결되어 있다. 참으로 뛰어난 어용화가였다. 4백년사를 어떻게 한 장의 그림에다 담아낼 수 있담? 우측 벽면에는 정복 이전의 인디오사회가 다소 목가적인 분위기로 그려져 있고, 좌측 벽면에는 다가올 산업기술사회의 미래를 대단히 긍정적으로 바라본 내용을 담았다. 그림의 구조는 인디오사회(정), 4백년의 갈등(반), 산업사회(합)이란 3분도식을 띠고 있다. 공산당원이었던 그는 유물변증법보다는 헤겔변증법에 익숙했던 것이다.

민중주의 화가, 우리와 그네들

리베라를 내가 '민중주의 화가'라고 칭하는 까닭은 전형적인 이분법적 민중주의 담론 구조를 따르고 있기 때문이다. 정면 벽화는 4백년간의 역사를 내부와 침입자란 이분법적 도식으로 정리한다. 하단부에 꼬르떼스의 정복전쟁을 목가적인 유토피아였던 인디오세계를 파괴한 최초의 원죄처럼 그리고 있다. 정복은 인간과 토지에 대한 정복만이 아니라 영혼과 문화에 대한 지배이기도 했다. 당연히 인디오세계의 파괴와 이단심문소의 탄생을 정복자들의 죄악으로 묘사한

정복 이후 혁명에 이르는 400년간의 역사를 그린 리베라의 「멕시코의 역사」. 아래쪽에는 정복자와 아스떼까 병사들이 빚어내는 문명충돌을, 중간에는 식민시대에 이루어진 수탈과 영혼의 정복을 그리고 있다. 위쪽에는 독립 이후에 겪는 외침과 방어, 수탈과 저항의 드라마가 마침내 '토지, 자유, 빵'을 요구하는 혁명이란 절정으로 귀결됨을 기록하고 있다. 대통령궁 정면 계단 벽화.

4 멕시코 기행

다. 이 식민지적 유산에서 출발하여 뽀르피리오 디아스 정권의 외세의존적 근대화에 이르기까지 4백년간 외세는 민족의 전진을 막는 암적 존재로 그려졌다.

반면 정복자들에게 저항한 아스떼까의 마지막 군주 꾸아우떼목Cuauhtemoc의 투쟁은 당연히 긍정적인 요소, 즉 민족해방투쟁의 기원으로 묘사된다. 스페인의 정복전쟁으로 시작된 외세의 침입은 곧 1847년의 미국-멕시코 전쟁, 1861년의 프랑스 간섭전쟁으로 연결되는데, 여기에 저항한 독립영웅 이달고와 모델로스 신부, 프랑스 간섭을 종식시킨 베니또 후아레스, 반미민족주의 감정을 부추긴 까란사 이후 혁명지도자들은 영웅의 반열에 오른다. 그는 멕시코혁명의 까우디요caudillo(군사지도자나 정치지도자 또는 독재자)들을 반외세 영웅들의 판테온에 집어넣어 혁명사를 미화했는데, 혁명 이후 권력투쟁과 부패로 찌든 까우디요들을 성상화처럼 묘사한 것은 분명히 어용화가다운 면모를 여실하게 드러낸것이라 하겠다.

목가적 인디오세계와 사회주의의 미래

리베라는 당시 유행하던 인디헤니스모indigenismo에도 심취했다. 인디헤니스모는 혁명 이후 등장한 메스띠소 민족주의의 모성적 뿌리를 강조하는 지적 사조였다. 타락한 유럽문명을 모방하기보다는 건강한 인디오문명의 유산을 발굴하고 이를 본받아, 새롭게 탄생한 '우주적 인종' 메스띠소의 영혼을 정화해야 한다고 주장했다. 인디오문명을 선으로 보는 신화적·목가적인 역사해석에 충실하여 그는 북쪽 계단 벽면에 인디오문명의 황금시대를 그려냈다.

문화영웅 께쌀꼬아뜰을 중심에다 놓고 평화로운 삶을 꾸려나가는 인디오사회를 정복이라는 원죄 이전의 상태, 즉 낙원으로 묘사하고 있다. 그에게 인디오문명은 고귀한 야만bon sauvage이었던 것이다. 이러한 시각은 1940년대에 그렸던 인디오문명에 대한 세부묘사를 시도한 이층의 벽면 그림들에서 자세히 표현된다.

1935년 미국에서 돌아와 그린 남쪽 계단 벽화에다 리베라는 당시 유행한 급진적 사상과 노동자계급의 투쟁을 그려넣었다. 1930년대 멕시코 역사에서 노동자계급의 역할은 제한되어 있었지만, 대공황 이후 전세계를 풍미하던 맑스주

리베라의 「스페인 이전의 멕시코: 인디언의 구세계」. 대통령궁 북쪽 계단 벽화.

리베라의 「당대와 미래의 세계」. 대통령궁 남쪽 계단 벽화.

4 멕시코 기행

의 이념을 받아들여 맑스가 내건 공산주의 사회를 멕시코의 미래로 설정하고 있다. 그가 내건 미래사회에 대한 비전은 앞서 말했듯이 맑스주의 해석을 차용하고 있음에도 불구하고 헤겔적 변증법의 틀을 답습하고 있는 것으로 보인다. 그에게는 미래조차 과거의 목가적 세계와 마찬가지로 신화적인 의미를 띠고 있는 것이다.

이 그림에서 눈여겨볼 것 중의 하나는 사제가 젊은 여자를 희롱하는 모습이다. 어떻게 카톨릭 국가인 멕시코의 대통령궁 벽화에다 이런 장면을 버젓이 그려넣을 수 있었을까? 관찰력과 관심이 남다른 여행객이라면 당연히 제기할 질문이다. 대답은 다음과 같다.

당시 북부 출신의 혁명세력들은 반교권주의 정서가 강했다. 혁명 이후 권력을 좌지우지했던 엘리뜨들이 북부 소노라 출신이 많은데, 이곳은 정복 이후 전교사업이 제대로 이루어지지 않은 곳이기도 하다. 자연히 19세기 말엽 이곳 엘리뜨들은 유럽에서 수입된 실증주의 교육을 통해 반교회적인 이념을 내면화했다. 이들은 교회가 사회의 진보를 가로막는 원흉이라고 생각했다. 혁명 이후 이들이 권력을 장악하자 멕시코 교회가 또 한번 된서리를 맞은 것은 당연한 이치. 1917년 혁명헌법은 교회의 법인 자격을 박탈했고, 사제들의 참정권을 빼앗았다. 필자가 처음 멕시코 땅에 발을 디딘 1980년대 후반만 해도 사제들은 사제복 차림으로 돌아다닐 수도 없었다. 까를로스 쌀리나스 정부가 로마교황청과의 관계를 정상화한 1990년대에 들어와서야 교회가 잃었던 법적 지위와 정치적 영향력을 서서히 회복하게 되었다. 혁명 이후 멕시코에서 지식인 대부분은 반교권주의자였던 것이다.

까떼드랄과 싼 일데폰소 박물관

바로크 스타일의 파사드(건물의 전면 외벽)가 보이는 까떼드랄에 들어가 초기 건축물의 웅장함과 내부의 화려함을 맛보는 것도 특별한 즐거움이다. 이 까떼드

멕시코의 소깔로 광장. 메트로폴리탄 주교좌성당과 대통령궁이 보인다. 스페인 정복자의 도래 이전에는 아스떼까의 주신전과 황제의 궁전이 있던 곳이기도 하다.

랄은 인구 1억 멕시코 국민들의 영적인 중심지이다. 1573년에서 1813년에 이르는 기간 동안 여러번 증축을 했기에 건물의 양식은 다소 복잡하다. 내부에 들어가면 쇠파이프로 내려앉은 곳을 받쳐놓았다. 지하수를 너무 많이 뽑아올렸기에 멕시코씨티의 지반침하는 심각한 실정이며, 무거운 식민지시대 건물들은 대부분 이런 지경이다. 성당 내부에는 화려한 바로크 내지 추리게레스꼬 churrigueresco(스페인에서 나타난 바로크 말기의 건축양식)스타일의 장식품이 비록

239　　　　　　　　　　　　　　　　　　**4 멕시코 기행**

색이 바랜 상태이지만 이전의 영화를 증명하고 있다.

대충 성당 건물을 보았다면, 그냥 돌아가지 말고 대통령궁 뒷길에 있는 싼 일데폰소 박물관으로 갈 것을 권한다. 관광회사 가이드들은 박물관 관람료를 내야 한다고 기피하는 곳이지만 멕시코 식민시대 건축물 가운데 뛰어난 수작일 뿐 아니라 무엇보다 벽화의 세 대가 중의 한사람인 오로스꼬의 그림을 감상할 수 있는 곳이기도 하기 때문이다. 그런 다음 공짜로 디에고 리베라의 벽화들을 볼 수 있는 교육부 건물로 이동하기 바란다. 모두 인근에 있다. 대통령궁의 리베라 그림들이 극장간판 냄새가 짙게 난다면, 교육부 건물에서는 그래도 예술적 자질이 뛰어난 이 화가의 그림을 맘껏 감상할 수 있다.

사실 초기 벽화운동은 싼 일데폰소 박물관(당시 국립예비학교)과 교육부 건물의 장식에서 출발하였다. 교육부가 예산을 쥐고 있으니, 자신의 건물과 학교 건물부터 장식하지 않겠는가? 여기서도 관료들의 횡포(?)를 볼 수 있다. 공적 예술 운운하면서 별로 공공성이 강하지 않은 공간에다 예산을 썼기 때문이다. 이쯤해서 피로에 휩싸인 여행객은 싼 일데폰소 박물관에서 정원이 내려다보이는 기분좋은 이층 까페에 앉아서 주스나 커피를 들고 '수도원의 평화로움'(원래 수도원 건물이었다)을 만끽하며 에너지를 재충전하는 것도 괜찮다. 그런 다음 맑은 정신으로 벽화여행을 이어갈 수 있으리라.

오로스꼬, 혁명에 대한 비판과 풍자

리베라가 어용화가로서 뛰어난 화법을 자랑했다면, 호세 끌레멘떼 오로스꼬 José Clemente Orozco는 풍자와 역설로 혁명 이후에도 사라지지 않는 부패와 타락을 비판한 뛰어난 화가였다. 물론 그도 초기에는 미껠란젤로나 라파엘로의 영향이 짙은 벽화를 당시 국립예비학교 1층 벽면에 그렸다. 「인간이 자연으로부터 받은 선물」(1922)이란 제하의 이 벽화는 현재 대부분 지워졌고, '모성'에 해당하는 부분만 남아 있다. 당시 그는 신비주의적이고 비교적秘敎的인 화풍에 익숙했던 것 같다. 그러나 1923년부터 1927년 사이에 그는 혁명과 이에 대한 비판, 그리고 민족사에 대한 비판적인 성찰로 주제를 바꾸면서 오로스꼬 특유의 '공포와 섬뜩함의 미학'(띠볼)을 개발한다. 그는 신문의 캐리커처를 그리면서 생계를 유지했기에 풍자적 묘사에 대단히 뛰어났다. 그의 벽화는 감상자가 수동적으로 텍스트를 읽는 대신 스스로 거리를 두면서 과거와 현실을 해석하게끔

오로스꼬가 1926년에 그린 프레스코화 「참호」. 싼 일데폰소 박물관.

4 멕시코 기행

유도하는 일종의 '소격효과'를 일으킨다. 리베라의 벽화가 공식 교과서라면, 오로스꼬의 벽화는 비판적 텍스트이다.

1층 벽면에 그려진 「구질서의 붕괴」「참호」「신삼위일체」에서 오로스꼬는 혁명의 지난한 과정을 박진감있게 그려낸다. 그중에서 가장 잘 알려진 벽화 「참호」에서 우리는 병사 세 사람의 몸에 각인된, 혁명이 던져준 긴장감과 고통을 생생하게 느낄 수 있다. 2층과 3층 벽면에 그린 「여전사」「이별」에서도 그는 혁명으로 인한 민중의 고통을 비애감에 담긴 필치로 묘사하고 있다. 그는 혁명을 장엄한 드라마로, 축제적인 분위기로 그렸던 리베라와는 달리 비극적이고 고통스런 과정으로 묘사했다. 물론 그것은 새로운 질서를 잉태하는 아픔이기도 했다. 독일 표현주의 회화에서 받은 영향이 잘 느껴진다. 그에게 혁명은 갈색조나 회색조 계통의 어두움이었다. 그에게 혁명은 자기모순에 빠질 수도 있는 게임이었다. 「무덤을 파는 사람」이란 그림에서 그는 무덤을 판 사람의 한쪽 다리가 자신이 판 구덩이에 슬쩍 드리워지게 했다. 혁명의 적을 파묻기 위한 무덤이 결국 혁명에 참가한 자신의 무덤이 될지도 모른다고 암시한다.

그렇다고 그를 보수주의자라 낙인 찍으면 안된다. 1층 벽면 끝에 그린 「만찬」에서 그는 상층계급의 방탕과 허위의식을 캐리커처 형식으로 노골적으로 풍자하고 있다. 그가 즐겨 풍자와 비판의 대상으로 삼은 것은 당시의 권력층, 카톨릭교회, 그리고 혁명 이후에도 별다른 변화가 없었던 상층계급이었다. 그에겐 돈과 권력에서 자유로운 예술적 양심이 우선이었다. 이런 그를 벽화 그리는 경비를 대주던 국가관료들이 좋아했을 리 만무했다.

비판적 역사 읽기

계단 벽화와 천장에 그는 멕시코 민족의 새로운 정체성을 예고하는 「꼬르떼스와 라 말린체」를 그렸다. 이 그림은 백인 남성과 인디오 여성이 결합하여 '우주적인 인종'cosmic race 메스띠소 민족이 탄생함을 상징한다. 겉으로는 두 손을 맞잡고 있는 '만남'을 표현하고 있지만, 정작 실상은 정복자의 위압적인 자세와 이에 굴종하는 인디오 여성의 수동성을 표현하고 있다. 「프란체스꼬 수도사와 인디오」에서 그는 '영혼의 정복'을 그리고 있는데, 영적 구원 과정도 위압적이었음을 고발하고 있다. 그가 그린 정복사는 리베라의 목가적인 입장과는 달랐다. 그렇다고 이스빠니스따hispanista(스페인주의자)처럼 정복의 혜택을 일방적으로 주장하지도 않았다. 다만 정복이 가져온 종족적 혼합, 영적 구원을 선악이란 이분법적 구도로 나누지 않고 담담한 필치로 그려냈을 뿐이었다. 그가 나중에 그린 과달라하라시의 오스삐시오 까바냐스에 그린 일련의 정복사 관련 벽화에서도 이 점은 그대로 반복된다.

오로스꼬의 「꼬르떼스와 라 말린체」. 위압적인 정복자와 수동적인 말린체, 그리고 바닥에는 이 둘 사이에서 난 최초의 멕시코인 마르띤 꼬르떼스가 내팽겨진 채로 그려져 있다.

　1927년 이후 멕시코 정국이 보수화되면서 그는 벽화 그릴 공간을 잃게 된다. 혁명조차 회색조로 그리는 그에게 정부가 계속 돈을 대줄 리 만무했다. 그는 미국으로 가서 1934년까지 그곳에서 여러 작품을 남겼다. 뉴욕의 뉴 스쿨New School for Social Sciences, 포모나 칼리지 등에 남긴 벽화들은 이 시기 작품들이다.

　1934년 멕시코씨티 예술궁전에 걸린 대작 「카타르시스」는 혁명 과정의 온갖 인간군상을 풍자하고 있는데, 그는 혁명을 하나의 정화과정으로 보았고, 여기서 새로운 인간이 탄생함을 암시하고 있다. 이 시기에 그는 규격화된 모든 집단주의 이데올로기에 적대적인 태도를 취한다. 당대의 많은 벽화가들이 맑스주의에 우호적이었지만, 그는 적대적이었다. 대공황을 지나면서 전세계 지식인들의 종교가 되었던 맑스주의에 그가 비판적 태도를 취했던 것은, 적어도 좌파사상이 공적 영역에서 대단한 위용을 떨쳤던 멕시코에서는 취하기 쉽지 않은 태도였다.

과달라하라의 벽화들

만약에 멕시코 역사에 특별한 관심이 있고, 또 시간적인 여유가 있다면 과달라하라Guadalajara에 가서 2박3일 정도 보내는 것도 괜찮다. 멕시코 제2의 도시인 이곳에는 멕시코씨티보다 훌륭한 수공예품 시장이 인근의 뜰랄께빠께와 또날라 두 곳에 자리잡고 있어서 선물을 사기도 아주 좋은 곳이다. 마리아치 음악도 이 도시가 속한 할리스꼬주가 원조격이다. 저녁식사를 즐기며 이 고장의 명물 '하라베 따빠띠요'란 민속춤 구경도 할 수 있다. 벽화, 쇼핑, 음식과 음악 모든 것을 즐기면 2박3일이 짧게 느껴질 것이다. 특히 할리스꼬주는 멕시코가 자랑하는 세계적인 예술가와 문인들을 많이 배출하여 예향이라 불린다. 중남미 소설에서 마술적 리얼리즘 기법을 처음 펼쳐 보인 「뻬드로 빠라모」를 쓴 후안 룰포, 국가 다음으로 자주 연주되는 관현악곡 「우아빵고」를 작곡한 국민음악파의 대표적인 인물 호세 빠블로 몽까요, 화가로는 오로스꼬, 세계적인 명성을 얻은 전위파 건축가 루이스 바라간 등이 있다.

다시 벽화이야기로 돌아가 보자.

과달라하라 대학교의 대강당에 그린 일련의 그림에서 오로스꼬는 혁명이 가져온 새로운 억압과 잘못된 지도자들의 데마고기를 노골적으로 폭로한다. 이로 인해 고통받는 대중들은 어두운 색조로 그려져 있다. 그는 혁명정권의 지도자들은 물론 비판적인 맑스주의 지식인들에게도 비판의 화살을 날리고 있는데,

오로스꼬의 「아메리카 문명—라틴아메리카」 부분. 1932년에 뉴 햄프셔의 다트머스 칼리지에서 그린 벽화. 까우디요의 폭력과 가진 자들의 탐욕을 비판하고 있다.

「지도자들」이란 그림에서 벽화가이자 노동운동 지도자인 씨께이로스를 데마고그로, 심지어 『자본』을 든 듯한 맑스조차 우스꽝스럽게 그리고 있다. 맑스주의자 군상을 역사의 진보를 이끌어가는 영웅들로 묘사한 리베라의 그림——특히

245

예술궁전에 있는 「천지창조」에서 보듯이——과는 대조적이다.

혁명 이후에 대한 비판은 오스삐시오 까바냐스에 그린 「독재자」「군사화된 대중」「전제주의」에서 더욱 노골화된다. 국가예산에 기생한 벽화예술에 어떻게 혁명 이후 정권에 이토록 비판적인 그림들이 가능했을까? 그것은 당시 중앙정부와 대립관계에 있던 할리스꼬 주지사의 지원이 뒷받침되었기 때문이다.

이렇게 비판적이고 좌익사상에 대해서조차 냉소적이었다면, 그가 이상향으로 그렸던 사회질서는 어떤 것일까? 그는 불의 시련을 겪고 정화된 인간만이 멕시코의 혼란을 구할 수 있었다고 생각했다. 그는 할리스꼬 주정부청사의 계단벽화 「화염에 쌓인 인간」에서 나타나듯이, 불을 통해 정화된 인간을 하나의 이상형으로 그렸다. 대강당의 「다면적 인간」에서 그는 과학과 지식으로 무장된 새로운 세대에서 멕시코의 미래를 찾는다. 우상과 미신을 벗어나 과학과 지식으로 무장한 새로운 세대가 불의 단련을 거쳐 이데올로기적 편견에서 해방될 때 비로소 멕시코에도 밝은 미래가 도래하리라고 본 것이다.

씨께이로스, 벽화기법의 전위

이왕 벽화 이야기를 시작했으니, 3인의 거장 가운데 마지막 사람인 다비드 알파로 씨께이로스David Alfaro Siqueiros 이야기까지 끝내도록 하자. 이제 피곤해진 여행객은 숙소로 돌아가서 쉬게 될 것이고, 다음날 아니면 그 다음날 틀림없이 이 도시가 자랑하는 네오클래식 건축물 '예술궁전'Palacio de Bellas Artes에 들를 것이다. 저녁시간에 필수적인 관광코스로 자리잡은 민속발레를 보기 위해서든지, 아니면 이곳에 걸려 있는 세 거장의 벽화에 더하여 현대회화의 거장 루피노 따마요의 그림을 감상하기 위해서이다.

공산당 지도자이자, 노동운동가인 씨께이로스는 벽화운동에서 가장 논쟁적이었다. 이론가로 새로운 회화기법의 창안자로 비단 멕시코뿐만 아니라 미주 전역에 영향이 컸다. 자동차 도료를 벽화 물감으로 썼고, 분무기를 이용한 스프

씨께이로스의 「부르주아지의 초상」, 멕시코 전력노조 소장.

레이 방법도 최초로 사용했다. 팝아트의 거장 잭슨 폴록은 그를 스승으로 모시기까지 했다. 관찰자가 걸어가며 대형벽화를 동태적으로 감상할 수 있도록 '다각적 전망' 기법을 창안해낸 이도 바로 그였다. 그는 회화·조각·건축을 종합하는 통합적 조형예술을 만들기 위해 끊임없이 노력했다. 그는 진정으로 제작기법에서 혁명을 이룩한 예술가였다.

그의 벽화 중에서 첫 대작으로 꼽는 것은 멕시코전력노조SME에 있는 「부르주아지의 초상」으로 1936년에서 1939년에 걸쳐 만든 작품이다. 당대 유럽에 창궐하던 파시즘의 병리현상을 포토몽타주 기법을 응용하여 생생하게 담았다. 그는 당시 공산당의 국제노선인 반파시즘인민전선 전략노선에 따른 내용을 벽화에

4 멕시코 기행

담았던 것이다. 그림 속에는 나찌즘, 제국주의, 혁명과 전쟁이란 제3인터내셔날의 관심사를 그대로 반영하고 있다. 제3인터내셔날의 역사에 관심있는 사람은 중요한 테제들이 이 그림에 그대로 회화로 표현되어 있음을 알 수 있다. 투옥과 망명을 밥먹듯이 당했던 그였지만 당시 진보적 민중주의노선을 따르던 까르데나스 정부였기에, 노조로부터 이런 프로젝트를 수주받을 수 있었던 것이다.

부활한 반제투쟁의 화신

예술궁전에 걸린 씨께이로스의 그림은 「신화에 대항하는 꾸아우떼목」(1944), 「꾸아우떼목의 부활」(1949), 「꾸아우떼목의 고통」, 「신민주주의」(1944~45) 등이다. 꾸아우떼목은 아스떼까제국에서 최후로 왕위를 이어받아 스페인 정복자들에게 저항한 젊은 군주였다. 멕시코인들에게는 '젊은 할아버지'(독립영웅 이달고 신부가 '조국의 아버지'로 불리기 때문에, 300년 전의 이 젊은 군주는 조국의 '할아버지'로 불릴 수밖에 없다)라 불린다.

정복자들은 그를 잡아 잔인하게 불로 두 발을 태우는 고통을 가했다(「고통」). 정복자들은 자신들이 잃어버린 황금을 어디에 숨겼는지 이 젊은 군주에게 다그치지만, 꾸아우떼목은 저항을 하며 죽음을 택했다. 씨께이로스는 400년 전의 이 젊은 군주를 반제투쟁의 민족적 상징으로 부활시킨다. 아스떼까 군주의 투쟁은 구체적인 역사서술이기 전에 약소민족이 식민주의자들의 억압에 저항하는 상징으로 바뀌어져 있다.

「신화에 대항하는 꾸아우떼목」에서는 제국주의자들에게 당할 수밖에 없다는 숙명론에서 벗어나, 정복자들의 무기와 갑옷으로 무장한 이 젊은 영웅이 내뱉는 당당한 민족주의적 선언을 들을 수 있다. 씨께이로스에게 과거사는 언제나 '지금·이곳'의 현대사를 위해 존재하는 것이었다. 「신민주주의」는 멕시코를 포함한 약소국가들이 처해 있는 속박을 깨고 해방으로 나아가는 고통스럽지만 환희에 찬 모습을 그리고 있는데, 이 그림에서 감상자는 벽화예술이 지닌, 건조물

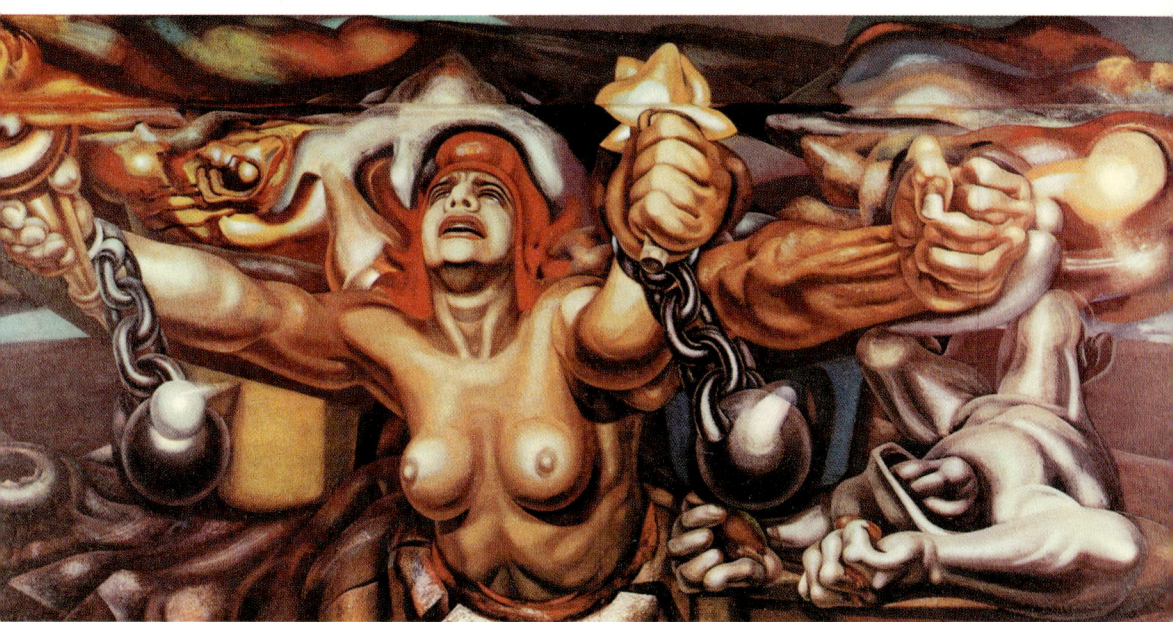

씨께이로스의 「신민주주의」, 예술궁전 소장.

에 어울리는 상징적 리얼리즘을 생생하게 느낄 수 있다. 여기에 모델로 나오는 여자는 바로 자신의 부인 앙헬리까이다.

조각회화의 창시자

관광객들이 또 손쉽게 볼 수 있는 씨께이로스의 벽화는 국립멕시코자치대UNAM 총장실 벽면에 붙어 있는 「민중은 대학으로, 대학은 민중으로: 신인문주의 민족문화를 향하여」일 것이다. 이 벽화는 회화적인 표현력은 떨어지지만 그가 꾸준히 추구했던 통합적 조형예술, 즉 조각회화에 해당하는 작품이다. 그림에 등장하는 5인은 과학, 기술, 산업, 농업, 문화를 상징한다. 잔디밭을 걸어가면서 바라보는 감상자의 다면적 시각을 고려하여 만든 작품이기에 감상자와 벽화의 관계가 하나의 시점에 고정되어 있지 않다. 천천히 걸어가면서 감상해보라.

4 멕시코 기행

만약 차뿔떼뻭 성의 역사 박물관에 갈 기회가 있다면 그곳에 있는 「뽀르피리오 독재에서 혁명까지」란 벽화를 꼭 보라고 권한다. 사회정치적 내용을 담은 그의 벽화 가운데 조형예술적 완성도가 가장 뛰어난 것이라고 평가받기 때문이다. 이 그림에서 그는 멕시코 국기가 한 미국인 경영주 손에 쥐어져 있음

씨께이로스의 「뽀르피리오 독재에서 혁명까지」 부분. 뽀르피리오 대통령이 관료와 장군과 함께 유럽풍의 무도회를 즐기고 있는 모습이다.

을 그리는데, 이는 혁명이 끝난 지 근 반세기가 지났건만 여전히 미국의 입김에서 벗어나지 못한 조국의 현실을 풍자하는 것이다.

앙숙 리베라와의 싸움

그는 이미 1932년에 멕시코 벽화운동이 실패했음을 고백했다. "멕시코 르네상스는 현대를 추구했지만 의고적이었다. 기념비를 추구했지만 현란함에 그쳤다. 프롤레타리아적이길 원했지만 민중적인 것의 모사에 불과했다. 전복적이길 원했지만 신비주의에 그쳤다. 국제주의적이길 원했지만 민속적 차원에 머물렀다. 그것은 혁명을 향한 도정에 올랐지만 미학적, 정치적, 그리고 심각하게도 반혁명적인 기회주의에 머물고 말았다."

그는 벽화운동이 기회주의로 변질하게 된 원흉으로 디에고 리베라를 지목했다. 씨께이로스는 그를 "보헤미안, 속물, 기회주의자, 백만장자들의 화가"로 몰아붙였다. 그에게 리베라는 공공예술로서 벽화의 혁명적 성격을 버리고, 인디

헤니스모란 정치적 신화에 탐닉하며, 민중주의 정치가들과 백만장자들에게 알랑거리는 지적 속물일 뿐이었다. 그럼 씨께이로스 그는 누구인가? 당신은 이렇게 질문할 수도 있고, 당신 나름대로 대답을 마련할 수 있다.

나는 그가 대단히 진지한 벽화예술가였고 기법에서도 혁명적 변화를 추구한 전위예술가였지만, 멕시코의 역사현실을 사실주의적으로 담아내는 데에는 관심이 소홀하지 않았는가 생각한다. 그의 그림들은 마치 제3인터내셔날의 문건을 옮겨놓은 듯한 느낌을 준다. 후진농업국이던 멕시코의 현실을 노동자와 자본가의 대립으로 그려냈고, 유럽의 반파시즘투쟁을 멕시코 현실로 대체했으며, 만년에는 근대산업문명이 줄 풍요로운 선물을 미래주의적으로 그려냈다. 그에 의해 그려진 멕시코는 제국주의에 신음하는 식민지, 아니면 계급투쟁 속에서 전진하는 노동자 나라, 그리고 이들에게 열릴 찬란한 산업문명사회였다. '가공의 멕시코'를 미래주의적으로 그린 멕시코 최후의 낭만주의자였다고 그를 평가한다면 지나친 언사일까? 어쨌든 한국에서 1980년대 민중예술 붐이 일었을 때 판화가 오윤이 반했던 벽화가가 바로 씨께이로스였다. 요절한 오윤의 작품에서도 이 멕시코 화가의 힘찬 선과 강렬한 색감이 듬뿍 느껴진다.

M E X I C O

4

우리가 생각하는 멕시코

우리 머릿속의 멕시코는 도대체 어떻게 생겨먹었을까? 도대체 뭘 보고 멕시코에 대한 지식, 혹은 고착된 이미지를 얻을까? 잘 알려진 두 개의 문학작품을 통해 멕시코에 대한 우리의 상을 점검해보자.

중학교 시절인가 이해도 못하는 D. H. 로렌스의 『날개 돋친 뱀』을 끼고 다녔다. 을유문고의 세계명작전집에 들어 있던 작품이었다. 너무 두꺼워서 매번 앞부분만 읽다 던져두었다가, 결국 25년이 넘게 지난 2000년에 멕시코에 1년간 머물면서 들고 나와 과달라하라 숙소에서 끝까지 읽을 수 있었다. 그레이엄 그린의 『권력과 영광』은 몇년 전에 읽었으니, 영미인들의——또는 우리들에게 주입된——멕시코 엿보기에 대해 한마디 정도는 할 수 있으리라. 우리나라 보통사람들도 멕시코를 멕시코 작가의 눈으로 보기보다는 오히려 친숙한 로렌스나 그린의 시각을 거칠 가능성이 크지 않은가? 멕시코 작가 옥따비오 빠스나 까를로스 푸엔떼스란 이름은 낯설지만, 로렌스나 그린은 마치 우리들에게 '정전正典'으로 인식되어 있지 않은가?

그래도 멕시코와 조우한 지 십여년이 되어 관찰할 기회를 가진 나는 두 작품을 읽으면서 묘한 심리적 갈등을 느꼈다. 아니, 이렇게 애정도 느끼지 못하는 나라에 대해서 이들은 어떻게 그곳에서 생활하며 소설을 쓰려고 생각했을까? 오리엔탈리즘은 도처에 숨어 있었다.

그린과 로렌스의 시각

멕시코혁명사를 대학원 세미나의 주제로 다루면서, 자연히 끄리스떼로 반란(멕시코혁명에 저항한 중서부지방의 카톨릭 교도들이 '그리스도 왕'의 기치를 들고 일으킨 종교반란)이 일어난 시기를 다룬 그레이엄 그린의 『권력과 영광』을 기억해내곤 구해 읽은 적이 있었다. 소설은 혁명정부가 교회를 탄압하고, 성직자들에게 족쇄를 채울 때 도망치며 고뇌하는 한 사제의 이야기를 다루었다. 이 아일랜드 출신의 카톨릭 작가는 이 '위스키 사제'의 도망 이야기를 통해 반교권적이고 유물론적인 혁명에 대해 단죄한다. 결국 고뇌 끝에 비겁함을 버리고 스스로 형장을 찾아가는 사제는 영적 구원을 얻게 된다는 종교적인 메시지가 담겨 있다.

종교적 메시지에 대해서는 왈가왈부할 처지가 아니지만, 소설에 등장하는 멕시코란 나라에 대해 이 작가가 희한한 인식을 하고 있구나 생각했다. 우선 간단한 사실 하나만 지적하기로 하자. 당시 멕시코에 위스키 사제가 있었다는 것은 정말 배꼽잡고 웃을 일이다. 아마도 아일랜드 사제나 영국 사제라면 몰라도…… 차라리 떼낄라 사제라고 불렀다면 그나마 설득력이 있지 않았을까? 이 정도의 사전지식도 문화에 대한 애정도 없는 작가가 왜 멕시코를 배경으로 소설을 썼을까?

그가 쓴 멕시코 기행문에서도 멕시코에 대한 거의 맹목적인 반감과 저주가 도처에 깔려 있었다. 한 비평가는 멕시코에 대한 이런 태도를 '지옥 같은 천국'이란 표현으로 요약했다. 영적으로 피폐해져가는 유럽세계를 구원하기 위해 그는 멕시코에서 영적인 천국을 추구하는 소설을 썼지만, 여기에 등장하는 멕시코는 단지 지옥 같은 주변 경치나 배경에 머물 뿐이었다. 이곳 사람들이나 문화에 대한 관심도, 눈곱만큼의 애정도 없었던 것이다. 멕시코는 그냥 위스키 사제가 견디어야만 하는 갈보리 산상일 뿐이다.

로렌스의 『날개 돋친 뱀』 앞부분에 멕시코 투우장을 찾은 주인공 케이트와 주변인물들이 내뱉는 말들도 이에 못지 않다. 투우는 잔인한 멕시코인들의 비열한 행위로 묘사된다. 소설 전체에 흐르는 멕시코인들, 인디오들에 대한 평가는 지극히 인종주의적이다. 케이트의 입에서 나오는 인디오 평가는 이렇다. 땅딸막하고, 남을 잘 속이고, 단순하고, 악하고, 순진하고, 음탕하고, 시끄럽게 떠들고, 더럽고……

로렌스는 성적 에너지를 가두는 기독교 서양세계를 탈출하여 이곳에 와서 구원의 불빛을 찾고자 했다. 케이트는 쇠잔해진 유럽을 떠나 영적인 추구를 위해 이 이방의 땅으로 온 주인공이다. 그린의 소설과 마찬가지로 멕시코는 일단 구원의 땅으로 등장한다. 구원의 모티브로 등장하는 '날개 돋친 뱀'Plumed Serpent은 정복 이전에 메소아메리카에서 숭배하던 께쌀꼬아뜰 신. 께쌀꼬아뜰에게서 그는 서구에서는 사라진 섹슈얼 판타지를 찾는다. 께쌀꼬아뜰, 새벽별의 신, 우이찔로뽀치뜰리, 전쟁의 신 그리고 이들을 모시는 인디오들은 모두 성적인 대상물로 등장한다. 이들이 두드리는 북소리는 성적 모티브를 자극하는 소도구로 묘사된다. 결국 멕시코는 성적인 모티브로 가득 찬 배경에 그친다. 역시 여기서도 인간이나 문화에 대한 섬세한 이해는 존재하지 않는다.

주체(케이트)는 타자(시프리아노)와 결합함으로써 성적인 고양을 이루고 새로운 에너지를 충전하려 하지만, 여전히 주객은 분리되어 있고 간주체성은 탄생하지 않는다. 인디오 피가 잔뜩 섞인 시프리아노 장군은 케이트와 결혼하지만 유럽적 주체인 케이트와 합일로 나아가진 못한다. 멕시코는 여전히 유럽에 열등한 대상으로 남을 뿐이다.

조영남의 「제비」

노래 이야기로 넘어가보자. 요즘 라틴음악이 잔잔히 분위기를 타고 있다고 언론이 전한다. 내가 어렸을 때에도 라틴음악이 꽤나 유행했다. 아마도 미8군의 유행에 의존적이었던 탓인지, 1960년대와 1970년대에도 라틴멜로디는 라디오나 LP판을 통해 자주 흘러나왔다. 그 가운데서도 멕시코 그룹 뜨리오 로스 빤초스Trio los Panchos가 부른 「제비」「라 빨로마」「베사메 무초」「희미한 옛사랑의 그림자」「끼엔 세라」등의 화음은 아직도 감동스런 울림으로 남아 있다. 아마도 이들은 당시 세계적으로 인기를 타고 있었던 것 같다. 내가 대학을 다닌 1970년대 말엽에 한창 인기를 누린 스웨덴 그룹 아바도 곧잘 라틴리듬의 노래를 부르곤 했다. 「페르난도」「치키티타」같은 노래는 제목부터 그랬고, 빠르고 경쾌한 라틴풍 리듬을 담고 있었다. 그러니 라틴음악은 세계음악으로 이전부터 항상 우리 곁에 있었던 것이다.

뜨리오 로스 빤초스의 히트곡 가운데 조영남이 번안하여 불러서 거의 우리나라 노래가 다 된 「제비」가 멕시코 노래였다고 말하면, 사람들은 "그래?" 하고 고개를 끄덕인다. 나는 이 노래가 우리나라 사람들의 심금을 울린 배경에 대해 한마디 하려 한다. 물론 노래가 히트한 것은 조영남의 탁월한 가창력과 곡조에 어울리는 가사를 번안해낸 사람 때문일 것이다. 내가 덧붙이려는 것은 노래 자체가 갖고 있는 멕시코 사람들의 한의 정서가 우리네와 닮았기 때문이란 점이다.

멕시코인들의 한의 정서

멕시코인들도 기구한 우리네 역사처럼 한많은 경험을 지니고 있다. 그래서 그런지 유난히 한이 어린 노랫가락이 많다. 특히 강대국 미국에 3천 킬로미터의 국경을 마주하면서 당한 역사적 경험은 중국과 일본의 틈바구니에서 겪어온 우리의 쓰라린 경험에 못지 않다. 그래서 그런지 두 나라 국민들의 심성에서 공히 '방어적 민족주의'의 기제를 쉽게 발견한다. 「제비」외에도 슬픈 사연의 멕시코 노래가 히트한 경우가 있다. 가장 최근의 기억은 몇년 전 연속방송극의 주제음악으로 인기를 얻었던 「돈데 보이」¿Donde voy?(어디로 갈거나?)이다. 국경을 넘어 돈 벌러 간 불법이민자 애인을 그리는 노래였던 것으로 기억한다. "돈데 보이, 돈데 보이? 희망은 나의 목적지겠지만, 나는 홀로라네 나는 홀로라네. 그대는 산으로 가서 사라지고, 나도 가버린다네." 슬픈 멜로디와 가사를 담고 있는 이 노래 역시 우리 정서와 잘 맞아떨어졌던 것이다.

「제비」에는 빼앗긴 땅에 대한 한이 숨어 있다. 나르시소 세라델이 지은 이 노래가 나온 시대적 배경은 1846년의 멕시코-미국 전쟁. 전쟁에서 대패배를 겪은 멕시코는 과달루뻬 이달고 조약(1848)을 맺어 국토의 거의 절반에 해당하는 240만 평방킬로미터의 땅을 떼어주었다. 국민들은 패전에, 무능한 정치가들에게 분노했을 것이다. 이들은 잃어버린 땅을 오가는 제비를 통해 울분을 조용히 삭였다.

그대가 황망히도 날아가는 곳, 힘도 들겠지.
여기서 떠나가버린 제비여.
오, 바람 속에서 길을 잃을 수도 있겠네.
피난처를 찾으려 하지만 못 찾을지도 몰라.
그대가 가는 곳, 내 잠자리 곁에서 둥지를 틀 수도 있겠네,
수비대가 지나가는 그곳에.
가끔 난 빼앗긴 땅에 있다네.
오, 무심한 하늘이여, 더이상 날 수도 없다니.

이런 슬픈 가사의 노래가 우리나라에서도 크게 유행했다고 멕시코 친구들에게 말해주면 놀란다. 한번은 멕시코 친구의 초청으로 가든파티에 간 적이 있었다. 그러니까 친구의 친구 부친의 생신을 기념하는 저녁자리였다. 적당하게 술

도 한순배 돌아가고 차려놓은 음식으로 허기도 가시니, 사람들은 이방인인 날보고 한마디 하라고 한다. 인사말과 함께 초청에 대한 답례로 노래 한곡을 부르겠다고 했다. 한국에 제일 많이 알려진 멕시코 노래 「제비」 이야기도 곁들여서 했다. 목청은 좋지 않았지만 성의껏 불렀고, 사람들은 박수로 환호했다. 문제는 그 다음이었다. 친구가 다가와서 쿡 찔렀다. "쎄뇨르, 노래는 잘 불렀어요. 그런데 즐거운 생일날에 부르는 노래는 아니죠. 「제비」는 멀리 떠나가는 사람을 환송할 때나 부른답니다." 나는 조용히 한방 먹었다.

꼬요아깐의 평화

셋쨋날이면 당신은 약간 지쳐서 가벼운 걸음걸이로 소일하고 싶을 것이다. 나라면 이즈음에서 멕시코씨티 남쪽으로 발걸음을 돌린다. 우선 꼬요아깐 Coyoacan 으로 가보자. 정복자 꼬르떼스가 장원을 가지고 있던 곳이고, 한때 지식인들과 예술가들이 모여 살던 곳이기도 하다. '코요테가 사는 곳'이란 뜻의 꼬요아깐에는 수십개의 박물관들이 숨어 있고, 분위기 좋은 까페도 도처에 즐비하다.

우선 공원으로 가서 편안한 노천 까페에서 차나 코코아를 한잔 마신다. 높은 나무들에 둘러싸인 분수대 주변을 느릿느릿 걸어다니는 사람들을 쳐다보면, 천하에 이렇게 태평스런 사람들이 있나 하는 생각이 들 것이다. 멕시코씨티의 하늘 아래에서 가장 평화로운 공간. 커피나 맥주 한병을 앞에 놓고 뭔가를 끄적거리면 그냥 시가 될 법한 그런 분위기이다. 적어도 나는 이곳을 처음 찾은 뒤부터 줄곧 그렇게 느꼈고, 사랑했던 공간이다. 그러나 주말은 다르다. 금요일 오후부터 일요일까지는 평화가 깨어지기 때문이다. 구청이 관광객을 겨냥한 임시 상가 설치를 허용하면서 주말 분위기는 오래 전에 바뀌었다. 일요일 아침 까페 빠르나소에서 한잔의 커피를 마시며 꼬요아깐의 한적함을 즐기던 그 옛날 추억을 난 아직도 잊지 못한다.

빠르나소 서점 옆에 있는 까페 빠르나소. 빠리 몽빠르나스의 이름을 딴 듯하다. 서점이 붙어 있어서 오래 전부터 지식인들이 즐겨 찾던 곳이다. 사람들은 이곳에서 책도 사고, 맥주 한잔을 놓고 담소를 즐긴다. 지난 몇년 동안 분위기가 상당히 상업화되었지만, 아직도 분위기를 즐기는 사람들은 몇시간씩 이곳에 와서 떠들며 시간을 죽인다.

주변에는 먹을 만한 음식점도, 구경할 곳도 많다. 값이 적당한 중국식당도 가까운 곳에 있고, 세 블록 떨어진 시장 입구에는 해물요리로 유명한 노천식당도 있다. 전날 술을 마셨기에 해장국을 찾아나선 사람들은 이구동성으로 라임을 듬뿍 친, 이곳의 깜뻬체 해물탕을 최고라고 추켜준다. 가격은 4천원 정도지만, 한국의 해장국보다 백배 낫다고 한다.

구경거리도 많다. 걸어서 5분 거리에 멕시코의 초현실주의 화가 프리다 깔로와 벽화가 디에고 리베라가 살았던 '푸른 집'이 있다. 또 좀 떨어져 있지만 역시 걸어갈 수 있는 거리에 러시아혁명의 지도자 레온 뜨로쯔끼가 스딸린에게 쫓겨나 망명와서 살았던 집이 현재 박물관으로 개조되어 있다. 그밖에도 조그만 박물관이나 문화원 시설들이 산재하지만 시간을 다투는 관광객들이 갈만한 곳은 아닐 것이다.

고독한 프리다 깔로

프리다 깔로Frida Kahlo. 20세기 멕시코 회화사를 빛낸 디에고 리베라의 아내. 그러나 생애 내내 쓰라린 운명과 대면하며 그 고통을 화폭에 담았던 천재적인 화가였다. 오늘날 사람들은 리베라의 이름은 머리에서 지웠지만, 그녀의 이름과 그림은 자꾸만 들추어낸다. 세기말의 불안이 가중된 탓일까? 눈의 초점이 허공에 떠 있는 자의식 가득든 그녀의 초상화들에서 우리는 불안한 시대에 흔들리는 영혼의 고뇌를 읽어낸다.

결혼 이전에 겪었던 심한 교통사고로 인해 척추와 하반신을 자유롭게 쓸 수

프리다 깔로의 「상념 속의 디에고가 함께하는 초상화」. 이마 속에 그린 디에고는 지워지지 않는 고통의 그림자로 각인되어 있다.

없었던 프리다. 그토록 갈망한 아이도 낳을 수 없었다. 고통스런 육체를 안고 끊임없이 싸워야 했던 그녀. 개구리처럼 생긴 천재화가 디에고 리베라와의 결혼생활도 순탄치 않았다. 예술가로서 서로 존경하고 격려하는 사이였지만, 희대의 바람둥이였던 디에고가 그녀에게 준 상처 또한 무던히도 그녀를 괴롭혔다. 온몸에 섬뜩한 자상이 난무한 그녀의 그림은 지독히도 현실적인 그림일기였으리라. 심지어 처제까지 손을 댄 디에고였다. 천재화가였기에 모든 것이 용인되는 화단이었지만, 유난히도 자의식이 강했던 그녀에겐 견디기 힘든 고통이었다. 그녀 역시 복수의 심정으로 딴 남자와 바람을 피우고 동성애를 즐기기도

259

멕시코의 전설적인 여배우 마리아 펠릭스. 디에고와의 염문을 은근히 즐겼다.

했다. 그렇지만 늘 자신에게 고통을 주는 디에고를 감쌌고, 떠나지 못했다. 아니 떠났다가도 못 잊어 다시 돌아왔다.

지금 박물관으로 꾸며진 이곳 '푸른 집'은 두 사람이 결혼생활을 하며 살았던 곳이고, 한때 멕시코 최고 명사들이 모여 고담준론을 벌이던 쌀롱이기도 했다. 작가, 정치인, 화가, 음악가, 외국명사들이 즐겨 찾았던 이 공간은 1930~40년대에 근대 멕시코 지성사를 수놓은 명소였다. 영화배우 돌로레스 델 리오, 디에고와의 염문을 뿌린 마리아 펠릭스도 프리다를 찾아왔고, 문인으로 까를로스 뻬이세르, 쌀바도르 노보가 단골손님이었다. 가까이 살았던 뜨로쯔끼도 죽기 전까지는 단골이었고, 프랑스 초현실주의 시인 앙드레 브르똥도, 칠레의 시인 빠블로 네루다도 즐겨 찾았던 곳이다.

초현실주의와 페미니즘

프리다는 전통적인 멕시코 여성과는 달랐다. 그녀는 독립적이었고, 자신의 스타일대로 예술을 추구했다. 벽화운동이 한창일 때에도, 이젤 페인팅을 경멸하는 분위기가 지배적이었을 때에도, 이젤화를 놓지 않았다. 아니 그녀는 이젤 페인팅에만 매달렸다. 그녀의 정물화 그림에는 정말 멕시코적인 주제와 멕시코적인 색감이 묻어 있다. 인디오들의 민속공예품을 모으기도 했고, 종교적인 레타블로 그림(조그만 엽서 크기에다 성화와 기도 내용을 적은 민중적인 예술품)을 모으기도 했다.

자화상은 프리다가 탐닉한 그림이었다. 그녀는 자신이 겪은 슬픔과 고통을 잊기 위해 자신을 그렸지만, 그 깊은 우수와 강박관념들을 지울 수는 없었다.

다른 그림들도 마찬가지였다. 그녀는 놀랄 만한 인내로 반복되는 고통을 견뎌냈고, 그것을 예술로 승화시켰다. 그녀의 생동감있는 터치에는 놀랍게도 무의식세계에 기웃거리는 자신의 꿈까지 새겨져 있다. 초현실주의 유파의 사람들이 그녀를 찬미하는 것은 당연했다. 브르똥은 멕시코란 나라가 '초현실적'이라고 했지만, 프리다는 초현실적이지 않으면 생명을 부지하기 힘든 실정이었다. 그녀는 지독한 현실을 탈출하기 위해서 모든 것을 그려넣었다. 만약 당신이 그러길 원한다면 그녀의 그림에서 인디언들의 신화에서부터 포스트모더니즘에 이르는 모든 것을 읽어낼 수 있으리라.

그녀는 남근중심주의──남근적 영웅설화에 기초한 대부분의 벽화는 전형적으로 이 범주에 속한다──가 지배하는 멕시코사회와 화단에서 여성적인 것의 가치를 꿋꿋이 지켜냈다. 대지의 뿌리들이 모성을 매개로 살이 찐다는 「뿌리」(1943), 끊임없이 난자당해 만신창이가 된 육체를 지닌 자신을 그린 「작은 자상들」, 수많은 스캔들에 의해 고통받으면서도 의연하게 자아를 지키려는 당당한 모습을 담은 수많은 자화상들, 바람둥이 디에고를 응석받이 아기처럼 안아주는 모성적 이미지를 담은 「사랑의 신은…」에 이르기까지 그녀는 다양한 육체의 이미지를 매개로 여성성을 지켜냈고 마초주의(남성우월주의)를 간접적으로 비난했다.

당대에 유행한 맑스주의도 그녀를 비켜갈 수 없었다. 프리다의 이층 작업실에는 빛바랜 마오 쩌둥의 사진이 붙어 있고, 또 맑스주의 저서들도 진열되어 있다. 그녀는 「스딸린과 함께 한 초상화」를 그렸고, 또 맑스주의를 찬양한 「맑스주의는 죽은자를 살린다」란 그림도 그렸다. 정치적 지향은 진보적이었고 온갖 집회에도 참석했지만, 그녀의 그림만은 사회주의나 사실주의를 비켜갔다. 개인에게 드리워진 고통의 무게가 지나치게 무거웠기 때문이었을까?

우남대학교의 건축문화

프리다 깔로의 집을 구경했다면 가까운 곳에 있는 뜨로쯔끼 박물관에 갈 수도

4 멕시코 기행

있다. 뜨로쯔끼가 한 자객에 의해 스키 창에 찔려 파란만장한 혁명가의 삶을 끝 냈던 곳이기도 하다. 만약 주말이라면 인근에 있는 싼 앙헬의 그림시장을 구경 해도 좋을 것이다. 아직은 유명하지 않지만 그림으로 생계를 유지하는 무명화 가들이 그림을 전시해놓고 흥정하며 파는 곳이다. 그림시장 외에도 고가의 공 예품을 파는 가게도 몇군데 있다. 역시 주변에도 분위기 좋은 노천까페와 식당 이 많다. 다소 번잡하긴 하지만 주말이니 어쩌랴?

아예 분위기를 바꾸려면 차를 타고 멕시코가 자랑하는 거대한 캠퍼스 국립멕 시코자치대학교UNAM로 가는 것이 좋다. 그래도 이곳까지 와서 대학교 구경을 놓칠 수는 없지 않은가? 속칭 우남대는 학생 20만명, 교원 3만명을 자랑하는 매머드 대학교이다. 멕시코에 대학교가 설립된 것은 1550년대. 당시 원주민 귀 족 자제들을 가르치기 위해 스페인이 중세대학을 모방해 만들었다. 멕시코인들 은 자신들의 대학교육이 하바드대학교보다 100년이나 앞섰다고 항상 자랑한 다. 그 전통의 연장인 우남대. 캠퍼스 크기는 상상을 초월하고, 관광객들은 곧

후안 오고르만의 벽화가 보이는 우남대 중앙도서관 건물. 천막들은 2000년 초반까지 11개월간의 파업을 주도했던 학생회 지도부의 본부였다.

잘 미로에 빠져들기 쉽다. 그렇지만 구경거리 대부분이 모여 있는 곳은 중앙도서관과 총장실 건물 주변이다. 이 캠퍼스가 있는 씨우닷 우니베르시따리아는 1950~53년에 약 150명의 건축가들이 동원된 매머드 프로젝트였다. 거대한 것과 웅장한 것에 대한 멕시코인들의 열광적인 관심을 잘 보여준다. 그러나 지금은 예산 부족으로, 학생들의 잦은 시위로 공룡 캠퍼스는 점차 망가지고 있다. 교육의 질도 상당히 떨어졌다. 그렇지만 건축 당시 멕시코인들이 주요 건축물들에 들인 공은 대단하다.

중앙도서관에 있는 후안 오고르만의 벽화는 멕시코를 지배했던 두 개의 세계관을 대조적으로 보여주며, 신화에서 과학으로 이행하는 근대적 계기를 표상한다. 또 놓칠 수 없는 벽화가 앞에서 간단히 언급한 총장실 건물 벽면의 씨께이로스의 벽화이다. 그밖에도 군데군데 다른 벽화가들이 그린 벽화들이 각 대학의 이념이나 이 나라의 역사를 담고 있고, 아스떼까나 마야시대의 아이디어를 담은 건축물과 조형기념물들이 즐비하다. 건물 근처에 있는 석조 연못 하나도 그냥 만든 것이 아니라 이전 선조들의 아이디어를 살리고 있고, 돌멩이 조각 하나도 신화와 역사의 한순간을 포착하고 있다. 잔디밭을 천천히 걸으면서 이들의 건축문화를 가벼운 마음으로 곁눈질해보라.

따꼬, 멕시코의 맛을 찾아서

따꼬는 멕시코 음식 가운데 가장 잘 알려진 음식이다. 간편하게 옥수수 전병 또르띠야에 싸먹을 수 있는 고기보쌈이라고 생각하면 된다. 소나 돼지를 부위별로 잘라 양념한 뒤 구워 잘게 잘라주면, 각종 소스(쌀사)를 쳐서 보쌈을 만들어 먹는다. 따꼬의 맛을 결정하는 것이 무얼까 생각해보았는데, 나는 그것이 잘 구운 고기에다 쌀사 메히까노, 그리고 새콤한 라임즙의 조합이라고 생각한다. 야채가 듬뿍 든 알람브레 꼰께소(치즈를 곁들인 알람브레 스타일) 한접시에 맥주나 포도주를 곁들이면 지상 최고의 행복감에 젖어든다.

매운 맛을 좋아하면 노란색 아바네로 고추가 듬뿍 든 쌀사도 있으니, 맘껏 드시길! 눈물을 찔끔찔끔 흘리면서, 고추 본고장의 된맛을 볼 수도 있으니. 한국 고추만 매운 것이 아니라는 것을 알게 될 것이다. 내가 가본 따꼬 집 가운데 가장 맘에 드는 곳이 바로 우남대에서도 멀지 않은 따스께냐 터미널 근처에 있는 따께리아 따꼬마였다. 약간 허름하지만 맛만은 그 어디에도 견줄 바가 아니었다.

멕시코 음식의 감칠맛에 약방의 감초 역할을 하는 것이 라임이다. 멕시코에서는 리몬이라 부른다. 작지만 즙이 잔뜩 든 리몬은 다른 나라 어디서도 보기 힘든 양질이다. 소화가 되지 않을 경우에도 리몬으로 레모네이드를 만들어 한 잔 마시면 금방 체기가 내려간다. 그러니 리몬은 칵테일에도, 어떤 종류의 음식에도 뿌려먹는 약방의 감초 격이 되어버린 것이다. 비타민도 아주 풍부해서 건강에도 매우 좋다. 어린아이들이 배가 아프다고 해도 라임주스 한잔을 준다. 단 라임은 워낙 산도가 높아서 이빨에는 별로 좋지 않다고 한다. 자동차 배터리에 녹이 슬어 접지가 불량할 때 라임 껍질로 닦으면 녹이 지워질 정도라니, 이빨에 구멍내는 정도야 쉽지 않겠는가? 여하튼 리몬 없는 멕시코 음식은 속이 텅 빈 찐빵 맛이다.

떼낄라와 함께하는 저녁시간

씨티의 남쪽에서 놀다가 가까운 데서 저녁을 때우려면 약간 비싸지만 안띠구아 아시엔다 델 뜰랄빤을 추천한다. 일인당 3만원에서 5만원꼴. 어지간한 택시기사라면 쉽게 데려다준다. 과거에는 이 나라의 미녀배우 마리아 펠릭스가 주인이었다는데, 요즘도 그대로인지는 모르겠다. 훌륭한 저택을 개조하여 넓은 정원이 툭 트여 있고, 공작 몇마리가 노니는 귀족스런 분위기를 연출한다. 나도 두세 번 가보았지만 술 마시기 전에 먼저 분위기에 취했다. 요리는 전통적인 멕시코 음식부터 국제화된 외국 음식들까지 모두 있어서 입맛대로 주문할 수 있고, 다양한 종류의 포도주도 구비되어 있어서 제법 근사한 저녁을 즐길 수 있다. 마리아치 밴드의 솜씨도 일품이다.

독주로 피로에 젖은 뇌를 약간 마비시키려 한다면 멕시코가 자랑하는 독주 떼낄라를 드시라. 도대체 떼낄라가 무엇인가? 선인장을 원료로 하는 증류주이다. 만드는 방법은 다음과 같다. 마게이 선인장을 자른 다음 쪄서 발효시킨다. 발효된 용액을 증류시킨다. 알코올 도수는 보통 40도. 떼낄라란 상표를 부착할 수 있는 것은 할리스꼬주의 떼낄라란 마을에서 생산되는 것에 제한된다. 그러니 떼낄라는 꼬냑처럼 마을이름이 술이름으로 둔갑된 셈이다. 두세 명이 큰 병 하나씩 거뜬히 비우는 한국사람들을 보고 멕시코인들은 놀란다. 그냥 칵테일로 가볍게 즐기려면 과일즙과 섞은 마르가리따 한 잔을 시키면 된다.

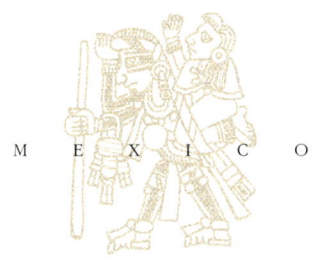

M E X I C O

5

깐꾼, 카리브의 쪽빛 바다

멕시코를 잘 모르는 사람도 깐꾼Cancun이란 관광명소는 잘 안다. 미국에서도
가장 잘 알려진 관광지이다. 아까뿔꼬도 한때는 유명세를 치렀지만, 지금은 빛
이 바랜 지 오래다. 멕시코씨티에서 육로로 갈 수 있기에 휴가철이면 번잡스럽
지만 해변이나 호텔시설은 이미 깐꾼에 비길 바가 아니다. 아까뿔꼬가 중간계
급의 휴양지라면, 깐꾼은 외국인과 상류층이 즐겨 찾는 곳이다. 카리브의 쪽빛
바다에다 일급호텔이 갖추어져 있어 깐꾼이 유명한 것은 아니다. 주변에는 이
름있는 마야 유적지들이 즐비하고 경관 좋은 곳들이 지천으로 깔려 있기에 관
광지로서 매력을 끄는 것이다.

　나는 깐꾼 해변가의 호텔에서 보내는 낮과 밤에는 관심이 없다. 쪽빛 바다,
뜨거운 백사장, 끝없는 호텔의 행렬, 미국식 쇼핑몰, 다양한 국적의 음식을 파
는 레스또랑…… 어디서나 볼 수 있는 풍경이기 때문이다.

깐꾼. 카리브해를 끼고 있는 호텔들의 긴 회랑이 보인다.

마야문명 속으로

깐꾼에 도착한 다음날이라면 일찌감치 차를 빌려 치첸 이싸Chichén Itzá로 가볼 것을 권한다. 여기서 구경을 마친 다음 뚤룸 해변을 거쳐 다시 호텔로 돌아오면 넉넉하게 하루를 보낼 수 있다. 치첸 이싸는 저지대 마야문명이라기보다는 멕시코 중앙계곡의 영향을 많이 받은 혼합형 문화이지만, 멕시코씨티 주변의 고지대 문명과는 다른 독특한 분위기를 느낄 수 있다.

마야문명은 유까딴반도에서 중미의 엘살바도르와 온두라스에 이르기까지 펼쳐 있는 열대우림 저지대의 문명이다. 이들은 떼오띠우아깐인들이 글자도 없이 거대한 도시문명을 이룩했을 때 이미 완벽한 문자체계를 개발했고, 또 정교한 천문학·달력·산술체계를 만들어냈다. 이들의 예술작품은 오늘날 보아도 화려하기 그지없는 색채감, 정교한 도상학을 특징으로 하고 있다. 떼오띠우아깐이 고딕이라면, 마야는 바로크에 가깝다. 고구려의 고분벽화를 뺨치는 보남빡 벽화의 도상학과 화려한 색감은 20세기 이 나라의 벽화제작자들도 혀를 내둘렀을 정도이다.

마야인들은 넓은 지역에 산재했지만, 정복된 지 500년이 지난 오늘날까지도 이전 전통을 고수하면서 자신들의 세계관과 우주관을 보존해오고 있다. 마야어족에 속한 많은 언어들이 아직도 이 넓은 지역에서 사용되기도 하고, 이 언어를 기억하기 위해 이들은 계속 저항하는 중이기도 하다. 가까운 예로 멕시코 남부의 치아빠스에서 농민반란을 일으킨 마야 인디오들은 자신들의 게릴라투쟁을 문화적 정체성을 획득하기 위한 '존엄성을 향한 투쟁'이라고 정의한다. 과떼말라 끼체 마야족의 저항 스토리를 담은 리고베르따 멘추의 『나, 리고베르따』는 노벨평화상 수상 덕분에 우리나라에서도 번역되었다. 이들은 500년간의 수탈과 망각에 저항하며 자신들의 문화적 언어적 정체성을 사수하기 위해 고군분투하고 있다.

치첸 이싸

치첸 이싸는 엄격히 말하면 후고전기의 마야문명으로, 앞서도 말했듯이 멕시코 중앙계곡의 영향이 깊숙이 침투한 혼성 마야문명의 표본이다. 전형적인 고전기 마야문명의 유적지는 아니지만, 메소아메리카 문명의 상호침투력을 보여준다는 점에서 우리들의 흥미를 끌 수도 있다. 그것도 1500킬로미터나 떨어진 똘떽 문명의 중심지 뚤라와 주고받은 교류의 역사이니 얼마나 흥미진진하겠는가? 이런 교류의 역사, 무역의 네트워크를 일컬어 세계체제world system가 메소아메리카에도 존재했다고 주장하는 역사인류학자도 있다.

치첸 이싸는 후고전기의 대표적인 도시──농촌과의 분리가 엄격한 city란 개념보다 town이란 개념에 가깝다──로 성장해서 유까딴 북부를 지배한 종교적 정치적 중심지였다. 치첸은 못의 입구란 뜻이고, 이싸는 이 지방을 지배하는 부족의 이름이다. 그러니까 '이싸족이 지배하는 연못 입구'란 뜻일 것이다. 성스러운 연못인 세노떼는 주변지역에서 공물을 바치러 오는 성소였다. 이곳에 즐비한 신전들과 시장터를 보면 경제적으로도 얼마나 윤택한 중심지였는지 쉽게 짐작된다.

놀라운 천문지식의 건축물, 까스띠요

치첸에서 가장 중요한 신전은 흔히 까스띠요城라고 불리는 꾸꿀깐Kukulkan 신전이다. 이 건축물은 사각의 피라미드형인데, 신전은 가파른 경사의 주계단 꼭대기 위에 사각모양을 띠고 있다. 저지대 마야 건축물과는 달리 엄격한 비례감각, 열린 공간(광장), 직각으로 굽은 패턴을 보면 바로크적인 섬세함보다는 노르딕 건축물 같은 엄격하고 견고한 느낌을 준다.

흥미롭게도 이 신전은 예사 돌건물이 아니다. 마야의 달력을 돌로 깎아놓은 것이다. 자세히 한번 살펴보자. 피라미드의 한쪽 면에 있는 아홉 계단을 주계단이 둘로 나누고 있는데, 둘을 합하면 18개의 계단이 나온다. 이것은 마야력에서

치첸 이싸의 까스띠요 피라미드.

20일을 한달로 치는 18개의 달月을 나타낸다. 그리고 각 면의 주계단의 계단 수는 91개, 여기에 4를 곱하면 364, 꼭대기 계단 하나를 더하면 365, 즉 일년을 나타낸다. 또 한 측면의 판넬 수를 세어보면 52개인데, 이는 52년 순환주기의 역법을 나타낸다. 게다가 더욱 놀라운 일은 춘분과 추분에 오후 늦게 태양이 비치면 북쪽 난간 양쪽에 있는 '날개 돋친 뱀' 조각이 태양광선을 받아 서서히 몸을 꿈틀거리며 내려오는 뱀의 형상을 한다고 한다. 이 모든 것은 정교한 천문학적 지식이 없었다면 가능하지 않았을 것이다.

꾸꿀깐, 문화영웅

내가 멕시코에서 사람들과 다니면서 가장 많이 들었던 소리는 이렇다. "온통 뱀을 숭배하니, 뭐가 잘되겠어요?" 좀더 심하면, "뱀을 숭배하니 악마들이 들끓지." 이런 식이다. 떼오띠우아깐에서도, 아스떼까 주신전에서도, 대통령궁 벽화에서도, 도처에 새겨진 뱀을 보고 하는 말들이다. 치첸 이싸에서도 까스띠요뿐만 아니라, 여기저기에 산재한 신전에 날개 돋친 뱀의 형상을 조각해놓았다. 한 신전에는 날개 돋친 뱀이 하늘에서 하강하여 똬리를 튼 모습을 여러개의 기둥으로 세워놓았다. 한국 관광객들은 대부분 이브를 유혹한 구약의 뱀을 기억해낸다. 그러나 메소아메리카에서 날개 돋친 뱀은 악마적인 유혹이 아니라 문화영웅이자, 인간에게 큰 도움을 준 신으로 기억된다. 굳이 그리스신화와 비교하자면, 인간에게 불을 훔쳐다 준 프로메테우스에 해당한다고나 할까. 그러니 잘 생각해보라. 대통령궁의 벽화에 디에고 리베라가 날개 돋친 뱀신을 왜 인자한 할아버지 이미지로 그려놓았는지.

메소아메리카에서 뱀은 허물을 벗으면서 생을 다시 시작하는——따라서 영생의 이미지를 가진다——변신의 가치이다. 물과 육지를 다니는 수륙양용의 뱀에 날개를 달아주었으니, 동양의 용의 이미지와 다를 바가 없지 않은가? 그러니 구약의 교활한 뱀의 이미지가 아니라 우리네 용처럼 상서로운 이미지를 지니고 있다. '날개 돋친 뱀' 신을 아스떼까에서는 께쌀꼬아뜰이라 불렀고, 끼체 마야에서는 구꾸마쯔, 이곳 치첸 이싸에서는 꾸꿀깐이라 불렀다. 아마도 이곳을 다스린 군주는 이 꾸꿀깐의 능력을 체현한 권능자로 자신을 주장했을지도 모른다.

구기경기장과 희생제의

까스띠요를 보았으면 서쪽의 구기경기장으로 발을 옮겨보자. 이곳에는 메소아메리카에서 가장 시설이 좋은 구기경기장이 있다. 경기장 모양은 영어의 I자형이고, 크기는 150미터로 양쪽 끝에는 조그만 신전이 있다. 주경기장 양쪽에는 높은 축대가 있고, 양쪽 벽 높은 곳에 돌로 만든 링이 달려 있다. 선수들은 단단한 고무공을 엉덩이, 무릎, 발꿈치로 튀겨 작은 링에 집어넣는 경기를 했으리라고 한다. 이들의 경기는 오늘날의 프로축구 경기와는 달랐다. 오락이나 눈요깃거리의 기능도 있었겠지만, 낮과 밤의 순환을 기념하는 제의적 성격도 띠었던 것이다. 경기장은 하나의 우주를 상징하고, 공은 아마도 태양이나 달 또는 새벽별을 뜻하기도 했으리라.

우주의 순환을 기념하는 이 제의는 곧 희생제의로 연결된다. 이를 증명하는 부조가 바로 여기에 붙어 있다. 승자와 패자의 명암이 갈린 경기가 끝나고, 패자 측으로 보이는 사람들은 모두 희생제의의 제물이 되었던 것이다. 경기는 목숨을 건 한판승부였고, 그만큼 박진감 넘치는 것이었으리라. 아마도 희생제의를 곁들인 이 경기는 신들의 희생이 없었다면 존재할 수 없는 자연의 순환, 낮과 밤의 순환을 기념했을 터이다.

촘빤뜰리, 우리들의 영원한 얼굴

구기경기장을 돌아나오면 바로 옆에 촘빤뜰리Tzompantli라 불리는 해골을 조각한 제단이 나온다. 이곳은 희생된 사람들의 해골을 전시하는 곳이다. 돌에 새긴 이 해골 플랫폼은 멕시코 중앙계곡의 똘떽문명에서 넘어온 것으로, 여기에도 있고 똘떽을 승계한 아스떼까문명에서도 찾아볼 수 있다. 꼬르떼스의 정복자들은 이 촘빤뜰리를 보고 기겁을 했다고도 한다.

해골에 대한 숭배는 비단 과거시대에 그치지 않는다. 오늘날도 '사자死者의

치첸 이싸의 촘빤뜰리. 아스떼까문명과 똘떽문명에서도 찾아볼 수 있다.

날'이면 사람들은 해골 모양의 빵과 과자를 만들어 먹고, 죽은자의 영혼을 기억하는 제의를 치른다. 사람들은 해골가면을 쓰고 술집에 모여 춤을 추며, 술에 취한다. 죽음이 항상 우리와 함께 있다는 것을 기억하며 죽음을 희롱한다. 멕시코혁명 직전에 민중판화가로 이름을 날린 호세 과달루뻬 뽀사다는 이 해골 이미지를 당시에 지배

사자의 날에 꼬요아깐 공원에 차려진 촘빤뜰리와 제사상. 제사상 차림은 우리와 비슷하다.

권력층을 비판하는 무기로 활용하기도 했다. 화려한 외피 아래 숨어 있는 해골의 모습을 까발리면서(「까뜨리나」「돈 끼호떼」) 그는 당대에 수입된 모더니티의 허망한 성격을 비판했던 것이다. 멕시코인들이 죽음을 희롱하고 즐거운 방식으로 기념하는 습속은 저 멀리 정복 이전 시대로 올라가는 것이다.

촘빤뜰리를 보고 나서 북쪽 길로 주욱 올라가면 '성스러운 세노떼'에 이른다. 농사에 귀중했던 물에 대한 숭배의식은 메소아메리카나 안데스 어디서도 공통적으로 발견된다. 물이 흐르는 천연샘을 숭배하는 안데스의 잉까인들처럼, 치첸 이싸에서도 물이 솟아오르는 연못 세노떼를 귀중하게 여겼다. 이 영험한 성소는 주변 부족들도 공물을 바치며 한해의 농사가 잘되길 비는 순례지이기도 했다. 가뭄이 들면 이곳은 물론 주변지역의 사제들과 족장들까지 모여들어 온갖 귀중품과 산 사람을 바쳐가며 기우제를 지냈다고 한다. 나중에 발굴팀이 연

273

못에서 건져올린 뼛조각은 남녀노소 할 것 없었다. 여기서도 사람 몸값이 별로 비싸지 않았던 것이다.

유까딴의 세계체제

세노떼에서 건져올린 물건 가운데에는 코팔수지(향)에서 각종 귀금속으로 만든 반지, 마스크, 컵, 소조상, 명판 등이 있다. 대부분의 금속제품은 중앙 멕시코나 온두라스, 멀리는 파나마에서 수입된 것들이었다고 한다. 치첸 이싸를 둘러싼 무역망을 짐작케 하는 증거물들이다.

사실 유까딴반도를 둘러싼 무역루트는 대개 이랬다. 해안을 끼고 있던 유까딴 지방은 당시 귀했던 바다소금을 생산했을 뿐 아니라, 저지대에서 생산되는 면화나 꿀, 코팔수지, 그리고 건어물을 마야 고지대나 중앙 멕시코, 그리고 중미지역으로 보냈다. 가끔 노예도 수출품목에 포함되었던 모양이다. 대신 이들은 이 지역에서 나지 않는 금은이나 구리 같은 금속제품, 옥이나 께짤 새의 깃털 같은 고가품을 수입했다. 그러니까 세노떼에 던져진 봉헌물에는 코팔수지를 제외하고는 대부분 수입 고가품들이었던 것이다.

이 당시 거래에서 결제화폐로 주로 사용된 것은 카카오 열매였다. 카카오는 오늘날 대중화된 초콜릿의 원료이기도 하지만, 당시는 왕족이나 귀족들 정도만 접할 수 있는 신의 음료였고, 그 열매는 부를 축장하고, 거래를 결제하는 도구로 이용되었다. 무역은 이들의 생활양식에 불가피한 것이었고, 이를 통해 예술양식도, 신화와 종교도 주고 받았을 것이다.

전사의 신전과 까라꼴

세노떼 연못을 구경하고 돌아나오면서 동쪽으로 틀면 '전사의 신전'이 나온다. 이 신전의 전면에는 멕시코인의 복장을 한 전사들의 부조로 장식된 네모진 기둥이 늘어서 있다. 신전은 그 뒤편의 축대 위에 놓여 있다. 바로 옆에는 착몰

274

까라꼴(소라고둥)이라 불리는 천문관측소.

chacmool 신전, 그리고 동쪽 편에는 증기싸우나 시설이 있다. 이 지역 전체에 기둥들이 즐비하기에 '천의 회랑지대'라고 부르기도 한다. 전사들의 모습이나 착몰을 보면 이곳이 전형적으로 중앙 멕시코 지역의 예술양식을 따르고 있음을 잘 알 수 있다. 떼오띠우아깐에서 보았던 증기싸우나 시설은 이곳에서도 볼 수 있다. 역시 사제들이 신들에게 제사지내기 전에 몸을 정결히 닦았던 곳이었으리라.

한때 유명한 조각가 헨리 무어는 착몰을 보고 조각품을 만들어 유행시킨 적이 있었다. 우리나라에서도 그의 착몰 조각 한점이 힐튼호텔의 로비에 전시된 것을 10여년 전에 본 적이 있는 나는 그 조각의 진원지를 발견하곤 감개무량했다. 별 표정이 없는 얼굴을 한 사람이 고개를 앞쪽으로 돌린 채 있는 석조 와상이다. 후고전기의 전형적인 예술품으로, 별로 즐거울 게 없는 인생살이를 그저 담담하게 그려낸 것 같다. 가슴 부위에는 아마도 신들에게 바쳤을 꽃 같은 봉헌

275

물을 담았을 돌판이 놓여 있다. 중앙 멕시코 지대에도 흔한 이 착몰은 아스떼까 시대에 가면 태양신에게 바치는 인간의 심장을 담는 제단으로 탈바꿈한다.

이제 '천의 회랑지대'를 지나 남동쪽으로 나 있는 샛길로 가보자. 소라고둥처럼 생긴 건물, 까라꼴Caracol이 나온다. 저게 뭘까? 천문을 관측하는 곳으로, 우리식으로 말하면 첨성대 같은 곳이다. 스페인 정복자들은 이 건물의 내부 계단이 나선형을 띠고 있기에 까라꼴(소라고둥)이라 불렀다. 똘떽문명의 건축스타일을 따르지 않은 이 건물은 치첸 이싸가 주변의 패자가 되기 전에 유행한 마야 양식인 뿌욱 양식을 따랐다. 사방을 향해 난 네 개의 문에는 마야의 우신雨神인 착Chac신의 마스크를 두었다고 한다. 역시 농사에 결정적인 비가 중요했던 것이다. 이 천문대에서 천관들은 별자리를 관찰하고, 옥수수를 파종하고 추수할 시기를 정했을 터이고, 나아가 축제일과 제삿날을 정했으리라.

새벽의 도시, 뚤룸으로

치첸 이싸를 대강 구경했다면, 이곳에서 한두 시간이면 갈 수 있는 해안의 무역도시 뚤룸Tulum으로 가보자. 치첸을 보았다면 뚤룸을 거쳐 깐꾼으로 돌아가는 것이 일반적인 코스이다. 아름다운 바닷가에 마야 스타일의 석조건물들이 고즈넉이 자리잡고 있기에 이곳에 가는 사람들은 대부분 그 독특한 멋에 취해 자리를 뜰 줄 모른다. 그러니 경치를 오래 감상하려면 일찌감치 서두르는 게 낫다.

그리스 에게해의 바닷가에 있는 신전도시를 머리에 떠올리면 된다. 야자수나무가 곳곳에 드리워진 자그마한 해안에 직접 내려가서 발을 담가보라. 수영복이 준비되었다면 카리브해에 잠시 몸을 담그는 것도 좋을 성싶다. 코발트 빛깔의 바다가 야자수의 해안과 어우러져 정말 눈부시게 아름답다. 거대한 피라미드도, 장중한 건축물도 없지만, 마야사람들의 뛰어난 조경감각을 느낄 수 있다. 아마도 자그마한 신전도시에다 무역항의 기능을 더했을 이곳에는 신전터와 창고로 사용되었음직한 건물들이 세월의 풍상을 견디며 서 있다. 외적방어를

똘룸. 해변가에 있는 마야문명의 신전도시 겸 무역항. 마치 그리스 에게해의 해변도시처럼 보인다.

4 멕시코 기행

목적으로 세워진 석벽도 눈에 들어온다.

내가 방문했을 당시 수리중이어서 구경을 하지 못했지만, 이곳의 '프레스꼬 신전'에는 마야의 신들을 그린 벽화가 있다고 했다. 벽화 스타일은 오아하까 지역에 융성했던 믹스떼꼬인들의 꼬디세 양식을 따른 것이라 한다. 역시 바닷가인지라 예술품도 하이브리드일 수밖에 없나 보다.

깐꾼의 저녁 하늘 아래

달 밝은 카리브 해변의 레스또랑에서 저녁을 즐긴다면, 이곳에서 유행하는 해물요리를 실컷 들 수 있으리라. 이곳 마리아치들은 멕시코씨티에서는 듣기 힘든 유까딴 음악의 달인들이다. 유까딴반도는 식민지시대에 흑인들이 많이 들어온 곳이라 음악도 카리브풍이다. 단손이나 볼레로 같은 슬픈 애상조의 춤곡에서부터 하로초같이 아프리카 냄새가 물씬 풍기는 노래를 신청해 들어보라. 음악지도 같은 게 있다면, 이곳이 귀속될 나라는 멕시코보다는 쿠바일 것이다.

쿠바혁명이 일어나기 전에 유까딴에 사는 사람들이 자식을 유학보낸 곳이 멕시코씨티가 아니라 아바나였다면 당신은 놀랄 것이다. 그러나 지도를 보면 수긍이 간다. 아바나는 바닷길로 지척인데, 멕시코씨티는 험한 육로에다 너무나 멀리 떨어져 있기 때문이다. 작고 땅딸막하지만 고집이 센 유까딴 사람들. 자신들의 음악과 음식과 전통을 너무나도 사랑한다. 마야인들의 고집을 물려받았을까? 멕시코란 나라는 정말 천의 얼굴을 지녔다.

용어해설

가우초gaucho 아르헨띠나 평원 빰빠의 목동.

고전기Classic period AD 200년에서 900년 사이에 메소아메리카에서 명멸했던 문명의 시기를 일컫는 말로, 큰 규모의 정치 단위를 형성하고 화려한 예술을 꽃피웠다.

과나꼬guanaco 남미의 평지와 고지대에 서식하는 우제목 낙타과의 포유류.

구꾸마쯔Gucumatz 고지대 마야족이 날개 돋친 뱀 께쌀꼬아뜰을 일컫는 말.

구이로güiro 긁어서 소리를 내는 빨래판 모양의 홈이 파인 쿠바의 공명 악기.

까스떼야노castellano 원래 까스띠야 지방의 말이지만, 스페인어를 지칭한다.

까우디요caudillo 군사·정치 지도자 또는 독재자.

까혼cajón 네모난 나무통 모양의 북.

꼬디세codice 아마떼 종이나 사슴 가죽에 그린 원주민들의 기록물. 그림문자, 음성문자, 추상문자가 혼용되며, 주로 왕조의 역사·종교·천문·경제 기록 등을 담고 있다. 코덱스 codex 라고도 한다.

꽁가conga 큰 나무 줄기를 도려내고 가죽을 붙여 만든 드럼통 모양의 큰 북. 쌀사 춤에 필수적이다.

꾸에까cueca 6/8 또는 3/4 박자의 리듬을 지닌 칠레와 볼리비아의 대표적 춤곡.

께나quena 안데스의 세로 피리의 일종.

끄리오요criollo 신세계에 태어난 스페인 사람. 이베리아 반도에서 태어난 본토인 뻬닌술라르 peninsular와 대별된다.

끌라베claves 구멍이 난 중앙 부위를 두드리는, 한쌍의 막대기로 이루어진 쿠바의 리듬악기.

끼뿌quipus 매듭져 있는 일련의 끈 또는 줄 다발로, 잉까제국에서 수량이나 사건 및 역사를 기록할 때 사용된 도구.

단손danzón 스페인의 꼰뜨라단사에서 유래한 아프로-쿠바의 춤곡으로 차분하면서 애상적이다.

뜰랄록Tlaloc 아스떼까의 비와 물의 신. 마야에서는 착Chac 이라고 불렀다.

띰발timbales 두 개의 금속판 드럼이 지지대에 붙어 있고, 아랫부분에 구멍이 있는 막울림 악기.

라띠푼디오latifundio 농촌의 대단위 토지소유제.

룸바rumba 아프리카 리듬에 바탕을 둔 2/4 박자 리듬의 쿠바 무곡으로, 마디마다 형태가 바뀌면서 반복되는 특징이 있다.

마라까maracas 호리병박 두 개를 말려 양 손에 쥐고 흔드는 쿠바의 몸울림 악기.

마리네라marinera 배꼽을 흔들며 추는 페루의 커플 댄스로 19세기 말 이후 유행했다.

마초macho 남성우월주의자. 남성적 지배와 남성다움을 강조하는 이념과 실천을 마치스모 machismo(남성우월주의)라고 한다.

맘보mambo 경쾌한 쿠바 리듬에 미국 모던재즈의 하모니와 주법이 결합되어 탄생한 무곡으로 야성미가 넘치는 강력한 음색과 시원한 리듬이 특징이다.

메스띠소mestizo 백인과 라틴아메리카 원주민의 혼혈인종.

메스띠소화mestisaje 생물학적·문화적 혼합을 통해 메스띠소 인구와 문화가 창출되는 과정.

멕시코혁명 뽀르피리오 디아스 대통령의 장기집권과 종속적 근대화 정책에 반기를 들어 1910~17년에 일어난 사회혁명. 그 결과 농지개혁과 다양한 제도변화가 일어났으며 현대 멕시코 사회와 정치에 지울 수 없는 흔적을 남겼다.

물라또mulatto 백인과 아프리카 흑인의 혼혈인종.

밀롱가milonga 탱고의 전신이라고 주장되는 아르헨티나의 2/4 박자 무곡. 쿠바의 아바네라가 변한 것이라고도 한다.

볼레로bolero 판당고의 변종으로 3/4 박자의 스페인 춤곡이다. 쿠바 볼레로는 2/4 박자이다.

봉고bongo 원통형의 나무 몸통에 염소 가죽을 씌운 두 개의 드럼이 붙은 막울림 악기.

비밥beebop 모던재즈의 모체가 된 연주 스타일로, 1930년대 후반에 디지 질레스피, 찰리 파커 등이 복잡한 멜로디와 화성을 바탕으로 리듬에 다채로운 변화를 주어 개발했다. 그냥 밥bop 이라고도 한다.

비꾸냐vicuña 안데스 고지대에 서식하는 낙타과 동물로 머리는 작고 목은 길다.

빰빠pampas 라틴아메리카에서 평원을 이르는 말.

사마꾸에까zamacueca 페루와 칠레에 유행한 그로테스크하면서 선정적인 춤. 19세기 백인 부르주아지들에 의해 수용되어 국민적인 춤이 되었다.

삼뽀냐zampoña   안데스의 팬플루트.

세계체제world system   정치적 경계를 넘어서 존재하는 사회체계로, 중심부-반주변부-주변부 사이의 부등가교환을 특징으로 하는 국제적 노동분업의 망을 지니고 있다. 주창자 이매뉴얼 월러스틴은 16세기 유럽에 세계체제가 최초로 등장했다고 본다.

수력사회hydraulic society   칼 비트포겔이 『동양적 전제』란 책에서 주장한 국가기원설. 그는 동양사회에서는 관개농업을 위한 대규모 인력 동원이 국가 건설 및 전제적 지배와 관계있다고 주장했다.

씽크레티즘syncretism   이질적인 철학사상, 종교교의, 의례 등을 절충 통합하려는 주의 내지 그 운동.

아스떼까azteca   후고전기의 후기에 중앙 멕시코 주변에 살았던 종족으로, 언어는 나우아뜰어를 사용했다. 스스로 메쉬까mexica 라 불렀다.

알빠까alpaca   페루의 안데스 고산지대에 서식하는 낙타과 동물로, 털은 고급 옷감에 이용된다.

야마llama   아메리카의 낙타로 불리며 안데스 고산지대에서 운반용 동물로 이용된다. 과나꼬에서 진화한 것으로 알려져 있다.

우아까huaca   페루의 안데스 지방에서 성물聖物을 일컫는다. 여기에는 큰 산, 바위, 이상하게 생긴 물건, 왕의 미라 등이 포함된다.

인디헤니스모indigenismo   인디오 원주민의 사회경제적 요구와 교육 및 보건의 수준을 높여 국민문화로 통합하려는 운동 또는 공공정책.

전고전기Preclassic period   BC 2000년에서 AD 200년 사이에 메소아메리카에서 명멸했던 문명 시기. 형성기Formative period 라 부르기도 한다.

차차차chachacha   구이로 악기 소리의 의성어로, 단손이 변형된 쿠바의 무곡.

촐로cholo   페루에서 인디언 피가 많이 섞인 안데스 촌사람을 경멸하면서 부르는 말.

치남빠chinampas   늪지대나 호수 저지대의 부식토양으로 만든 관개영농지로 높은 수확률을 누렸다.

하로초jarocho   멕시코 유까딴 반도에서 유행하는 아프리카 음악의 일종.

후고전기Postclassic period   AD 900년부터 1520년경 스페인 정복으로 망할 때까지의 메소아메리카 문명 시기.

용어해설

찾아보기

286

찾아보기